BERNARD PETIT

LE NERF DE LA GUERRE

fleuvenoir

ISBN : 978-2-265-15804-7

Dépôt légal : février 2024

LE NERF
DE LA GUERRE

DU MÊME AUTEUR

La Traque, Fleuve Éditions, 2021 ; Pocket, 2022

Secrets de flic, Éditions Le Seuil, 2018
Aperçu de la coopération internationale de police, Minint, 2007
La Criminalité organisée en Afrique du Sud, Minint, 2001
Les Organisations criminelles asiatiques, en collaboration avec le commissaire Hervé Lasportes – Minint, 1985

Ce roman s'inspire de faits criminels réels vécus par l'auteur, mais narrés de façon romancée. Les noms des personnes ont été changés et les faits transformés. Il s'agit donc d'une œuvre de fiction.

C'est l'histoire de mondes qui ne devraient jamais se croiser, habités d'hommes et de femmes que tout oppose, des destins différents qui font en réalité les tumultes de la vie.

Ce livre prétend décrire la part obscure de notre société et, dans une certaine mesure, la complexité des relations humaines.

À l'amitié, aux amis, aux vrais,
et à tous ceux qui luttent quotidiennement
contre la criminalité sans haine et sans colère.

Mes pensées vont à Pierre Boutelier et à ses enfants,
Arnauld, Emmanuel et Ingrid, tous des guerriers.
La mort soudaine de Pierre m'a beaucoup peiné.
Je lui dédie ce livre. Pierre, je ne t'oublie pas.

La racine de tous les maux, c'est l'amour de l'argent.
Le Nouveau Testament, 1 Timothée, 6, 10.

Avec le recul du temps, au calme,
détaché du présent, comme tout est facile !
Tout devient plus clair, surtout
quand on connaît déjà la fin de l'histoire.
Une chose est sûre, on ne peut jamais revenir
en arrière et l'éducation ne préserve de rien.

PREMIÈRE PARTIE

LES BEAUX JOURS

1

À Marbella, le soleil, la mer, la cuisine, les femmes, l'alcool, tout contribue à une doucereuse décadence qui fait de cet endroit une sorte de paradis hors du temps, à condition bien sûr d'avoir de l'argent. Et de l'argent, Junior n'en manquait pas.

Le sud de l'Espagne étant la porte d'entrée principale du cannabis pour toute l'Europe et son réseau y comptant de nombreux affidés, il s'y rendait régulièrement tout au long de l'année, pour le business, mais aussi pour le plaisir. Depuis quelque temps, il ne se passait plus de la compagnie de Sigrid, une Norvégienne à la plastique parfaite, dont la présence à ses côtés lui avait permis d'accéder à de nouvelles soirées.

C'est à l'occasion d'une de ces fêtes qu'ils s'étaient rendus dans une villa de la banlieue chic de Marbella. Ce soir-là, Sigrid était très excitée par la perspective de ce moment privilégié chez João Reis, un homme d'affaires en vue de la Costa del Sol et dont la petite amie actuelle était une de ses connaissances, norvégienne elle aussi.

Cette dernière avait beaucoup insisté pour qu'ils viennent. Aleksandra disait avoir tant parlé d'eux à son compagnon que ce dernier tenait absolument à les rencontrer. De plus, elle avait laissé entendre qu'il y aurait des artistes et des photographes de renom. Sigrid ne voulait surtout pas rater cette occasion et Junior avait été d'autant moins difficile à convaincre que ce Vénézuélien l'intéressait au plus haut point…

En arrivant sur place, il avait fait le constat que Sigrid ne s'était pas trompée. Il s'agissait bien d'une soirée privée, et même très privée à en juger par les gardes plantés devant le portail qui vérifiaient l'identité de tous ceux qui se présentaient en veillant à ce que leurs noms soient bien sur la liste des invités. Incontestablement, ce Reis était un homme important et les nombreuses caméras de surveillance déployées sur le mur qui ceinturait le domaine le confirmaient.

Une fois admis à l'intérieur de la propriété, Junior avait garé son véhicule à côté de ceux déjà stationnés sur la pelouse et il avait alors compris pourquoi le sien laissait de marbre les vigiles : une vingtaine de berlines de prestige y étaient déjà sagement alignées.

Après avoir gravi les quelques marches menant au perron, Sigrid et lui avaient trouvé les deux battants de la porte d'entrée de la maison grands ouverts et, devant, un homme, large d'épaules, mi-gorille mi-physionomiste. Équipé d'une oreillette et arborant un sourire mécanique, il répétait à chacun sur un ton monocorde « Bonsoir à vous, soyez les bienvenus ». En pénétrant à l'intérieur, Junior avait été impressionné par les lieux. Des volumes importants, d'incroyables plafonds voûtés incrustés de lumières comme un ciel étoilé, un escalier courbe avec une ferronnerie d'art sublime et de grandes baies vitrées donnant accès à une immense terrasse avec une piscine à débordement dont certains invités profitaient déjà.

Lancé à la recherche de ses hôtes, le couple avait d'abord traversé les salons qui composaient l'essentiel du rez-de-chaussée. Trois magnifiques pièces en enfilade, qui semblaient aménagées avec le concours des meilleurs architectes du pays. Elles étaient richement meublées et décorées avec des matériaux hors du commun, bois de teck, marbres rares, tapis kilim afghans et sculptures modernes. Ils s'étaient ensuite déplacés vers la salle à manger avec sa grande table oblongue réquisitionnée pour dresser le buffet. Là, un ballet incessant se déroulait sous l'œil acéré d'un homme en tenue de chef cuisinier, faussement indifférent aux va-et-vient.

En attendant de croiser le maître de maison ou sa compagne, Sigrid se prenait au jeu de la visite et s'improvisait guide en se fiant à la description des lieux que lui avait faite sa compatriote. Elle conduisit ainsi Junior jusqu'au sous-sol de la maison pour lui montrer l'incroyable salle de sport et son luxueux espace spa. Pour sûr, ils n'avaient pas été déçus. Le design et les équipements se révélaient dignes des plus prestigieux palaces européens. Et, derrière l'une des portes qui leur faisaient face, ils avaient découvert l'immense garage qui jouxtait l'endroit, abritant un coupé Bentley flambant neuf. Leur inspection fut toutefois de courte durée. En effet, la porte du local technique s'était aussitôt ouverte et un homme apparut pour les inviter avec courtoisie à rebrousser chemin, laissant entrevoir à cette occasion une rangée d'écrans plaqués sur un mur. Ils avaient alors regagné la salle à manger pour être à nouveau éconduits lors d'une tentative d'excursion au premier étage. Ce n'est qu'en retournant vers la terrasse et sa piscine qu'ils étaient enfin tombés sur leurs hôtes, João Reis et sa compagne Aleksandra Karlsen.

Mettant à profit le temps, pourtant court, des embrassades et des présentations, les deux hommes s'étaient attentivement observés, presque mesurés. *À croire qu'entre prédateurs on se reconnaît tout de suite*, s'était amusé Junior. À ce propos, il devait admettre que la comparaison n'était pas à son avantage. Ce Reis était à l'évidence d'un autre calibre. Un homme au faîte de sa puissance, transpirant l'argent et très entouré. Se livrait-il pour autant au trafic de cocaïne, comme il le faisait lui-même en matière de cannabis ? Ses contacts le lui avaient en tout cas certifié et la cocaïne était si omniprésente, disposée à tous les coins de table de cette maison, que l'activité du maître des lieux avait en effet peu de chances d'y être étrangère. Ils appartenaient bien au même monde, c'était une certitude.

Ce mec doit avoir en outre de sacrées protections pour oser s'afficher comme ça, s'était dit Junior tout en continuant à examiner de près son interlocuteur. Grand, mince, les cheveux lissés en arrière avec soin, les yeux clairs, les mains manucurées, aucun tatouage apparent, celui qui se tenait en face de lui n'avait pourtant rien d'un narco. Ses gestes posés et sa façon de parler faisaient plutôt penser à un grand bourgeois fortuné, habillé avec élégance, mais sans exubérance, si ce n'est peut-être ses chaussures, des bottines genre santiags à bouts pointus.

Sous prétexte de rejoindre des amis – plus probablement pour s'enfiler une ligne de cocaïne –, Sigrid et son amie Aleksandra avaient laissé les deux hommes, qui bavardaient autour de la bouteille de champagne qu'un serveur s'était empressé d'amener alors que Reis s'installait dans un des fauteuils du salon. À l'entendre, l'hôte de Junior travaillait pour un consortium, associé de longue date avec les plus grands armateurs grecs et chinois. Ses porte-conteneurs sillonnaient tous les océans du globe tandis que ses cargos assuraient une sorte de navette permanente entre l'Amérique du Sud et l'Afrique de l'Ouest. Selon ses dires, sa compagnie cherchait en permanence à diversifier ses activités, mais toujours en lien avec la navigation. Elle possédait ainsi de nombreux ateliers de réparation aux quatre coins de la planète ainsi qu'un cabinet d'architectes navals très réputé. Elle avait également des intérêts dans le monde des croisières de plaisance et dans plusieurs cabinets de conseil spécialisés dans le commerce international et le droit maritimes.

Impressionné par l'étendue des activités de la société de son hôte, Junior, prudent, s'était quant à lui présenté comme un modeste homme d'affaires implanté dans l'import-export entre le Maghreb et l'Europe. Reis avait alors étrangement souri, ce qui n'avait pas échappé à son interlocuteur.

— Et vous importez quoi, mon cher Sofiane ? lui avait demandé le Vénézuélien en croisant les jambes.

— Vous pouvez m'appeler Junior, avait fait remarquer l'intéressé. Tout le monde m'appelle ainsi.

— Va pour Junior ! avait acquiescé le Sud-Américain sur un ton neutre. Et donc, vous importez quoi, Junior ?

— Des produits locaux.

— Nous avons beaucoup de choses en commun, vous savez.

— Si vous le dites…, avait répondu Junior en posant un regard insistant sur une table basse toute proche où une blonde se faisait une ligne pendant qu'un type grassouillet la tripotait.

— Oui, je pense que nos commerces sont plus proches qu'il n'y paraît. Et la bombe qui vous accompagne dit que vous vous débrouillez pas mal, avait poursuivi son hôte comme si de rien n'était.

À ces mots, Junior avait frémi.

— Je ne sais pas ce qu'elle a pu vous dire, elle ne connaît rien de mes affaires, s'était-il défendu.

Son interlocuteur ne l'avait pas lâché du regard, un sourire aux lèvres.

— C'est une femme ! Et les femmes en savent toujours plus que nous le croyons. La mienne m'a parlé de vous et la vôtre vous a conduit jusqu'ici. Elles nous dirigent, mon ami, c'est juste que nous ne le savons pas ou que nous faisons mine de ne pas nous en rendre compte. Pour tout vous dire, avec ou sans l'intervention d'Aleksandra, j'avais hâte de faire votre connaissance.

— Vraiment ?

— Bien sûr ! avait répondu le Vénézuélien avec un éclair dans les yeux.

— Vous me flattez.

— Je suis très impressionné par votre capacité à irriguer toute l'Europe avec vos productions. Transporter de tels volumes, chapeau !

— Je ne sais pas si ce compliment est mérité… Pour être honnête, je ne suis pas sûr de saisir exactement de quoi nous parlons, avait prétendu Junior, encore sur ses gardes.

— Imaginez-vous que j'ai quelques relations et j'ai appris que vous vous renseigniez à mon sujet.

Embarrassé, Junior avait aussitôt rétorqué :

— Vous êtes influent, simple curiosité de ma part. N'y voyez rien d'autre.

— Me concernant, je ne dirais pas la même chose : je suis un homme d'affaires, je ne fais rien de gratuit. Jamais.

— Que dois-je comprendre ?

Le Sud-Américain s'était tu un instant ; il semblait savourer la gêne de Junior.

— Il faudrait un lieu plus approprié pour se dire les choses sans détour, avait-il enfin répondu d'une voix posée, presque douce. Nous pourrions aller discuter dans mon bureau, nous y serions plus à l'aise.

— Là, maintenant ? avait demandé Junior, qui ne s'attendait pas à ce que les choses aillent si vite.

— Pourquoi ne pas profiter de cette opportunité ? Nous tenons là une belle occasion de parler business. Ne me dites pas que vous n'y aviez jamais songé ?

— Si, bien sûr que si, avait concédé le Marocain.

— Dans ce cas, retrouvons-nous à l'étage dans quelques minutes. Même si nous sommes entre amis, il est inutile qu'on nous voie davantage ensemble, avait conclu Reis en se levant.

Tandis que ce dernier s'éloignait, Junior l'avait suivi des yeux, observant quelque chose de presque léonin chez cet homme. Sa stature, le timbre de sa voix, son regard, tout chez lui imposait naturellement le respect. Sur son chemin vers l'escalier, il prit le temps de saluer des invités, gratifiant même certains d'une accolade. Puis il gravit les marches avec lenteur, jusqu'à se soustraire à la vue de tous.

Junior l'imita alors et se dirigea à son tour, sans précipitation, vers l'escalier. En le voyant monter, le garde toujours en poste sur le palier se montra beaucoup plus avenant que précédemment et s'empressa de le conduire jusqu'à une double porte capitonnée dont il ouvrit aussitôt un des battants. À cet instant, Junior découvrit un salon aussi spacieux que celui du rez-de-chaussée, mais au design plus épuré, moins chaleureux. Il y avait là juste un grand canapé circulaire et, pour table basse, un impressionnant monolithe de marbre à la frontière du mobilier et de la sculpture.

Reis était déjà confortablement installé et sur le point d'allumer un Cohiba Esplendidos, une bouteille de fine champagne et deux verres disposés devant lui. C'est dans ce nouveau décor, et une fois les portes refermées, que les deux hommes avaient repris leur conversation.

— Je ne vous propose pas de cigare, je sais que vous ne fumez pas.

— C'est exact, je vois que vous êtes bien renseigné, lui avait répondu Junior.

— Allons droit au but, avait alors lancé le Vénézuélien. J'aurais besoin de vos services.

— C'est-à-dire ? avait demandé Junior.

— Je vous en prie, ne jouons pas au chat et à la souris. Bien que nos produits soient différents, nos activités sont les mêmes... Risquées, mais très lucratives. Vous pourriez transporter pour moi ?

— Transporter ? s'était contenté de questionner Junior, qui n'entendait pas être le premier à abattre son jeu.

— Oui, comme vous le faites déjà.

— Je voudrais être sûr de bien saisir...

— Écoutez, je sais pertinemment quel est votre business. C'est pour ça que je vous ai invité et vous... que vous êtes venu. Cessons ce petit jeu. Je sais que vous transportez du cannabis en quantités phénoménales ; je vous propose de faire de même pour moi avec de la cocaïne. J'ai cru comprendre que vous cherchiez à vous développer ?

Junior avait acquiescé sans un mot.

— Je prends le risque de m'ouvrir à vous, mais si vous n'êtes pas intéressé, il suffit de me le signifier. Voilà tout.

— Je suis intéressé. En revanche, pour être honnête, les choses vont beaucoup plus vite que je ne pensais !

— C'est souvent le cas avec moi. Alors, c'est oui ?

— Oui, bien sûr, mais...

— Mais quoi ? l'avait promptement interrompu son interlocuteur.

— Nous n'opérons qu'entre l'Afrique et l'Europe.

— Si ce n'est que ça ! Nous pouvons très bien acheminer nos produits jusque chez vous et nous nous en remettrions à votre savoir-faire pour les introduire en Europe.

— Sauf que les moyens de transport ne sont pas entre mes mains. J'ai un patron, avait objecté Junior.

— Tout comme moi ! Mais vous pouvez sans doute lui présenter mon offre, n'est-ce pas ?

— Non, pas vraiment.

— Pourquoi ?

— Parce qu'il la déclinerait.

Le Vénézuélien avait paru décontenancé par cette réplique.

— Comment pouvez-vous être aussi catégorique ?

— Il appartient à l'ancienne génération, il ne touchera jamais à la cocaïne.

— Il y a beaucoup d'argent à se faire !

— Il s'en fout. Il ne pense qu'à rester sous les radars, quitte à gagner moins ! C'est son leitmotiv.

— Ce n'est pas courant, avait dit le Vénézuélien, un rien songeur. Mais vous, Junior ? Seriez-vous intéressé ?

Junior avait esquissé un sourire en coin.

— Par la perspective de gagner plus d'argent ? Certainement !

— J'en étais sûr, nous sommes faits pour nous entendre ! L'argent est une langue universelle, n'est-ce pas ?

— Assurément.

— Si vous nous aidiez à trouver un arrangement avec votre patron, vous n'auriez pas affaire avec un ingrat, croyez-moi. Vous pourriez réaliser tous vos rêves.

— Je rêve peu, avait menti Junior.

— Les rêves sont pourtant les moteurs de l'existence. Enfin, à condition d'avoir de l'argent pour les concrétiser, naturellement ! s'était esclaffé le Vénézuélien.

— Que pouvez-vous savoir de mes rêves ? avait alors répliqué Junior, que la méfiance habitait toujours.

— Cerner les gens est plus simple qu'il n'y paraît. Peu importe ce qu'ils prétendent être ou ce qu'ils vous racontent, il suffit de savoir ce qu'ils désirent, ce à quoi ils aspirent secrètement, pour déterminer s'ils sont vraiment vos amis ou… s'ils peuvent le devenir.

— Et vous savez ce que je veux, c'est ça ?

— Je crois.

— Dans ce cas, éclairez-moi, avait lâché Junior avec une pointe d'ironie.

— L'argent guide nos pas à tous, mais pour vous, ce n'est pas juste une question de liquidités. Vous êtes très ambitieux. Pour le bien de votre organisation bien entendu, avait ajouté Reis comme pour se rattraper.

— Et vous en concluez quoi ?

— Que vous serez un jour le patron !

Face au silence de Junior, Reis avait compris qu'il avait tapé dans le mille.

— Vous dites de cet homme qu'il « appartient à l'ancienne génération » et votre ton m'amène à penser que vous le voyez comme un has been. Je suppose que vous percevez chez lui un manque de vision qui vous inquiète. J'imagine un homme prudent à l'excès, certainement réfractaire aux nouvelles technologies et ne connaissant pas grand-chose à l'évolution des produits et de la clientèle à laquelle nous sommes confrontés.

— Oui, c'est à peu près cela, avait acquiescé Junior en soupirant.

— Dans ce cas, je peux vous aider à grandir, avait affirmé le Vénézuélien sur un ton amical, presque paternel. Qu'en dites-vous ?

— J'ai peut-être une idée, mais il faudrait la jouer « *snake* », avait alors rebondi Junior, une lueur maligne dans les yeux.

— *Serpiente !* Pour ça, vous pouvez compter sur moi, avait répondu son interlocuteur, soudain très sérieux.

2

S'organiser ! Quelques jours après son retour à Paris, Junior avait appelé Massimo Beneveto, le directeur de la banque privée suisse Beneveto Frères dont il avait fait la connaissance plusieurs mois auparavant par l'intermédiaire d'Eva, une Allemande plantureuse à la tête d'un réseau de galeries d'art moderne entre Genève, Paris et Londres. Il avait rencontré son compagnon, un banquier suisse à l'occasion d'un vernissage et du dîner qui s'était ensuivi.

Les deux hommes s'étaient immédiatement trouvé de nombreux points communs, à commencer par leur attirance pour les montres de luxe, Beneveto arborant une Audemars Piguet qui ne passait pas inaperçue. Si les voyages, les restaurants ou les vacances constituaient autant d'autres sujets d'entente, il semblait que chacun avait discerné un intérêt en propre à cette relation, des intérêts différents, mais très complémentaires : Junior cherchait à savoir si Beneveto pouvait devenir un jour le banquier amoral qui contribuerait à la réalisation de ses desseins, tandis que Beneveto voyait en Junior un client potentiel, un homme riche qui lui confierait éventuellement la gestion de son patrimoine. Restait cependant une difficulté à surmonter pour l'un comme pour l'autre : se faire confiance.

Malgré cette réserve, Junior ne pouvait aujourd'hui plus guère attendre, car cette étape conditionnait l'exécution de tout son plan. Il était temps de savoir s'il pouvait compter sur Beneveto. Il composa le numéro du banquier qui répondit dès la première sonnerie.

— Junior ! Comment vas-tu, toujours en Espagne ?

— Non, je suis rentré à Paris. Je voudrais qu'on se voie.

— Un souci ?

— Je dois parler affaires avec toi.

— Tu peux m'en dire plus ?

— Pas au téléphone, non.

— Tu me prends au dépourvu. Je n'ai pas prévu de monter sur la capitale prochainement, en tous les cas pas avant quelques semaines.

— Il le faudra pourtant si tu me veux un jour comme client, avait alors asséné Junior.

Ces derniers mots ayant eu le résultat escompté, Beneveto avait débarqué à Paris dès le lendemain. À peine sorti du TGV en provenance de Genève, il avait parcouru le quai d'un pas rapide avant d'accéder au grand escalier à double révolution conduisant au Train Bleu, l'un des restaurants les plus iconiques de la capitale, situé au premier étage du hall de la gare.

En pénétrant dans l'imposante salle classée monument historique, il avait tout de suite repéré Junior et s'était dirigé vers la table où ce dernier l'attendait déjà. L'air crispé de son nouvel ami ne lui avait pas échappé. Quelque chose devait le préoccuper et Beneveto espérait qu'il ne s'agissait pas d'une affaire privée pouvant nuire à leur collaboration. En effet, s'il avait vite compris que leurs femmes entretenaient des relations intimes et s'il s'en accommodait fort bien, il craignait qu'il n'en soit différemment pour Junior.

— Tu as une sale mine, tu es malade ? s'était enquis Beneveto en prenant place.

— Non, juste très contrarié.

— C'est au sujet de ta femme ? s'était risqué Massimo tout en appréhendant la réponse.

— Non, ça n'a rien à voir. Pourquoi tu me demandes ça ?

— Comme ça…, avait soufflé le Suisse, soulagé.

— Un homme qui me rend service s'est fait prendre par la Douane avec de l'argent que je lui avais confié pour qu'il le ramène au pays.

— Il transportait beaucoup ?

— Non, 400.

— 400 ?

— 400 000 euros.

— Quand même ! s'était exclamé le banquier. C'est pour ça que tu m'as fait venir ?

— Pas directement, mais c'est en rapport…

— Je t'écoute.

— Je crois que tu as déjà tout compris, non ?

— J'ai mon idée sur la question, mais c'est à toi de me parler.

— Qu'est-ce que je dois te dire ?

— Les gens s'adressent à moi parce qu'ils ont un rapport compliqué avec leur argent. Ils me font part de leur problème et je leur trouve une solution.

— Toujours ?

— Oui, toujours.

Junior avait poussé un long soupir.

— Il faut vraiment que je t'explique tout ?

— J'ai besoin de savoir un minimum de choses.

— Disons que je dispose de beaucoup de liquidités et que, pour diverses raisons, je dois organiser par moi-même le transfert de certaines sommes vers le Maroc…

— Et tu sollicites des passeurs à l'ancienne comme dans *Le Corniaud* ?

— *Le Corniaud* ?

— Tu ne connais pas ce film où un type conduit une Cadillac et passe les frontières avec des diamants cachés à bord ? Avec de Funès et Bourvil ?

— Non. Mes références à moi, c'est plutôt *Heat* et *Narcos*.

— Je vois... J'ai du mal à croire qu'on utilise encore des mules pour l'argent comme on le fait pour la cocaïne, avait lâché Massimo à mi-voix.

— Je crois que tu as saisi le problème.

Massimo avait hoché la tête en silence. Il flairait la grosse affaire et il n'était pas question qu'elle lui échappe.

— Soyons clairs, l'origine de tes liquidités m'indiffère. Je ne veux rien savoir à ce sujet, même si je ne suis pas idiot au point d'ignorer qu'il s'agit du flux retour d'un business illégal... Mais si tu attends de moi que je prenne en charge la gestion d'un flux, je veux déjà savoir de quelles sommes on parle.

— Explique d'abord : cette gestion consisterait en quoi ?

— Je mettrai en place un système pour traiter au fur et à mesure tes rentrées d'argent en toute sécurité.

— Quelle sécurité ? Il n'y a pas de sécurité dans mon monde. Jamais.

— Disons que je t'offre des garanties. J'assure la garde de ton argent, je fais en sorte qu'il soit totalement à l'abri tout en restant disponible à tout instant. Je peux aussi le blanchir, ce qui signifie que tu pourras en profiter au grand jour. Et je pourrais t'aider à le placer avec en retour un rendement. On peut aussi...

— Stop ! Stop ! l'avait interrompu Junior. Tu vas trop vite en besogne pour moi.

— Je t'écoute.

— La première garantie que j'exige, c'est que tu répondes personnellement de l'argent qu'on va te confier.

— C'est-à-dire ?

— Je veux que tu en deviennes le gardien et le seul responsable, en toutes circonstances. S'il arrive quoi que ce soit, on se fout qu'il s'agisse d'un vol, d'un incendie ou d'une confiscation : tu dois nous rembourser.

— Ne t'inquiète pas, j'ai l'habitude de jouer les assureurs pour mes clients.

— Tu peux donc me certifier qu'on ne perdra jamais notre argent ?

— Bien sûr, mais…

— Mais quoi ?

— Il faut quand même accepter que sa valeur puisse fluctuer en fonction par exemple des taux de change. Même chose pour les placements. Ils sont susceptibles d'évoluer selon les marchés. Et puis, évidemment, je prends une commission sur toutes les opérations que je réaliserai pour vous.

— Combien ?

— 8 %.

— C'est beaucoup !

— Ce n'est rien au regard du confort et des facilités que je t'offre.

— Admettons. De toute façon, perdre à la marge, on s'en fout. Par contre, la caillasse ne doit pas fondre ou pire, disparaître. Si tu te fais la malle, je ne pourrai rien pour toi.

— Tu imagines vraiment que je vais me tirer avec ton fric ?

— Bordel, Massimo, ce n'est pas à toi que je vais apprendre que tous les mecs sont capables de faire n'importe quoi pour du fric. *Tous*, sans exception.

— Pas que les mecs… Tu peux ajouter les femmes à ta liste ! avait approuvé Beneveto, pensant à tort détendre l'atmosphère.

— On est d'accord. Tout le monde est prêt à baisser son froc pour faire des thunes.

— Sauf que ça dépend à quel niveau tu mets la barre.

— C'est censé me rassurer ?

— En ce qui me concerne, oui. Ton argent est presque une goutte d'eau pour moi.

— J'ai du mal à le croire…

— Tu devrais ! En vérité, je gère déjà plusieurs milliards d'euros. Ton fric, lui, ne m'intéresse que pour une seule raison.

— Laquelle ?

— La permanence du flux, si je t'ai bien compris. Une sorte de trésorerie qui faciliterait la conduite de mes affaires et me permettrait d'offrir un service amélioré à certains de mes clients : la disponibilité de fonds à tout instant et sous les radars des autorités de contrôle.

— Et comment vas-tu faire pour nous ? avait questionné Junior, intrigué.

— Sans déplacement physique des fonds, pas de passage à travers les frontières, le plus souvent par compensation.

— Comme nos *sarafs*[1], en somme.

— Bien sûr que non ! avait réagi le Suisse en s'étranglant. Ton saraf opère peut-être par compensation, mais sous réserve que les montants ne soient pas astronomiques. De mon côté, outre des montants sans limites, je te propose beaucoup plus : blanchir ton fric pour que tu puisses en profiter au grand jour, et le placer pour t'assurer des rentes

1. Littéralement, un « agent de change » en arabe. Dans ce contexte, le terme est utilisé dans le sens de « banquier occulte ».

jusqu'à la fin de tes jours. Tu te rends compte ? De l'argent qui génère de l'argent sans rien avoir à produire, ni à transporter ni à vendre ! Sans prendre le moindre risque ! Crois-moi, ton saraf serait bien en peine de t'offrir tout ça.

— Ce serait carrément magique..., avait fini par admettre Junior.

Satisfait, Massimo avait acquiescé, conscient d'avoir marqué un point décisif. Le Marocain avait enchaîné :

— Mais, j'insiste, si tu n'arrives pas à nous rembourser ou si l'argent est indisponible quand on te le demande, ce sera un énorme problème pour toi.

— J'ai bien compris. Maintenant, j'ai une question. Puisque ce n'est pas en lien avec les 400 que tu viens de perdre, pourquoi me solliciter aujourd'hui ? Pourquoi me faire venir à Paris en urgence ?

— Je viens de conclure un arrangement en Espagne qui va donner un nouvel élan au business mais, ce faisant, j'ai enclenché une sorte de compte à rebours. Tout doit être prêt bien avant... Les compteurs vont s'affoler. Ce sera ingérable sauf à être banquier.

— À ce point ?

— Oui. Il s'agira d'environ 40 millions d'euros par an et au moins le double, peut-être le triple, si cet accord aboutit.

Beneveto avait aussitôt émis un sifflement admiratif.

— Tu es sûr que tu sauras absorber un tel flux ?

— Ne t'inquiète pas pour ça. En revanche, tout à l'heure, tu as dit « notre » argent, cela signifie que tu travailles avec quelqu'un ?

— Oui... Je travaille *pour* mon oncle. C'est pour ça qu'on me surnomme Junior.

— Et il est au courant de ce dont nous sommes en train de discuter ?

— Non, mais je sais comment imposer mes idées et, pour tout te dire, j'espère lui succéder.

— Je vois.

— Pourquoi me demandes-tu ça ?

— Parce que je devrais peut-être le rencontrer pour lui expliquer dans le détail comment nous pourrions opérer.

— Tu veux dire, pour le convaincre ? Tu ne m'en crois pas capable ?

— Si, bien sûr que si…, s'était repris Beneveto, redoutant d'avoir commis un impair.

— Tu as raison, il t'écoutera davantage que moi. Le moment venu.

3

Dans le train du soir qui le ramenait à Genève, Massimo Beneveto avait sorti son carnet, comme il le faisait chaque fois en pareille occasion. Outre sa barbe poivre et sel, et des yeux d'un bleu outremer rare, l'homme affichait une élégance sans ostentation, si ce n'est peut-être la montre qu'il portait au poignet.

Né beau et intelligent, crack des mathématiques financières, polyglotte et diplômé de la prestigieuse London School, ce surdoué avait toujours suscité autour de lui l'admiration et la sympathie. Il avait fait ses premières armes à la City de Londres, suite à quoi il s'était expatrié à Singapour puis au Qatar pour le compte de banques ayant pignon sur rue, toutes à la recherche de montages financiers complexes garantissant une optimisation fiscale maximum pour leurs clients, et parfois aussi une anonymisation de leurs fonds.

Après cette période un rien rock'n'roll, il était passé par le Crédit Suisse, une institution vénérable et un label de respectabilité qui paraissait en ce temps à jamais inoxydable. Il s'y était aussitôt fait remarquer par des clients fortunés appréciant ses compétences, au point que l'un d'entre eux avait voulu s'attacher durablement ses services en faisant de lui son fondé de pouvoir personnel. Beneveto avait décliné l'offre et lui avait proposé de créer plutôt un *family office*[1]. Il avait ainsi sciemment joué la carte de la banque et celle-ci l'avait gratifié d'un salaire à la mesure de son potentiel et de sa loyauté.

C'était l'époque où on louait son agilité intellectuelle. Certains voyaient en lui un homme affable appelé inéluctablement à exercer des responsabilités au plus haut niveau, d'aucuns se risquaient même à prédire qu'il finirait à la tête d'une prestigieuse institution financière internationale. Il n'en avait pourtant rien été...

Depuis son entrée dans l'univers de la finance, Beneveto portait un regard désabusé sur la société, qu'il percevait comme une tromperie organisée à l'intention des masses dont l'ignorance, concernant notamment le système financier mondial, lui semblait abyssale et surtout définitive. Convaincu d'avoir intégré une élite œuvrant en coulisse à la bonne marche du monde, témoin privilégié de l'étrange bienveillance des États à l'égard de l'argent, il estimait ne pas avoir à choisir entre le Bien et le Mal, des notions très relatives selon lui.

À vrai dire, la capacité d'asservissement de l'argent, ou plus exactement son aspect totalitaire, le fascinait. Ostentatoire ou clandestin, il constatait qu'il était universellement considéré comme la promesse de pouvoir et la

1. Les familles et les personnes fortunées, dont le patrimoine est au minimum de 30 millions d'euros, le plus souvent entre 60 et 120 millions d'euros, confient souvent la gestion de leur fortune à une banque privée ou à un gestionnaire de fortune. Un « family office » est un bureau de gestion de patrimoine. Plus concrètement, une équipe de financiers et de juristes dont l'activité est dédiée à la gestion et à la pérennisation du patrimoine du client ou d'une famille. Ces experts réalisent également pour le compte du client des achats et des ventes de biens immobiliers ou s'occupent encore des placements financiers, tout en veillant à une optimisation fiscale.

maîtrise du futur. Il voyait autour de lui des gens de tout milieu se renier, trahir, mentir et même commettre des crimes pour cette promesse. En fait, l'argent façonnait ou transformait progressivement les personnalités, au même titre que l'éducation ou la famille, et même bien davantage.

Non sans ironie, il remarquait que l'argent était aussi en mesure de transcender toutes les différences du genre humain, qu'il s'agisse de l'âge, de la nationalité, de la couleur de peau ou encore du sexe. Célèbre ou anonyme, inséré dans la société ou criminel banni de celle-ci, chacun était prêt à toutes les concessions pour en avoir et tout se permettre grâce à un mot, le seul mot réellement magique qui existe sur terre : « Combien ? »

Aujourd'hui, plus rien ne choquait ce dandy qui n'avait jamais manqué de rien au cours de sa vie, sauf de ce frisson qui consistait à fréquenter les infréquentables et de cette montée d'adrénaline lorsqu'il franchissait les lignes. Pour gagner le plus d'argent possible, mais aussi pour mettre un terme au jeu du chat et de la souris avec les *compliance officers*[1] et autres contrôles internes qu'il bernait aisément, il avait fait le choix de quitter le Crédit Suisse pour fonder sa propre affaire. C'est ainsi qu'était née la banque d'affaires Beneveto Frères, dont la raison sociale renvoyait l'image apaisée, mais trompeuse, d'une entreprise familiale où la gestion « en bon père de famille » était la règle. Tout l'opposé de ce qu'elle était en réalité.

La Suisse étant de loin la place la plus importante au monde en termes de gestion de fortunes, il était resté

1. Le « chargé de conformité », en anglais. Il met en œuvre le dispositif de lutte contre le blanchiment des capitaux et le financement du terrorisme (ou « LCB-FT ») conformément aux règlements internationaux et nationaux.

à Genève, qui présentait l'avantage d'être un lieu de trading majeur pour les matières premières, et donc l'assurance de rencontrer les bonnes personnes. Ses choix s'étaient ensuite vite avérés judicieux et il n'avait eu aucun mal à se constituer une clientèle, d'autant qu'il avait gardé contact avec quelques beaux sujets lors de ses précédents séjours à Londres et au Luxembourg.

Comme toutes les banques privées, Beneveto Frères proposait au commun de ses clients une gestion sur mesure de leur patrimoine : des produits financiers à haut rendement parfaitement adaptés à leur situation fiscale. Mais la caractéristique de cette entreprise, et ce qui avait fait son succès grâce au bouche à oreille entre initiés, c'est qu'elle pouvait faire beaucoup plus pour certains…

Au fil du temps, tout en veillant à conserver une vitrine irréprochable, l'établissement était devenu le partenaire privilégié de ceux qui veulent dissimuler leur argent ou qui n'ont que faire de la loi. Des fraudeurs en tout genre, des groupes menant en secret des opérations inamicales ou des gens souhaitant discrètement rétribuer des collaborateurs occultes dont Beneveto devinait qu'ils étaient des informateurs ou des hommes de main peu recommandables. Quoi qu'il en soit, son savoir-faire en ce domaine était vaste. Il organisait des transactions en cascade, disséminait pour mieux dissimuler, utilisait des sociétés-écrans pour rendre opaques les mouvements qu'il initiait, faisait appel à des prête-noms aux quatre coins du monde et disposait de nombreux avatars sur le Net.

Massimo ne jouait pas pour autant systématiquement la carte des paradis exotiques, ceux-ci puaient trop d'entrée la fraude fiscale. À quoi bon, du reste ? Il y avait longtemps qu'il avait compris que le Luxembourg, la Suisse et même les Pays-Bas ou certains États de l'Amérique du Nord comme le Delaware pouvaient lui offrir les mêmes services ou presque, et en toute discrétion. Sans parler de tout ce qu'il était déjà possible de faire avec l'enclave sacrée de la finance mondiale : la City de Londres !

Quant aux explications plus ou moins alambiquées de ses clients, elles entamaient rarement son discernement les concernant. Il se faisait vite une idée sur les gens qui s'adressaient à lui et était toujours surpris par le lien de complicité que certains se croyaient obligés de tisser avec lui, l'autorisant ainsi à pénétrer insidieusement dans leur intimité, au point de devenir parfois un véritable confesseur. Ce que tous ignoraient cependant, et il se gardait bien de le leur dire, c'est que leur confident notait chaque secret, petit et grand, dans un carnet. Et c'était dans ce fameux carnet qu'il s'apprêtait à écrire, une nouvelle page qu'il avait titrée « L'or vert » en référence aux flux d'argent annoncés par Junior.

Loin d'être une lubie de sa part, ce calepin était un authentique instrument de travail. Il conservait grâce à lui une trace des entrevues et des conversations qui lui paraissaient importantes. Il y notait aussi toutes sortes d'informations qu'il jugeait utiles à son business et qui n'auraient pas eu leur place dans un dossier officiel. Imagine-t-on une indication sur les amitiés politiques dont se prévaut un client ? Sur le nom de sa maîtresse ou sur ses penchants sexuels ? Certainement pas. Ses archives officielles se devaient d'être toujours lisses et irréprochables.

Dans cet exercice d'écriture, Massimo commençait toujours par les justifications, souvent tirées par les cheveux, qui avaient prévalu lors de sa première rencontre avec ses clients, ce qui n'était pas sans influer sur le nom de code qu'il leur attribuait, car il n'était bien sûr pas question de mentionner un état civil. C'est ainsi que derrière « Ramsès » se cachait un général égyptien ayant perçu en secret un pactole à l'occasion de la signature d'un contrat d'armement ; derrière « Kirikou », un ministre africain en charge de l'énergie et des ressources naturelles de son pays ; derrière « Aladin », un prince arabe qui faisait transférer des dizaines de millions de dollars d'un fonds souverain sur un compte anonyme ; ou encore derrière « Arsène Lupin », un ministre d'un pays voisin qui lui avait confié son argent contre l'assurance d'une garde très lointaine en Asie.

Concernant Lupin, même si la somme confiée était modeste, à peine 2 millions d'euros, le dossier était assez croustillant, car le cheval de bataille de cet homme politique était justement la lutte contre la fraude fiscale dans son pays, lequel était par ailleurs un grand donneur de leçons sur la scène internationale. Non, Beneveto ne se trompait pas : ce monde n'était qu'un trompe-l'œil à l'intention des masses. L'existence même des paradis fiscaux était une bouffonnerie, une preuve éclatante de la duplicité du système. Sinon, comment expliquer qu'on tolère ces places d'opacité organisée ?

Chaque fois qu'il le pouvait, le banquier complétait sa collecte de renseignements en indiquant les hobbies, les projets ou les soucis de ses clients, des éléments qu'il utilisait ensuite pour conforter ses liens avec ceux-ci. Figuraient ainsi souvent le prénom de la femme, du mari ou des enfants, le type de voiture, les passions ou les derniers voyages, autant d'astuces pour faire croire que leur relation n'était pas que d'affaires. Et pourtant, si quelqu'un ne mélangeait pas les genres, c'était bien lui ! On pouvait même le considérer comme un maître du compartimentage, car sa capacité à séparer les canaux de la vie personnelle et professionnelle était inégalable. Du reste, il se demandait sans cesse comment toutes ces personnes pouvaient confondre à ce point communauté d'intérêts et amitié.

Savoir écouter pour mieux cerner la situation et les motivations réelles de ceux qui faisaient appel à lui, les amener à imaginer qu'il partageait pleinement leur position sur les taux excessifs d'imposition ou sur l'iniquité des règles en matière d'héritage, laisser entendre que leur volonté de dissimulation, bien qu'illégale, était légitime, leur dire sur le ton de la confidence que tout le monde faisait pareil, y compris ceux qui édictaient les règles, ce qui n'était pas faux par ailleurs… Bref, tout faire pour gagner leur confiance et les encourager à en dire toujours plus, tel était l'objectif. Aucune difficulté, évidemment, à trouver ensuite le bon argumentaire pour récupérer la gestion d'une partie de leur patrimoine.

Avec Junior, en revanche, les choses étaient différentes. À commencer par leur rencontre. Après son divorce, Massimo avait multiplié les conquêtes, jusqu'à ce que sa route croise celle d'Eva, une galeriste réputée. Avec elle, tout était devenu plus facile. Ce n'était qu'une histoire de cul. Indépendante et à l'aise financièrement, elle n'exigeait rien de lui, ni qu'ils habitent ensemble ni même qu'il passe du temps avec elle. Et c'est à l'occasion d'une exposition qu'elle avait organisée à Paris qu'il avait fait la connaissance de quelques-uns de ses amis. Un seul avait alors retenu son attention : Sofiane Tahir, alias Junior, qui s'était présenté à lui comme un homme d'affaires marocain résidant sur la capitale.

Profitant du repas qui avait suivi pour bavarder, les deux hommes s'étaient découvert une passion commune pour les courses automobiles et les voitures de sport, mais si leur relation avait perduré au-delà de ce dîner, au point qu'ils déjeunaient depuis assez régulièrement ensemble, c'est que Beneveto avait tout de suite perçu en Junior un client potentiel très prometteur, un homme riche qui pourrait lui confier un jour la gestion de son patrimoine. Impossible cependant de le questionner directement sur sa fortune. Se montrer trop curieux risquait en effet de susciter une méfiance qui pouvait être contre-productive. L'approche devait être subtile. Beneveto avait donc décidé d'attendre que le Marocain fasse le premier pas. Ce qui ne l'empêchait pas de lui tendre des perches et de s'interroger à son sujet.

Dans quelle catégorie pouvait-il classer Junior ? Par expérience, il savait que les gens sont rarement ceux qu'ils prétendent être. Derrière les masques et les fortunes se cachent souvent de lourds secrets. Le seul point commun de ses clients était qu'ils cherchaient à dissimuler de l'argent. C'étaient, pour la plupart, des gens presque normaux, des restaurateurs, des entrepreneurs ou des commerçants qui fraudaient le fisc, mais parfois aussi de drôles de types, certains très dangereux, à commencer par les trafiquants de tout poil : œuvres d'art, armes, drogues ou métaux précieux. Il y avait aussi bien sûr des cas plus atypiques : des particuliers qui héritent de génération en génération, dans le plus grand secret, de biens qu'ils savent spoliés aux Juifs ; des hommes finançant une cause ou des actions dont ils ne sont pas fiers ; et même des agents de certains États agissant pour le compte de leurs pays, lesquels ne souhaitaient pas apparaître en tant que tels dans certaines négociations sonnantes et trébuchantes.

Alors, dans quelle catégorie ranger Junior ? D'où provenait son argent ? Le Maroc était bien synonyme de cannabis et de corruption, comme la Colombie est synonyme de cartel et de cocaïne, mais son client jouait peut-être dans un autre camp. Et si l'origine des fonds lui importait peu, cela impactait malgré tout ses commissions qui, elles, variaient en fonction des risques.

4

Avec la mort du Patron et l'arrivée de son oncle aux manettes, Junior s'était pris à rêver, mais il avait vite déchanté. Youssef Tahir était en effet la copie conforme de son prédécesseur et tous deux étaient atteints d'un même mal rédhibitoire : ils n'avaient tout simplement plus la niaque nécessaire pour faire le job ! Avec l'âge, ils avaient rallié cette bourgeoisie mafieuse qui prétend gérer les affaires comme s'il s'agissait d'un business normal avec des règles à respecter. Sans déconner, à quoi ça rimait ?!

Ils le faisaient rire, avec leur fameux code de l'honneur. Le sens de la famille, le respect de la parole donnée, l'interdiction de s'en prendre aux femmes et aux enfants, le recours au meurtre uniquement en dernier recours, faute d'alternative ? Une belle imposture, oui, et surtout un tissu de conneries pour les gogos et autres niais. Eux, des hommes d'honneur, alors qu'ils se volaient entre eux, qu'ils trompaient leur famille en collectionnant les maîtresses, et qu'ils ordonnaient sans compassion l'anéantissement de leurs rivaux ?! Ils étaient comme tout le monde. Ils n'avaient qu'un dieu, l'argent et le pouvoir qu'il confère. Quel besoin d'inventer toutes ces fables ? S'il existait une règle à respecter, ce serait plutôt de tenir sa langue en toute occasion et surtout de ne jamais, jamais, parler aux flics. Mais ça, ils en étaient bien incapables. L'expérience montrait que même les plus grands mafieux finissaient par raconter leur vie et trahir les leurs pour échapper à la prison.

Dans le fond, la triste réalité concernant ces hommes, désormais si attachés à leurs biens, c'est qu'ils se trouvaient pour ainsi dire possédés par leurs possessions. Ils se tenaient prêts à toutes les concessions pour préserver leurs acquis, alors que la nature même de leur activité exigeait un esprit de conquête permanent. Ils manœuvraient comme s'ils avaient oublié que ce business n'était fait que de batailles incessantes qu'il fallait gagner les unes après les autres pour ne pas disparaître. Soi-disant par crainte de commettre une erreur en allant trop vite, ils tergiversaient constamment, croyant ainsi retarder l'heure des choix alors que leurs atermoiements représentaient déjà un choix en soi, celui d'un échec annoncé.

Le jugement de Junior était sans appel : ces types avaient atteint leur date de péremption. Ils n'étaient que des has been nostalgiques, complètement largués, juste bons à ressasser leurs vieilles histoires. Ces *chibanis*[1] trompaient leur monde. Sous prétexte d'éviter les conflits qui nuisaient aux affaires, ils ne cherchaient en fait qu'à survivre et à défendre leurs intérêts. La vérité, c'est qu'à force de vivre dans un confort sans danger, ils avaient à présent peur de tout. L'avenir ne pouvait pas s'écrire avec eux !

À l'époque du Patron, Junior s'était vu confier, sur recommandation de Youssef, l'encaissement et la centralisation des sommes dues par les clients, qu'il devait ensuite remettre au représentant du saraf. Mais, dans le plus grand secret, la consigne lui avait été donnée de n'en remettre que la

1. Un « vieil homme », en arabe.

moitié et de rapatrier le reste directement au Maroc, dans le dos du saraf, pour éviter que ce dernier n'ait une idée précise des revenus du réseau.

Dans l'esprit du jeune homme, on l'avait en quelque sorte propulsé chef comptable ; de fait, son équipe était principalement composée de collecteurs et de passeurs d'argent, des gens bien sous tous rapports, étrangers au trafic proprement dit, et les plus invisibles possible. À son grand désespoir, il s'était donc retrouvé à la tête d'une armée de passe-murailles insignifiants.

Grâce aux recouvrements délicats qui lui incombaient en parallèle de ceux plus classiques, il avait cependant obtenu l'autorisation de constituer un petit groupe qu'il appelait pompeusement son « équipe feu », dirigé par un ami d'enfance, Karim Amara. Mais les clients étaient plutôt bons payeurs et les conflits sérieux, inexistants. Junior restait donc loin des guerres menées sur la Costa del Sol ou à Marseille, et devait se contenter de bander par procuration en suivant ces événements à travers ce qu'en disait la presse. Des guerres et des règlements de comptes qui avaient conforté le Patron dans l'idée qu'il fallait strictement s'en tenir à la logistique, et surtout ne jamais mettre le doigt dans ce qui lui paraissait un funèbre engrenage. Telle était aussi la ligne de conduite de son oncle : « Ne pas faire de vagues, quitte à gagner moins. »

Cette situation n'avait pourtant en rien entamé les ambitions de Junior qui continuait à réfléchir au développement de l'activité du réseau et parvenait toujours à la même conclusion : il fallait tout changer et ne plus se limiter à assurer le transport des produits. Pour décupler les gains, ils devaient se lancer eux aussi dans la distribution, quitte à affronter ceux qui s'y opposeraient. Éviter les conflits comme le répétait à l'envi son oncle ? Mais l'évitement jusqu'où ? On parlait de centaines de millions d'euros, on jouait pas à la marelle, sérieux ! Et c'était pareil pour la cocaïne. Pourquoi s'obstiner à en minorer le potentiel ? Le produit était moins encombrant que la résine, il se conservait plus longtemps et sans altération, sans dire que sa popularité croissait à la vitesse de la lumière, au point que certains réseaux commençaient à le commercialiser sur les mêmes places de vente que le cannabis. Qu'est-ce qu'on attendait de plus ? Lui, en tout cas, n'avait attendu aucun feu vert, et heureusement. Il était déjà à la manœuvre avec Reis et pas mécontent de ce qui s'annonçait.

Restait encore à réformer en urgence la gestion des flux d'argent en mettant sur pied un véritable processus de blanchiment des fonds, comme le lui avait proposé Beneveto, et à opérer des placements dans l'économie légale pour s'assurer une rente si le trafic venait à s'arrêter du jour au lendemain. Là aussi, était-ce trop demandé de pouvoir profiter de son argent ?

En tout cas, même si le réseau était toujours dirigé par son oncle et qu'on continuait de le surnommer Junior, ce qui commençait à l'agacer prodigieusement, il avait l'absolue certitude qu'il finirait par imposer ses idées. Et cette saisie de 400 000 euros apportait de l'eau à son moulin. En effet, il entendait bien tirer profit de cette affaire qui confirmait qu'il devenait difficile de transporter discrètement de tels montants compte tenu des volumes et des poids qu'ils représentaient. Convoyer de l'argent était désormais presque aussi délicat que de faire passer de la came, d'autant que les flux ne cessaient de croître. Aucun doute, l'occasion était rêvée pour convaincre son oncle. Mais avant d'aller à Tanger, il fallait préparer le terrain. Simple comme un coup de fil.

5

Après sa conversation avec son neveu, Youssef Tahir était resté silencieux. Jusque-là, il avait toujours scrupuleusement suivi la route tracée par le Patron, son mentor et beau-père avec lequel il partageait une seule et même obsession : rester sous les radars de la police. Junior n'avait cependant pas tort, beaucoup de choses étaient sur le point de changer et il fallait s'adapter. L'occasion pour lui de se refaire le film de sa vie et de son ascension fulgurante.

Issu d'une famille très modeste de Bni Drar, une petite ville frontalière avec l'Algérie où il serait encore s'il n'avait pas pris son destin en main, Youssef Tahir avait commencé par emboîter le pas de son frère dans les serres maraîchères de la région avant de se laisser happer par le *trabendo*, la contrebande d'essence entre l'Algérie et le Maroc. Au départ, il s'agissait d'une sorte de jeu, puis celui-ci était rapidement devenu une activité à temps plein, beaucoup plus lucrative que le travail harassant de la terre, jusqu'au jour où les autorités algériennes avaient sifflé la fin de la récréation en décidant de renforcer tous les contrôles et d'édifier un mur pour créer des checkpoints. Youssef s'était alors exilé à une centaine de kilomètres de là, à Nador, avec l'espoir de continuer à s'employer dans la contrebande, misant cette fois sur la proximité avec l'enclave de Melilla et l'Espagne.

C'est ainsi qu'il était entré au service de trafiquants de cannabis. Il avait débuté tout au bas de l'échelle. Quand les camionnettes amenaient leur précieuse cargaison sur la plage, parfois jusqu'à trois tonnes de résine, il faisait partie de ces manouvriers recrutés pour charger les « valises marocaines » sur ce qu'on appelait les « gommes » dans le jargon, à savoir des bateaux de type Zodiac. Il fallait des bras solides pour la manutention de ces sacs en toile de jute pesant trente kilos pièce, mais rien de difficile pour quelqu'un comme lui qui avait passé des années courbé dans la chaleur des serres à remuer la terre et des nuits entières à faire rouler des fûts d'essence.

Plus vaillant que les autres, il s'était vite fait remarquer par celui qui supervisait les opérations, le maître de plage, et s'était vu intégrer l'équipe permanente. C'est comme ça qu'il s'était remis à gagner de l'argent, mais encore bien insuffisamment pour vivre ses rêves. Raison pour laquelle il s'était finalement rapproché des pilotes de bateaux qu'il savait mieux rémunérés. Il enviait ces hommes et leurs engins surmotorisés capables de traverser la Méditerranée d'une seule traite jusqu'aux plages espagnoles pour y livrer la drogue. L'immensité de la mer pour échappatoire à la médiocrité de la vie, les vents marins et la rumeur de l'eau pour compagnons, il n'aspirait plus qu'à prendre part à l'une de ces traversées. Mais, hélas pour lui, son chef s'y était opposé, par peur de perdre un élément de valeur.

En revanche, pour s'assurer de le conserver dans son équipe, il lui avait octroyé une augmentation, une décision qu'il avait dû justifier auprès des autres en l'associant à la logistique des opérations, de la préparation du carburant pour les gommes, en passant par leur garde jusqu'au recrutement des nouveaux manutentionnaires, au point qu'il était devenu en peu de temps son bras droit. C'est là qu'il avait pris conscience de l'importance de tout ce qui avait trait à l'organisation : de l'essence de mauvaise qualité, trop ou pas assez d'huile, et ce pouvait être la catastrophe pour ces monstres des mers dont certains étaient dotés de quatre moteurs de 450 CV.

En définitive, même la surveillance de ces bateaux n'était pas une mince affaire, car, paradoxalement, c'est à l'arrêt que les embarcations étaient les plus vulnérables. Douze pneumatiques étaient ainsi régulièrement ancrés dans la baie de Nador, plus ou moins surveillés par un pêcheur du coin qui arrondissait ses fins de mois en guettant depuis une petite baraque située à une centaine de mètres de la rive. Le maître de plage l'avait doté d'une paire de jumelles et d'un *turaya*, un téléphone satellitaire, pour qu'il puisse donner l'alerte s'il détectait des allées et venues suspectes. Par ailleurs, côté autorités, le nécessaire avait été fait et les embarcations semblaient devenues invisibles. « La cape d'invisibilité d'Harry Potter », avait plaisanté son superviseur en frottant le pouce et l'index de sa main droite pour figurer l'argent versé.

Tout allait donc plutôt bien quand une chose improbable se produisit. Dans le cadre de la lutte antidrogue, les Français – de quoi se mêlaient-ils, ceux-là ? – s'étaient mis à surveiller les côtes marocaines par voie aérienne et avaient fini par repérer les fameuses gommes qui somnolaient, bercées par les vagues, en attendant leurs prochains chargements. Ils avaient aussitôt fait part de leurs soupçons à leurs homologues marocains et, peu après, le maître de plage avait reçu la visite d'un homme au visage fermé dont l'allure et la coupe de cheveux laissaient supposer qu'il pouvait s'agir d'un militaire. Celui-ci avait fait savoir que les pneumatiques ne pouvaient plus rester en permanence à la vue de tous. L'avertissement avait des allures de menace. Il ne lui serait pas pardonné si des photos, satellite ou pas, fleurissaient encore.

Conscient que son business était en train de vaciller, le superviseur en avait immédiatement rendu compte à plus important. Erreur fatale. Il s'était fait renvoyer dans ses cordes : on le payait assez cher pour qu'il règle le problème à son niveau et on s'interrogeait désormais sur ses capacités à gérer les difficultés. À ce stade, le désarroi de l'homme était si grand qu'il se lisait sur ses traits. Et c'est ce moment de faiblesse qu'avait choisi Youssef pour tenter sa chance. Il allait lui dire sa façon de voir les choses. Car oui, les Zodiac étaient en effet bien trop voyants. Il fallait les amarrer au large, à la distance précise où leurs silhouettes seraient absorbées par la ligne de l'horizon et les mouvements de la mer, et suffisamment espacés entre eux pour ne pas donner l'impression d'une armada à la veille d'une attaque. Quant aux chargements et au ravitaillement en carburant, ils devaient eux aussi se faire hors de vue depuis la plage grâce aux petits bateaux de pêche furtifs qui foisonnaient le long des côtes et auxquels personne ne prêtait attention. Estomaqué par le toupet dont il faisait preuve, le maître de plage l'avait écouté sans dire un mot.

De retour dans sa misérable chambre, Youssef s'était ensuite mis à regretter sa fougue, sûr d'avoir été trop loin. Il se faisait peu d'illusions, il allait être viré. Mais le surlendemain, à son arrivée, le superviseur s'était adressé à lui comme si rien ne s'était passé et les gommes n'étaient plus à l'endroit habituel. À sa grande surprise, ses conseils avaient été suivis.

Puis, un jour, après un transbahutage plus fastidieux que d'ordinaire, alors qu'il s'attardait à rêver encore en regardant les gommes filer, il vit le maître de plage et un homme qui l'attendaient près des voitures. L'inconnu était venu de Tanger pour le conduire chez le Patron.

6

Youssef Tahir n'avait rien oublié de cette rencontre qui remontait pourtant à presque vingt ans. Cet épisode qui avait fait basculer son destin de façon irréversible était à jamais gravé dans sa mémoire. Il n'en revenait d'ailleurs toujours pas de la chance qu'il avait eue.

Le Patron, un homme d'une cinquantaine d'années, grand, mince, le visage affable, fumait à l'excès et enchaînait les thés à la menthe. Il était habillé à la manière des gens de la ville, une chemise d'un blanc éclatant, un pantalon en coton et des chaussures en cuir beige. Il avait longuement observé Youssef, comme s'il essayait de lire en lui. Youssef, lui, était captivé par ses mains fines et lisses, des mains pour ainsi dire sans défaut. Rien à voir avec les siennes qui trahissaient son origine modeste et qu'il tentait vainement de cacher à cet instant…

L'homme s'était mis à parcourir des papiers en relevant de temps en temps la tête dans sa direction. Ce n'est qu'après avoir refermé le dossier sur son bureau et allumé une nouvelle cigarette qu'il se décida enfin à lui adresser la parole. Abstraction faite du contexte particulier, on aurait pu croire à un banal entretien d'embauche mené par un chef d'entreprise. Mais, devant lui, le CV du postulant avait été remplacé par l'enquête que le Patron avait demandée à ses amis de la police, et ces derniers avaient plutôt bien fait les choses. En effet, le Patron savait déjà tout de Youssef : que son père était mort jeune, qu'il était célibataire, qu'il demeurait dans une chambre misérable d'une maison de la banlieue de Nador à 120 dirhams le mois, qu'il ne buvait pas d'alcool, qu'il ne courait pas les filles, qu'en bon fils il envoyait de l'argent à sa mère par le biais d'un vague cousin – un routier qui faisait la liaison entre Nador et Bni Drar –, et que son frère aîné continuait à s'échiner dans le trafic de l'essence avec ce qui restait de leur équipe au bled.

— On m'a raconté que tu accomplissais des exploits quand tu trafiquais l'essence à Bni Drar, avait-il enfin dit.

Le visage du Patron n'affichait pas la moindre expression.

— Je me débrouillais, avait répondu modestement Youssef.

— Tu avais toute une équipe avec toi, c'est bien ça ?

Youssef avait acquiescé.

— Tu es toujours en contact avec eux ?

— Avec certains.

— Pourquoi avoir arrêté ? s'était-il enquis, intrigué.

— Parce que les Algériens ont durci tous les contrôles, et avec leurs barrages, c'était plus possible de maintenir les affaires.

Le Patron avait planté son regard acéré dans le sien.

— Et donc, tu as renoncé ?

— Je n'ai pas renoncé, avait répliqué Tahir, piqué. Je veux toujours gagner de l'argent.

— Sauf que tu n'as pas réussi à contourner la difficulté lorsqu'elle s'est présentée.

— Si, mais ça ne rapportait plus assez. Ceux qui étaient censés nous protéger étaient devenus bien trop gourmands.

— Rien de nouveau sous le soleil, avait murmuré son interlocuteur avec un sourire en coin. Selon mes informations, ton frère a préféré continuer. Vous vous êtes disputés ?

— Pas du tout. Il espère que je vais trouver quelque chose de plus rentable.

— C'est ton frère aîné ?

Nouveau hochement de tête.

— On dirait bien que tu es le plus débrouillard de la famille, je me trompe ?

— Je ne sais pas.

— Tu fais du bon boulot avec les gommes, on ne tarit pas d'éloges sur toi.

— Peut-être, avait répondu Youssef avec prudence.

L'homme l'avait fixé sans un mot pendant de longues minutes.

— J'ai besoin de sang neuf.

— Je serai content de travailler pour vous.

— Tu travailles déjà pour moi, avait aussitôt rétorqué le Patron, toujours sur le même ton monocorde.

— Oui, mais je voudrais faire plus que charger des bateaux ou jouer les pompistes.

Youssef avait tout de suite regretté son audace mais, à son grand étonnement, son vis-à-vis ne l'avait pas remis à sa place.

Le Patron, après lui avoir fait savoir qu'il était au courant des ambitions du jeune homme, avait pris le temps d'allumer une nouvelle cigarette. En soufflant une bouffée, il avait repris :

— Si tu es ici aujourd'hui, ce n'est certainement pas pour conduire des gommes. Tu ne le sais pas encore, mais c'est de plus en plus difficile de gagner sa vie dans notre spécialité. Beaucoup finissent en prison ou assassinés.

Nous n'en sommes pas à vivre dans la clandestinité, loin de là, en revanche, il faut faire attention. De plus en plus attention.

Youssef restant silencieux, le Patron avait poursuivi :

— J'ai besoin de quelqu'un, ici, à Tanger, pour m'aider sur le port. Il y a une belle quantité de marchandise disponible, mais depuis qu'ils ont installé un scanner pour contrôler les camions, tout est devenu très compliqué. Tu sais ce que c'est qu'un scanner ?

— Plus ou moins.

— Ici, les producteurs me pressent et, en Europe, les distributeurs cherchent à s'organiser entre eux pour les transports. Tous font semblant de ne pas voir dans quelle situation je me trouve. Je dois repenser mon business.

— J'ai une question, avait alors osé Youssef.

Le Patron l'avait invité à parler d'un mouvement de la main.

— Comment faisiez-vous avant le scanner ?

— J'avais un ami haut placé qui s'occupait de tout, mais c'est fini.

— Il a été arrêté ?

— Non, il dit que c'est trop risqué pour lui maintenant…

Malgré lui, Youssef avait esquissé un début de grimace qui n'avait pas échappé à son interlocuteur.

— Pourquoi cette moue ?

— Il est peut-être devenu trop gras avec l'argent que vous lui avez fait gagner…

— Tu as sans doute raison ! s'était exclamé le Patron en lui souriant pour la première fois. En tout cas, aujourd'hui, les camions doivent passer au scanner avant d'embarquer sur le ferry qui fait la liaison avec Algésiras en Espagne.

— Tous ?

— Non, pas tous, ça prendrait bien trop de temps ! Mais ceux qui ne sont pas scannés au départ, côté marocain, le sont à l'arrivée par la garde espagnole. De moins en moins y échappent. Et avec leur bordel, ne serait-ce que cinq cents kilos de résine, même très bien cachés au milieu des tomates, ça se voit comme le nez au milieu de la figure !

— Vous êtes en panne ?

— Pas tout à fait. Il y a les gommes, mais elles ne suffisent pas pour transporter toute la marchandise.

— Je ne sais pas ce que vous attendez de moi.

— J'espère qu'il n'y a rien qui te retient à Nador…

— Non, si je gagne plus d'argent.

— Décidément, tu ne perds pas le nord, mon garçon !

Youssef avait souri à son tour pour la première fois.

— Je compte te faire embaucher sur le port, à la capitainerie, comme ça tu pourras aller où tu veux et voir comment ça marche.

— Je dois faire quoi, exactement ?

— Ce qu'on te demandera, mais surtout observer et trouver une solution à mon problème. Tu comprends ?

Le jeune homme avait acquiescé.

— Tu feras venir aussi de Bni Drar ceux en qui tu as toute confiance. Il faut des visages nouveaux, que personne ne nous voie arriver !

— Et pour l'argent ? avait-il questionné.

Le Patron avait écrasé sa cigarette dans le grand cendrier bleu en céramique de Fez posé devant lui.

— Si tu réussis, ce ne sera plus un souci pour toi ni pour ta famille.

7

La mission de Youssef était donc de tromper le redouté scanner en réussissant à faire embarquer des camions chargés de résine sous couvert de transports de fruits et légumes. Qu'à cela ne tienne, il allait montrer au Patron ce qu'il savait faire, et il ne fut pas long à mettre au point plusieurs techniques.

La première s'était avérée efficace au premier essai. Il suffisait juste d'avoir des couilles… et deux camions. L'un, clean, passait au scanner avec sa cargaison de tomates et était contrôlé sans rencontrer de problème. On lui délivrait alors un certificat et il prenait ensuite rang dans la file d'attente en vue de l'embarquement. L'autre, celui qui dissimulait du cannabis dans le fret, ne se présentait pas au scanner et rejoignait directement la queue de ceux devant être contrôlés en Espagne. Youssef n'avait plus qu'à inverser les plaques minéralogiques des deux tracteurs et de leurs remorques pour que le tour soit joué : à l'arrivée, celui avec la résine était muni du certificat et évitait les vérifications espagnoles tandis que le fret légal était inspecté pour la seconde fois. C'était aussi simple que ça !

Mais voilà, dans le trafic, rien n'est jamais gravé dans le marbre. Il faut s'adapter en permanence, c'est même une condition impérative de survie. Ainsi, lorsque les douaniers s'étaient montrés de plus en plus suspicieux en cas de changement de file d'un véhicule, Youssef avait dû ajuster sa technique. L'inversion des plaques s'était alors faite en mer, loin des yeux des douaniers marocains, et encore plus de leurs homologues espagnols. Pour ce faire, il avait fait embaucher, grâce au Patron, un de ses fidèles de Bni Drar comme matelot ouvrier à bord du ferry. Un coût vite amorti et la reconnaissance éternelle du chanceux qui venait de décrocher un job permanent dans un pays où le taux de chômage est bien au-delà des 15 % officiels.

Puis Youssef avait développé d'autres moyens pour contourner le problème, dont un qui consistait à mettre en panne le scanner tant redouté. Personne n'était vraiment dupe mais, comme dans bien des domaines, il suffisait d'entretenir un soupçon pour faire passer la pilule. Or, l'équipement dans le port étant de fabrication chinoise et les médias se faisant toujours une joie de dénoncer le manque de fiabilité de la technologie asiatique, la chose était facilitée, d'autant que le Patron payait pas mal de monde dans les journaux. C'est ainsi qu'à chaque défaillance inexplicable, on incriminait le matériel et on s'interrogeait sur sa qualité, ce qui suffisait à atténuer les velléités douanières.

Il y avait aussi la bonne vieille méthode « à l'ancienne », si chère au Patron : investir sur l'humain... Le technicien opérant faisait comme s'il n'avait rien détecté, prêt à admettre une erreur d'appréciation s'il était pris en défaut par ses collègues. Il était alors possible de faire passer un chargement sans le ballet des plaques et en ne mobilisant qu'un seul camion. Que du bonheur ! Par le roulement aléatoire du personnel, il arrivait même que le trio de la brigade de contrôle soit intégralement composé d'hommes dévoués au réseau, une sorte d'alignement des planètes. Et le plus drôle dans tout ça, c'est qu'aucun ne savait que ses camarades étaient eux aussi payés pour feindre de ne rien voir !

S'adapter, évoluer, c'est le credo de tous les trafiquants, mais Youssef avait mis la barre encore plus haut. Il voulait montrer au Patron sa capacité d'anticiper, d'avoir toujours un coup d'avance. Ainsi, lorsque la vidéo-surveillance annoncée depuis des années fut enfin installée dans le port pour pister les petits malins comme lui, il avait déjà recruté plusieurs opérateurs destinés à travailler pour la société néerlandaise qui avait gagné l'appel d'offres. Il s'agissait de caméras PTZ : des caméras intelligentes, complètement automatisées, censées se focaliser sur le moindre mouvement de jour comme de nuit. Une entrée en force de l'intelligence artificielle qui devait mettre fin aux tricheries, voire éradiquer le crime… Or, la personne assise derrière son écran de pilotage pouvait reprendre la main sur la machine à tout instant, c'était même l'une des clauses formelles du cahier des charges, cahier à la rédaction duquel avait participé un des contacts du Patron deux ans auparavant. Étrangement, certains employés avaient parfois tendance à pointer l'objectif inquisiteur au mauvais endroit et au mauvais moment… ou plutôt au bon moment.

Au fil des mois, la relation que Youssef entretenait avec le Patron avait changé. Avec immodestie, il avait d'abord attribué ce changement à son insolente réussite. Ce n'est que plus tard qu'il avait détecté dans le regard de cet entrepreneur puissant une certaine bienveillance et, au-delà, la tristesse d'un homme qui a perdu son fils et qui cherche inconsciemment à compenser cette absence. C'est une fierté inavouée pour bien des pères que de se prolonger à travers un fils. Il l'avait donc pris sous son aile protectrice et se comportait comme son mentor, ce que Youssef avait accepté. Au final, Youssef devait le reconnaître, c'était bien le Patron qui avait fait de lui celui qu'il était aujourd'hui, bien plus que ses propres parents.

Commença alors une époque bénie. Grâce aux bons amis qu'ils comptaient dans le port de Larache situé sur la façade atlantique marocaine, ils étaient passés à la vitesse supérieure en s'intéressant de près aux conteneurs maritimes. Leur idée était de créer un flux de trafic qui prendrait à contre-pied tous les dispositifs douaniers et policiers européens en faisant monter des conteneurs le plus haut possible au nord de l'Europe pour faire redescendre le cannabis vers le sud, tandis que tout le système répressif des gouvernements avait été pensé et organisé pour lutter contre les flux montants depuis l'Espagne !

Le succès fut immédiat. Un coup d'essai à une tonne devint ainsi le précurseur de mouvements plus réguliers atteignant progressivement les dix tonnes mensuelles. Plus que toutes les autres opérations auxquelles il participait, celle-ci avait donné à Youssef le sentiment d'être une sorte de créateur, un peu comme dans une maison de haute couture. Il imaginait un modèle, ou plutôt un process, et le Patron mettait à sa disposition tout ce dont il avait besoin pour le réaliser, assuré du génie de son protégé et des bénéfices à la clé.

Il n'en restait pas moins que quelle que soit la méthode de fraude ou l'intrépidité des hommes du réseau, il fallait toujours payer quelqu'un. De ce point de vue, rien de nouveau sous le soleil, et même aucun espoir d'innover. Les cachettes n'étant pas infinies et les ruses étant toutes plus ou moins connues, il était nécessaire d'acheter le silence des inspecteurs, d'autant que les moyens de contrôle dont ils disposaient se faisaient de plus en plus sophistiqués, et d'agrandir le réseau. En permanence. Souriant et avenant, Youssef approchait d'ailleurs sans mal ses cibles. Tel un crocodile faussement indifférent à tout ce qui se passe autour de lui, il savait attendre la bonne opportunité, n'hésitant pas à rendre un service sans même qu'on le lui demande et ne sollicitant jamais rien en retour… enfin, au début. En fait, tout était plus facile dès lors qu'on comprenait que le monde entier était obsédé par l'argent.

Malgré l'implication de Youssef, seul le Patron avait une vue globale de tous les affidés du réseau et il lui appartenait de valider les recrutements. Comme à son habitude, il profitait souvent de ces occasions pour prodiguer ses conseils. En définitive, son enseignement pouvait se résumer à deux préceptes : veiller à ne pas attirer l'attention et investir sur les hommes, ce qu'il était en train de faire avec son protégé.

Grâce à l'assurance tous risques que constituaient ses relations, les producteurs du Rif et certains grands réseaux, tous désireux que leur marchandise arrive à bon port, s'adressaient donc à lui. Ceux-là voyaient le Patron comme l'incarnation même de la corruption, mais cette vision des choses était insensée. Personne ne pouvait à lui seul incarner un phénomène d'une telle ampleur. C'est le Système qui voulait ça et tout le monde lui appartenait. Il fallait juste du temps pour le comprendre.

En fait, chacun à son niveau personnel contribuait à cette situation en vertu d'une mécanique infernale invisible. Le Système repérait rapidement les incorruptibles. Ceux-là, une fois identifiés, n'étaient ni punis ni exclus. On se contentait de ne plus rien leur demander en attendant qu'ils changent de poste. S'ils tardaient à le faire d'eux-mêmes, ils étaient promus à d'autres fonctions moins utiles au trafic. Ils poursuivaient ainsi leur carrière en gravissant les échelons, sans accroc.

C'était là l'extraordinaire force perverse du Système. Ces gens se retrouvaient sur une sorte de voie parallèle où les opportunités de se faire de l'argent au black n'existaient pas. On savait qu'il ne fallait pas les solliciter, mais on n'hésitait pas pour autant à saluer leur travail et à les féliciter. Surtout à les féliciter.

Et même si beaucoup n'étaient pas dupes, aucun ne se plaignait. Par cette acceptation tacite, ils contribuaient alors eux aussi à consolider ce qu'ils rejetaient. Bien entendu, entre-temps, ils avaient été promptement remplacés par d'autres plus cupides et pressés de s'enrichir.

8

Alors que Youssef commençait à se faire un nom et à gagner pas mal d'argent, une chose assez improbable, mais merveilleuse, s'était produite. Il était tombé amoureux d'Anissa, la fille du Patron, qui visitait son père pour lui faire sa piqûre d'insuline quotidienne. Il l'avait croisée pour la première fois alors qu'elle sortait du bureau paternel et que lui s'apprêtait à y entrer. Subjugué par cette beauté qui contrastait tant avec la banalité voulue des lieux, il était resté comme pétrifié, lui interdisant ainsi involontairement le passage.

Elle devait avoir environ vingt-cinq ans. Aussi grande que lui, fine, elle avait le teint clair légèrement hâlé, de longs cheveux sagement retenus par un foulard de soie, et il flottait autour d'elle un subtil parfum aromatique. Comme envoûté, lui qui était pourtant d'une timidité maladive avec les femmes, il n'avait pu se détacher de ces traits harmonieux. Une émotion sans doute partagée, car elle l'avait regardé droit dans les yeux, esquissant même un début de sourire avant de lui demander, non sans un soupçon de malice, s'il pouvait se décaler. Il s'était aussitôt exécuté, mutique. Mais son trouble ne l'avait pas quitté, au point qu'il avait complètement oublié ce pour quoi il était venu voir le Patron. Ce dernier, à qui rien n'échappait, s'en était amusé.

Depuis, la jeune femme occupait son esprit en permanence, sans qu'il ose en parler à quiconque autour de lui. Ces yeux verts, expressifs et emplis de bienveillance, et ces cheveux noir de jais le hantaient. Il lui semblait ne plus pouvoir vivre sans la revoir. Heureusement, il savait où la croiser et il obtint qu'elle accepte de partager avec lui un café dans le quartier. Durant le court trajet entre l'immeuble du bureau de son père et la brasserie qu'il avait repérée à proximité, les effluves de son parfum firent rejaillir chez lui, intacte, l'intense émotion de leur première rencontre, et il eut alors la certitude que celle qui marchait à ses côtés était la femme de sa vie. Ils entamèrent ainsi une relation chaste faite au début de mots et de regards, puis de sourires complices, et plus rarement de gestes tendres. Ils se consumaient de passion, tout en veillant à ne pas le montrer aux autres. Et chaque jour qui passait tissait entre eux un lien toujours plus fort.

Youssef, que ses parents n'avaient jamais emmené nulle part et dont la mère ne savait ni lire ni écrire, suivait Anissa dans les cinémas et les salles d'exposition et s'était découvert un vrai goût pour le cinéma des frères Chraïbi. L'influence de la belle avait aussi impacté sa manière de s'habiller. En lui permettant de partager son univers et ses rêves, la jeune femme le tirait vers le haut et le hissait à son niveau. Et le plus surprenant dans tout ça, c'était que le Patron, qui forçait pourtant l'admiration de tous par son sens de l'observation, semblait feindre de n'avoir rien remarqué. Jusqu'à ce fameux jour où il convoqua Youssef en début d'après-midi pour une affaire privée…

Ce que celui-ci ne savait pas, c'est que le soir même de leur première rencontre, Anissa avait eu l'audace de demander à son père qui était l'homme croisé au sortir de son bureau et s'il était marié. De quoi mettre en alerte tous les pères de la Terre. N'ayant en réalité jamais rien ignoré de leurs rendez-vous, le Patron s'était donc résolu à aborder frontalement le sujet avec son protégé qui, très mal à l'aise, appréhendait sa réaction.

Il s'avéra toutefois que ses craintes n'étaient pas fondées. Certes, Youssef n'était pas le gendre médecin dont il avait toujours rêvé, mais le Patron l'aimait bien, et il ne faisait guère de doute que sa fille aussi ! Et puis il faut dire que le Patron avait déjà en tête sa succession et que, dans sa situation, ce n'était pas une mince affaire… Au Maghreb, en effet, les droits des filles sont toujours lésés, mais cet homme de caractère était bien décidé à tout faire pour éviter qu'on ne spolie la sienne et le ballet de notaires qui passaient régulièrement par son bureau attestait sa farouche détermination. La première étape, de loin la plus facile, avait concerné ses avoirs à l'étranger. Grâce aux dispositions qu'il avait prises, il s'était assuré que leur pleine propriété reviendrait à Anissa, quoi qu'il advienne. Ainsi, la maison en Crète et l'argent qui dormait dans un coffre du Luxembourg seraient à elle le moment venu. Pour les biens du Maroc, même si les arcanes du droit notarial de son pays lui laissaient toujours quelque espoir, les choses étaient en revanche plus compliquées.

Par contre, passer la main dans le trafic relevait de la série *Mission : Impossible* ! Il est vrai qu'on était très loin de la revente d'un simple fonds de commerce… En ce domaine, le Patron était sans illusions. Quand bien même Anissa aurait accepté de reprendre le flambeau, ce qui était à des années-lumière de sa personnalité et de ses projets, il savait qu'il était impossible que sa fille dirige un jour le réseau qu'il avait bâti. Les hommes ne supporteraient pas d'être commandés par une femme, il y en aurait toujours un pour la dépouiller et l'évincer, quitte à employer la violence. C'était plié d'avance. L'arrivée de Youssef dans le jeu était donc loin d'être négative. Ce garçon aimait Anissa et il pourrait veiller sur elle. Cette idylle tombait à point nommé, mais les choses devaient être exposées sans détour. Le Patron s'était alors lancé dans un long monologue :

— Ce que je vais te dire, je te le dis, car je te considère comme un fils. Ma fille Anissa n'est pas comme les autres. Elle a rejeté tous ses prétendants, sous prétexte qu'elle devait s'occuper de moi. Il est vrai que je ne suis pas en bonne santé, mais il y a une autre raison à tout ça. Elle fait partie de ces femmes qui contestent certaines traditions et n'acceptera jamais, par exemple, d'être soumise à un homme. Elle ne l'est d'ailleurs déjà pas vis-à-vis de moi ! Je sais depuis longtemps que c'est elle seule qui choisira son compagnon, et je suis bien placé pour savoir qu'elle arrive toujours à ses fins. L'équation est simple : je l'aime et elle t'aime. Je ne m'oppose donc pas à ce que vous vous fréquentiez dans la mesure où tu la respectes. Rappelle-toi toujours qu'elle a étudié plus que toi et moi réunis. Cette femme n'a besoin de personne pour mener sa vie et elle a des projets. Sois certain qu'il te faudra faire des compromis si tu veux qu'elle reste avec toi.

Ils en étaient là de leur échange quand le Patron s'était soudain arrêté pour fouiller ses poches à la recherche d'un nouveau paquet de cigarettes. Durant ce laps de temps, Youssef s'était mis à songer avec émotion à sa mère, une ombre dans la maison, au service exclusif de son père et de ses deux fils. Aucun d'eux ne s'était jamais posé de questions à son sujet, ni n'avait jamais rien su de ses rêves ou de ses projets. Que pensait-elle vraiment ? Avait-elle aimé ? Était-elle heureuse ou l'avait-elle été un jour ? Youssef prenait conscience qu'elle leur avait fait don de son existence sans rien exiger en retour. Une sorte de renoncement pour le bien-être d'une famille. Une soumission si intériorisée qu'on passait à côté sans la voir. Et lui, il en avait profité toutes ces années, sans s'en rendre compte.

Pour la première fois, le Patron lui paraissait comme hors sol. Sa posture mettait à mal le seul modèle familial qu'il connaissait, les us et coutumes de son éducation. En même temps, il le trouvait si généreux avec sa fille. Il aurait aimé avoir un tel père et commençait à s'en vouloir pour sa mère qu'il chérissait.

Sa cigarette allumée, le Patron avait repris.

— Je t'avoue que je ne comprends pas comment tu as fait pour la séduire, mais d'un autre côté, tout le monde s'était demandé, en mon temps, comment j'avais moi-même réussi à séduire sa mère. C'était inespéré qu'une telle femme s'intéresse à moi. Comme tu le sais peut-être, elle est morte avec notre fils dans des conditions dramatiques. Aujourd'hui, il ne me reste plus qu'Anissa et rien ne m'importe autant que son bonheur, ce qui signifie que quel que soit notre lien d'affection, je ne te pardonnerais pas si tu la rendais malheureuse.

Youssef, ému, s'était alors permis de l'interrompre pour s'ouvrir à lui en toute sincérité :

— J'aime votre fille plus que tout et je vous jure solennellement que je veillerai toujours sur elle.

Il n'aurait jamais cru être capable de prononcer ces mots devant cet homme qu'il respectait tant, mais il l'avait dit. Le Patron avait souri avec bienveillance et ajouté :

— Je te souhaite de connaître un jour, avec un de tes enfants, une relation aussi fusionnelle que celle que j'ai avec Anissa. Sans elle, je ne sais pas ce que je serais devenu à la mort des miens, et même aujourd'hui…

Pour mettre un terme à un échange trop émotionnel à son goût, le Patron avait conclu sur un ton malicieux :

— Un dernier point : évite de lui parler de notre business. J'ignore ce qu'elle sait exactement, mais elle désapprouverait, sans dire qu'elle viendrait aussitôt me demander des comptes !

Ensemble, ils avaient éclaté de rire. Puis ils s'étaient levés et s'étaient donné une longue accolade au cours de laquelle le Patron lui avait glissé à l'oreille : « Bienvenue dans la famille ! »

Bientôt, on célébra le mariage. Commencèrent alors pour Youssef les plus beaux jours de son existence, si bien qu'il aurait pu se retirer du business. Il avait le sentiment d'accéder à un autre univers, celui du bonheur, et voulait passer chaque seconde avec Anissa. Il avait assez d'argent, plus que de besoin, bien plus qu'il n'aurait jamais imaginé. Il était peut-être temps de tout arrêter. Avec sa femme à ses côtés, il envisageait la possibilité de finir dans la peau d'un hôtelier ou d'un tenancier de restaurant, dans un endroit au calme, très loin du monde de la contrebande.

Il en aurait sans doute été ainsi si la santé du Patron ne s'était pas soudainement dégradée, le contraignant à reprendre les rênes. Son récent statut de gendre et bras droit allait en effet de pair avec de nouvelles responsabilités et une implication toujours plus grande dans le réseau. Dans l'intimité de ce bureau qu'il occupait le temps de la convalescence du Patron, il comprenait chaque jour un peu plus qu'on ne dirige pas le trafic. On y contribue assurément, mais on lui appartient surtout.

Au fur et à mesure que son « intérim » durait, Youssef gagnait en autonomie tout en s'astreignant à respecter à la lettre les principes de son mentor, en particulier celui concernant l'investissement sur les hommes. Son frère aîné supervisait désormais leur activité sur le port de Larache, un cousin avait remplacé l'ancien maître de plage à Nador, et un de ses neveux installé à Paris veillait sur leurs intérêts financiers en Europe tandis qu'il gardait la main sur le port de Tanger. En assumant cet intérim, il mesurait pleinement l'avantage stratégique que cela lui conférait : à tout instant, il savait qui faisait quoi.

Même alité, le Patron n'en continuait pas moins de le former. Une inquiétude au sujet de l'interception des fourgonnettes acheminant le cannabis vers la mer ou par rapport à un raid possible au moment du chargement des Zodiac ? Le Patron lui expliquait que si les véhicules prenaient la route et que le chargement des bateaux se faisait précisément ce jour-là, c'est que tout était propre, que la police et les gardes-côtes étaient occupés ailleurs. La cape d'invisibilité… Un doute sur la manière dont les gommes pouvaient échapper aux radars déployés le long des côtes espagnoles, des radars si performants qu'ils pouvaient détecter une simple *patera*[1] transportant de malheureux immigrés ? Le Patron souriait et répondait de manière placide : « Rappelle-toi que nous investissons sur l'humain. Il faut bien des hommes derrière les écrans, même les plus sophistiqués. » Le pressentiment que la légalisation rampante en Europe risquait de condamner leur activité ? « L'or vert restera une valeur sûre quoi qu'il arrive. Imagine-t-on un monde sans alcool, sans tabac ou sans sexe ? Les choses peuvent changer, mais on aura toujours assez pour vivre. » Et en attendant, l'argent continuait de rentrer à flots.

Finalement, seule une question semblait l'embarrasser : l'ordre établi, si profitable à la famille, n'était-il pas menacé par le terrorisme que les autorités et les médias pointaient du doigt ? Là, Hicham, c'était le prénom du Patron, avait pris le temps de peser chacun de ses mots : « Éloigne-t'en toujours, car sinon tu perdrais instantanément toutes tes

1. Les *pateras* sont des embarcations de fortune à fond plat utilisées par les migrants clandestins pour aller du Maroc en Espagne.

protections ; mais reste lucide et ne le combats pas. C'est l'ennemi confortable. Il nous renvoie à une position intermédiaire sur l'échelle du Mal et occupe les esprits de ceux qui, sans ça, nous pourchasseraient avec ardeur… Fais-en un atout. »

Après des mois d'absence, le Patron, encore très affaibli, avait enfin fait son grand retour au bureau. Il semblait vouloir mettre les bouchées doubles, au grand dam de sa fille qui s'inquiétait pour sa santé et de Youssef qui se demandait comment interpréter cette impatience à reprendre le contrôle de ses affaires. En réalité, ce que l'on ne savait pas encore, c'est que les médecins venaient de lui annoncer qu'il n'en avait plus que pour quelques mois, un an peut-être. Personne ne se doutait d'une issue si proche, même s'il était très amaigri et que la fatigue se lisait sur son visage. Une fatigue bien réelle, au point qu'il avait fait installer dans son bureau un sofa pour se reposer en journée, avec un paravent pour le cacher.

Désormais pressé par le temps, et sans pour autant arrêter de fumer comme l'exigeaient les docteurs, le Patron multipliait les rendez-vous, emmenant Youssef partout avec lui. Il le présentait désormais à tous comme son associé. Sympathique et inspirant confiance, celui-ci faisait ainsi davantage connaissance avec ceux appelés à être un jour ses clients, toujours sous le regard bienveillant de son mentor. Le message était simple et efficace : succession ou pas, rien ne changerait pour personne.

Plus que jamais, le mot d'ordre restait : « *Business as usual.* » Oui, quoi qu'il advienne, les affaires continueraient, comme avant.

9

Son beau-père connaissait tous les gens qui comptaient, à commencer par les grands producteurs d'Al Hoceima, de Chefchaouen, et bien sûr ceux de Ketama, le berceau emblématique du trafic. Il s'agissait pour la plupart de riches propriétaires terriens qui faisaient travailler toute une main-d'œuvre qui n'aurait jamais trouvé à s'employer sans leur commerce. L'un d'eux affirmait même que le cannabis faisait vivre plus d'un million de personnes et rapportait plus de 5 milliards de dirhams[1] au pays, une manne annuelle dont on ne pouvait se passer, surtout pas les autorités.

Certaines rencontres se déroulaient aussi avec les clients. Ces derniers n'avaient rien à voir, bien entendu, avec les amateurs qui vont dans le Rif acheter dix, trente ou cinquante kilos de cannabis pour le ramener par eux-mêmes en Espagne ou en France, en poussant parfois la folie jusqu'à utiliser leur propre voiture ou un véhicule de location. Ceux-là avaient toutes les chances de se faire arrêter au départ ou à l'arrivée, ce qui finalement arrangeait tout le monde : les services de douane et de police qui

1. 5 milliards de dirhams représentent environ 500 millions d'euros.

marquaient des points en faisant ainsi montre de leur vigilance, la bureaucratie et les statistiques officielles si chères à toutes les hautes sphères, et les réseaux de distribution – les vrais trafiquants – qui ne boudaient pas leur plaisir en voyant l'élimination de ces free-lances qui gâchaient le métier. Bref, tout le système y trouvait son compte. Non, les clients que le Patron rencontrait étaient des sortes de golden-boys à la tête d'importants canaux.

Selon son expression, leur ascension relevait de « la dynamique des météorites ». Ils montaient très vite au firmament et s'y brûlaient. Mû par l'unique volonté de gagner le plus possible, aucun ne prenait le temps de gérer sa réussite. On les reconnaissait à leurs montres clinquantes et leurs voitures de luxe, et c'était comme ça tout au long de la chaîne de distribution. Le mentor de Youssef expliquait cette attitude, qu'il jugeait par ailleurs suicidaire, par la frustration. Pour ces gens, l'affichage déraisonnable de signes extérieurs de richesse devenait un moyen d'exhiber aux yeux du monde entier leur réussite, et surtout de s'en convaincre eux-mêmes. Ces types, le Patron ne les recevait jamais à son bureau, et encore moins chez lui. Il les voyait au café La Crème, un lieu qui appartenait au réseau et que dirigeait un de ses amis. Là, ses interlocuteurs marchandaient toujours les prix et ergotaient sur les coûts de livraison. Si un accord était le plus souvent trouvé, il n'était cependant pas rare que certains se montrent très menaçants quand ils n'obtenaient pas ce qu'ils voulaient. Avec l'expérience, le Patron avait développé un moyen bien à lui pour prévenir ce genre de difficultés, un moyen qui lui aurait valu une condamnation à mort immédiate s'il avait été connu de ses pairs. Il lui arrivait en effet de donner des tuyaux à ses amis de la police pour faire sortir du jeu les éléments les plus turbulents. Il le faisait aussi parfois pour éliminer discrètement un concurrent et se justifiait en faisant valoir qu'il fallait nourrir les fauves autour de lui et que l'argent n'y suffisait pas toujours.

À côté de ces têtes brûlées, il y avait quand même quelques clients intelligents qui voyaient plus loin que le bout de leur nez. Ceux-là cherchaient à obtenir une garantie d'approvisionnement à l'année pouvant représenter plusieurs tonnes et, de ce fait, des prix plus intéressants. Dans cette catégorie, il y en avait un qui surpassait tous les autres et que ses semblables surnommaient Dhollandia, en référence aux camions avec hayon qu'il utilisait pour faire remonter sa marchandise depuis l'Espagne jusqu'aux Pays-Bas où il était établi. Le Patron disait de lui que c'était de la « graine de star », susceptible d'être un jour dans le top 10 des plus grands trafiquants européens. Cependant, à l'inflexion de sa voix quand il évoquait ce type, on sentait bien qu'il y avait quelque chose de l'ordre du ressentiment, si ce n'est de l'hostilité, à son égard. Bien qu'à peine plus âgé que Youssef, Dhollandia, de son vrai nom Sajjad Sagghi, avait déjà la réputation d'être un homme d'affaires avisé, mais aussi un homme violent. La légende voulait qu'il ait une énorme pieuvre tatouée dans le dos, symbole de sa volonté de tout étreindre et de sa capacité à frapper ses ennemis de nombreuses façons grâce à ses huit bras.

Enfin, le Patron entretenait des liens étroits avec plusieurs sarafs. Plutôt éduqués et très respectés, ces banquiers occultes étaient indispensables au trafic et il leur parlait d'égal à égal. L'argent était leur domaine. Avec eux, ni papier ni banque, tout reposait sur la confiance. On restait ainsi dans un sage entre-soi, sous les radars de la police. Ces hommes bien établis dans la vie avaient tous un carnet d'adresses incroyable qui couvrait presque toute l'Europe et l'Afrique. Les plus importants avaient même des contacts en Amérique et jusqu'en Asie. La forte présence chinoise sur le continent africain avait en effet cet avantage qu'elle permettait aux sarafs de tisser des liens financiers aussi inextricables qu'exotiques. En bref, ils étaient capables de mettre à sa disposition, à Tanger et en dirhams, n'importe quel argent gagné à l'autre bout du monde dans n'importe quelle monnaie !

Si le Patron faisait bien appel à eux pour récupérer les gains du trafic, les choses étaient en réalité plus compliquées qu'il n'y paraissait : Hicham avait en parallèle son propre réseau de rapatriement des fonds qu'il gérait dans le plus grand secret, guidé par cette volonté de souveraineté et d'indépendance d'habitude si chère aux États. Une partie du rapatriement se faisait alors dans une sorte de continuum de contrebande : un flux montant de marchandise et un flux descendant d'argent assurés par deux composantes distinctes du réseau, mais employant les mêmes techniques. Pourquoi ? Parce que, selon lui, les sarafs en savaient déjà trop sur la richesse des uns et des autres pour qu'il ne leur livre pas le moyen de mesurer plus précisément la sienne. Cela lui permettait aussi d'atténuer les jalousies et les convoitises, éloignant du même coup le spectre du racket ou pire celui de l'enlèvement. Sans compter que ses partenaires auraient été beaucoup plus exigeants sur leurs commissions s'ils avaient su à quel point il se faisait des couilles en or.

10

Une importante étape dans le trafic fut franchie le jour où un saraf contacta le Patron pour lui annoncer qu'un Vénézuélien de passage à Marrakech souhaitait le rencontrer pour parler business. Le banquier avait prévenu, l'homme ne s'était présenté à lui que sous le surnom de « Serpiente ». Rien d'anormal dans ce milieu, car il est assez rare de connaître, surtout dès le début, les identités réelles des gens avec lesquels on travaille. Comme Hicham refusait de s'afficher à Marrakech ou à Tanger, l'entrevue eut lieu à Casablanca dans un restaurant sur la route de la corniche, non loin du phare.

Lorsque Youssef et son mentor arrivèrent, leur rendez-vous était déjà là. Il ne ressemblait pas du tout à ce à quoi ils s'attendaient, sans doute trop habitués qu'ils étaient aux séries télévisées. Pas de garde du corps inquiétant, pas de chaîne en or autour du cou, pas de coupe de cheveux excentrique, des vêtements de qualité loin d'être exubérants. L'apparence d'un homme d'affaires en somme, si ce n'est peut-être qu'il portait aux pieds des sortes de santiags à bouts pointus.

Les présentations faites, le Vénézuélien était allé droit au but. Il voulait bénéficier de leurs « facilités » dans le port de Larache. Son réseau projetait d'y acheminer de grands lots de cocaïne qu'il souhaitait ensuite réexpédier vers l'Europe en utilisant la logistique du Patron. Après l'avoir écouté avec attention, celui-ci lui avait demandé sans malice comment il opérait jusqu'à présent.

— En quoi cela vous regarde-t-il ? avait aussitôt réagi leur interlocuteur, laissant percer un tempérament éruptif, loin de l'impression qu'il avait donnée jusqu'alors.

— J'aime bien savoir avec qui je travaille et je ne vous connais pas, avait répondu Hicham avec flegme.

Le Vénézuélien avait lancé un regard noir en direction du saraf, lequel, un rien faux cul, s'était cru obligé de prendre un air outré avant de déclarer solennellement :

— Je me porte garant pour lui.

Mais le Patron avait poursuivi sans sourciller.

— C'est bien l'essentiel à mes yeux, mais j'ai quand même besoin de me faire une idée de la personne avec qui je traite. La méfiance, la *paranoïa* selon certains, est une qualité inestimable dans mon monde. Ton ami doit nous parler un peu de ses activités, que je comprenne pourquoi il vient à nous aujourd'hui.

Face à sa détermination, le Vénézuélien avait fini par reprendre la parole :

— On organise des bord à bord au large des côtes espagnoles.

— Vous transférez donc votre cocaïne d'un bateau mère sur un bateau relais avant de débarquer le produit sur la côte, c'est bien ça ?

Son interlocuteur avait acquiescé, la mâchoire crispée.

— Je suppose que vous faites ça en haute mer, dans les eaux internationales, et sans doute de nuit pour plus de discrétion ?

— Oui. Dites-moi, toutes ces questions, c'est pour en arriver où ?

— Il faut être très organisé et avoir de très gros moyens pour faire ce que vous faites. Traverser l'Atlantique avec un cargo hauturier n'est pas rien, disposer d'un autre navire pour réceptionner le chargement en pleine mer non plus. Cela nécessite de vrais marins, et une main-d'œuvre conséquente pour toutes les manipulations, sans parler de la livraison aux acheteurs…

— Je vous confirme que nous sommes très bien organisés, avait acquiescé le Vénézuélien, un rien hautain. Et alors ?

— Alors, je ne comprends pas pourquoi vous vous adressez à nous aujourd'hui. Vous jouez à un niveau bien supérieur au nôtre !

— Je n'ai pas à entrer dans les détails, s'était agacé son vis-à-vis.

— Tout notre business repose sur la confiance et uniquement sur la confiance, le saraf ne vous l'a pas expliqué ? Pas besoin de papier entre nous, la parole suffit. Je sais où il habite, je connais sa famille, et réciproquement.

— Vous voulez savoir où j'habite à Caracas ? avait ironisé le Sud-Américain.

— Vous avez très bien saisi l'idée. Je veux savoir quelle difficulté vous amène à moi avant de prendre ma décision.

— Les Espagnols nous infligent des pertes. Pas au point de mettre en péril notre organisation, loin de là, mais assez pour que certains clients cherchent à diversifier leur approvisionnement. Un manque à gagner important et une opportunité pour la concurrence.

— Et donc ?

— Pour s'adapter, nous avons modifié notre façon d'opérer. Nous constituons désormais des stocks dans différents pays d'Afrique de l'Ouest que nous réexpédions progressivement sur l'Europe par des envois plus sécurisés.

— Intéressant, avait complimenté le Patron, mais cela ne me dit toujours pas pourquoi vous venez à moi maintenant.

— Le problème, c'est que le stockage sur la côte ouest coûte pas mal d'argent et qu'on doit faire appel à de la main-d'œuvre locale, ce qui ne nous garantit pas que le produit soit disponible à notre convenance.

— Comment ça ? avait demandé Hicham, intrigué.

— Il y a parfois au dernier moment des hausses soudaines de frais de garde que nous sommes obligés d'accepter, faute de quoi la marchandise ne bouge pas.

— Je vois. Et il n'y a jamais de vols ?

— Si, de temps en temps.

— Vous les tolérez ?

— Au début, plus ou moins. Ils ont ouvert la route à une consommation locale, une sorte d'essaimage qui n'était pas pour nous déplaire en termes de marché. Et puis, comme toujours, l'appât du gain rend les gens déraisonnables. Je n'ai pas besoin de vous faire un dessin. Ils ont fini par prélever des quantités plus importantes pour se lancer eux aussi dans le trafic, jusqu'à envoyer des mules à l'étranger !

— J'imagine que vous y avez mis fin.

— Vous ne vous trompez pas, avait répondu son vis-à-vis, sans plus de détails.

— Je comprends mieux, maintenant. Vous cherchez quelque chose de plus fluide et avec moins de pertes.

— C'est bien l'idée, avait acquiescé le Vénézuélien, redevenu tout sourires.

En silence, Hicham avait pris le temps d'allumer une cigarette et d'en tirer quelques bouffées. Puis il avait demandé :

— Dites-moi, comment vous voyez les choses ?

— Dans un premier temps, on fera arriver le produit à Larache où vous nous garantirez, grâce à vos relations, que la cargaison ne sera pas saisie.

— Plus de bord à bord, donc ? avait insidieusement rétorqué le Patron.

— Non, pas dans ce scénario. Vous renverrez la marchandise sur l'Europe avec vos bateaux ou vos camions comme vous le faites si bien pour le cannabis. On se débrouillera pour être à la réception.

— Et pour le paiement ? avait demandé le Patron.

Celui-ci s'attendait à voir le saraf faire son retour dans la conversation, mais le Sud-Américain ne lui en laissa pas l'opportunité.

— Nous payons en cocaïne, 5 % du poids total de ce qui parvient à bonne destination. Quand vous transportez une tonne, vous gardez cinquante kilos. Actuellement, le kilo vaut presque 40 000 en Europe, ça vous fait l'équivalent de 2 millions de dollars par tonne.

— Donc je vais rémunérer l'équipage, les manutentionnaires, et nos facilitateurs avec de la poudre ? C'est ce que vous envisagez, sérieux ? avait ironisé Hicham.

— Nous vous verserons du cash pour vos frais réels.

— Vous plaisantez ? Vous croyez que je tiens une comptabilité avec une rubrique « remboursement frais professionnels » ?

— Vous pourrez revendre la poudre au détail. Nous la garantissons pure à 90 % minimum. En la coupant, vous disposerez ainsi de soixante-dix à quatre-vingts kilos pour la revente. 20 % de pureté suffisent pour la vente au détail, avait argumenté Serpiente.

— Les usagers ne se rendent compte de rien ?

— Pas si vous coupez avec du phénacétine ou de la benzocaïne. Ces produits ont des effets anesthésiants sur les papilles gustatives qui se confondent avec celui de la cocaïne. C'est indétectable.

— Le problème, c'est qu'il n'y a pas de marché au Maroc…

— Ce n'est pas un handicap, bien au contraire, c'est l'occasion d'en ouvrir un ! Vous serez en situation de monopole. Ce sont des montagnes d'argent en perspective.

— Je vois, mais je vais malheureusement devoir décliner votre offre.

Le Vénézuélien avait alors blêmi.

— Décliner mon offre ?!

— La consommation et, dans une certaine mesure, le commerce du cannabis sont relativement tolérés ici, et même en Europe. En revanche, il en va tout à fait différemment pour la cocaïne. Les autorités de tout poil ne feront preuve d'aucune mansuétude. Il n'est donc pas question que j'en manipule au Maroc, et encore moins qu'on me paie avec cette drogue ! C'est *haram*[1], avait conclu Hicham.

La négociation semblait définitivement dans une impasse. Le Vénézuélien se montrait très énervé, le saraf était dans ses petits souliers, le Patron avait sa tête des mauvais jours et Youssef, qui s'était contenté de suivre l'échange sans intervenir, ne savait plus quoi penser. Pourquoi laisser filer tout cet argent ? D'autant que Serpiente trouverait vite un concurrent pour faire ce boulot et empocher le pactole…

Alors qu'ils étaient sur le point de se quitter fâchés, le Patron était revenu à la charge en proposant une alternative. Il consentait à mettre à disposition sa logistique et ses entrées garanties dans certains ports européens sous réserve que la cocaïne arrive en Mauritanie et que le Vénézuélien veille

1. Terme qui signifie « interdit par l'Islam », en arabe.

à la sécurité des opérations dans ce pays. À ces conditions, il pourrait organiser une rotation de bateaux pour venir récupérer la drogue et en assurer le transport à bon port.

Cette offre semblait faire son effet, mais le Patron n'en avait pas tout à fait fini. Il refusait toujours d'être rémunéré en cocaïne. Il voulait 10 % de la valeur du produit transporté payables en euros ou en dollars. À prendre ou à laisser.

— Vous êtes gourmand, avait fait remarquer l'homme aux santiags en dardant ses yeux sur le Patron, comme un lézard prêt à gober une mouche.

— On m'a dit que les criminels mexicains auxquels vous faites appel pour passer la cocaïne aux États-Unis exigent de vous jusqu'à 50 %.

— La configuration n'est pas la même.

— En effet. Avec nous, vous n'aurez pas les problèmes que vous avez avec les Zêtas[1], avait répliqué Hicham, montrant qu'il n'ignorait rien des grands trafics de par le monde.

— Vous connaissez les Zêtas, vous travaillez avec eux ?

— Certainement pas !

— Tant mieux, car nous ne sommes plus en bons termes avec eux…

— Et pour en revenir à ma proposition ?

— Je dois en parler à mes associés, avait fini par lâcher le Vénézuélien.

D'un commun accord, il avait donc été décidé de se revoir le soir même à l'heure du dîner. En attendant, le

1. Le cartel de Los Zêtas est une organisation criminelle mexicaine particulièrement violente et lourdement armée. Ses membres sont des anciens des forces spéciales, de nombreux militaires et des policiers, tous formés par les États-Unis à la contre-insurrection et à la lutte contre le trafic de stupéfiants.

Patron mit à profit la fin d'après-midi pour interroger le saraf.

— Tu savais qu'ils voulaient me payer en cocaïne ?

— Non, bien sûr que non !

— Et toi, tu aurais été payé comment ?

— En argent.

— Combien ils devaient te donner ?

— Je suis rémunéré en tant qu'apporteur d'affaires.

— Tu n'as pas répondu à ma question.

— 300 000, avait déclaré le saraf, qui savait qu'il ne pouvait guère tergiverser avec le Patron.

— C'est une belle somme… Et pourquoi as-tu pensé à moi ?

— Tu es un logisticien hors pair, c'est quelqu'un comme toi qu'il leur faut.

— Comment ce type est arrivé jusqu'à toi ?

— À vrai dire, je n'en sais rien. Quand je l'ai interrogé à ce sujet, il m'a répondu que quelqu'un lui avait donné mes coordonnées, mais il a refusé de m'en dire plus.

Hicham était resté un instant songeur et Youssef y avait vu une sorte d'inquiétude, une première chez son mentor. Ce dernier avait alors demandé au saraf de lui dire tout ce qu'il savait sur ce Serpiente.

— Ce type vient du Venezuela, mais il a une équipe basée à Marbella. Ils sont une dizaine de sa bande à occuper une somptueuse villa. Ils ont un gros train de vie. Ils ont un bateau, un yacht de quinze mètres, un Benetti qui vaut plus de 15 millions d'euros.

— Ils flambent, je n'aime pas ça…

— Franchement, on s'en fout ! Tu vas prendre un putain de paquet d'argent si tu transportes leur merde !

— Tu as conscience qu'on n'a rien à voir avec ces gens-là ?

— Rien à voir ? Mais on est des trafiquants, nous aussi ! s'était exclamé le saraf.

— Peut-être, mais nous on ne terrorise pas tout le monde, on n'organise pas des tueries, on n'assassine pas les femmes et les enfants, on ne fait pas de notre pays un enfer. On fait juste du business !

— C'est pas faux…

— Alors pourquoi veux-tu que je m'acoquine avec ce gars ?

— Pour l'argent, qu'est-ce que tu crois !

— J'en ai rien à foutre de ce Vénézuélien, avait sifflé Hicham.

— Je t'invite quand même à ne pas trop le brusquer, autant pour moi que pour toi… Tu l'as dit toi-même, ces gens sont dangereux, avait marmonné le saraf, comme à regret. Chez eux, ils mènent la vie dure à la police et même à l'armée.

— On n'est pas en Colombie ou je ne sais où ! Je n'ai pas peur.

— Tu devrais. On raconte qu'ils ont été en guerre en Espagne avec un autre groupe dont tous les membres ont disparu les uns après les autres, sans qu'on retrouve jamais les corps. Et puis, il y a une autre rumeur les concernant…

— Quelle rumeur ?

— Il y a quelques années, les Américains de la DEA[1] ont réussi à infiltrer un de leurs circuits de distribution sur la côte Ouest, en Californie. Ils ont perdu pas mal de cocaïne et une vingtaine de personnes ont été arrêtées, dont un des neveux du grand patron qui a été lourdement condamné.

---

1. « Drug Enforcement Administration », anciennement « Narcotic Bureau » : l'agence américaine de lutte contre la drogue.

Leur boss s'est alors donné comme mission de les venger et, après de longues recherches, ils ont enfin localisé l'agent infiltré qui s'était mis au vert avec sa famille sous des faux blazes à l'autre bout du pays, à Fort Lauderdale. Les latinos se sont pointés là-bas et…

— Et ils l'ont tué, bien sûr, l'avait interrompu Youssef sur un ton blasé.

— Non, ils sont plus vicieux que ça. Ils voulaient qu'il souffre pendant longtemps, et pas que dans sa chair. Ils ont attendu qu'il parte au boulot. Ils ont pris sa femme et son fils et ils les ont pendus dans le garage. Le mec a découvert les corps en rentrant du boulot quand il a actionné la porte automatique.

— Décidément, je n'aime pas ces types. Ils ne respectent rien.

— Tu n'as pas tort, avait soupiré le saraf. Mais on pourrait quand même se faire des couilles en or.

— L'argent t'aveugle. Il nous méprise, on n'est que des Arabes pour lui.

— Et alors ?

— Et alors, il se trompe ! On est des Berbères, et il ne sait pas à qui il a affaire. Il trouve normal de payer 50 % aux Mexicains, mais ça l'emmerde de nous donner 10 %… Sauf que moi, je ne lâcherai rien. Nous allons le passer ce putain de deal et tout le monde va se faire du fric, mais ce sera à *mes* conditions, il ne nous imposera rien.

Le saraf avait poussé un long soupir.

— Je doute qu'il accepte tes exigences, avait-il dit sur un ton maussade.

— Bien sûr qu'il va accepter ! S'il vient à nous, c'est qu'il a besoin de nous.

— C'est ce que tu crois vraiment ?

— Je ne le crois pas, j'en suis sûr. Il va ergoter pour le principe, histoire de ne pas perdre la face.

— Dans ce cas, pourquoi sembles-tu si soucieux ?

— C'est juste que j'ai horreur des mystères et qu'on ne sait pas comment il est arrivé jusqu'à toi. J'espère que tu m'as tout dit, hein ?

— Bien sûr que oui, s'était offusqué le saraf.

Au dîner, le Vénézuélien était venu accompagné par un autre homme, un grand Black baraqué au visage grêlé. À peine assis, il avait annoncé tout sourires qu'il acceptait les conditions du Patron, mais qu'en contrepartie, lui et le saraf seraient responsables de la came sur leurs têtes. En cas de saisie ou de vol, il faudrait rembourser toute la cargaison et au prix du marché. Hicham étant resté stoïque, il avait ajouté en le regardant bien droit dans les yeux : « Et n'oubliez jamais que dans notre milieu les plaies d'argent sont mortelles. »

Une simple phrase qui avait plombé l'ambiance. Même s'il n'avait pas pipé mot, on sentait bien que le saraf n'était plus aussi partant qu'avant. Quant à Youssef, cet avertissement lui avait glacé le sang. C'était la première fois qu'il voyait un vrai méchant comme dans les films.

Serpiente, alors qu'il venait pourtant clairement de les menacer de mort, avait poursuivi comme si de rien n'était en leur présentant le grand Black.

— C'est avec Baïdi que vous allez organiser le détail du business. Il est un de ceux qui réceptionnent notre marchandise en Afrique. Nous allons faire comme vous l'avez demandé. Le produit va arriver en Mauritanie, dans le port minéralier de Nouadhibou, où vous pourrez venir en prendre possession.

— Nous n'utilisons pas de minéraliers, avait aussitôt objecté Hicham. Seulement des navires de pêche ou des cargos vraquiers.

— Pas de souci. Vous bénéficierez d'une autorisation spéciale et même d'une place réservée sur un des quais.

— Vous garantissez notre sécurité là-bas ?

— Vous n'avez rien à craindre. Nous y avons nos habitudes, plusieurs vedettes rapides nous appartenant y sont amarrées en permanence, à côté de celles de la Douane, avait précisé le Sud-Américain avec un sourire carnassier.

— Et pour la manutention ?

— Ne vous inquiétez pas. Le port dispose de tous les équipements nécessaires.

— À ce stade, je ne sais pas encore quel équipage je vais faire travailler. Il ne faudrait pas que la langue soit un obstacle.

— Je suis très sensible à votre professionnalisme. Celui qui vous a recommandé à nous ne s'est vraiment pas trompé, s'était alors exclamé le Vénézuélien tandis que le Patron jetait un regard furtif vers le saraf qui haussa les épaules. Vos hommes pourront parler arabe, espagnol, français et même wolof.

— Très bien, avait acquiescé Hicham, qui semblait à son tour impressionné. Le moment venu, il faudra aussi me donner le nom de celui qui sera notre contact dans le port.

— Baïdi sera votre interlocuteur privilégié pour tout. Il restera avec vous le temps nécessaire pour mettre en route notre business. Mais en attendant, nous avons un accord à fêter !

Le saraf, toujours muet, avait retrouvé le sourire. Il souriait même sans retenue, sûr qu'il était à présent d'encaisser les 300 000. De son côté, Youssef se demandait combien d'argent cela allait leur rapporter. Il pensait aussi au cadeau qu'il pourrait faire à Anissa et l'idée le traversa d'acheter une nouvelle maison ou de faire un tour du monde avec elle en amoureux. Pourtant, en observant le Patron, il était brusquement revenu à la réalité. L'homme qu'il admirait tant était en train d'allumer une énième cigarette. La flamme de son briquet faisait plus que jamais ressortir son visage émacié. Avait-il la force de se lancer dans ce business ? Il le savait fatigué et peu enclin aux déplacements. Youssef l'imaginait donc mal se rendre en Mauritanie pour effectuer les repérages pourtant indispensables. Comment allait-il faire ?

Il en était là de ses réflexions quand une voix se fit entendre, apportant une réponse à toutes ses questions. Hicham le désignait lui, Youssef, comme correspondant de ce Baïdi pour toutes les opérations à venir. Il constata alors avec fierté que son mentor était bien l'égal de ce Vénézuélien puant d'arrogance et qu'il ne comptait pas se laisser rabaisser à discuter avec l'homme de main de ce dernier.

La période des préparatifs avec Baïdi dura des mois. En se rendant à Nouadhibou, Youssef découvrit que le port n'avait absolument rien à voir avec l'idée qu'il se faisait d'un port de pêche africain. Avec ses bassins ultramodernes, ses quais dédiés à la pêche, mais aussi aux vraquiers et à ces mystérieux méthaniers dont avait parlé le Sud-Américain, on était bien loin du cliché des piroguiers.

Baïdi faisant office de guide, Youssef avait pu visiter les immenses entrepôts sécurisés où s'affairaient les caristes, les magasins d'approvisionnement en tout genre et les ateliers hyper-équipés permettant les réparations les plus lourdes comme les aménagements les plus personnalisés. Plus rien de surprenant, dans ces conditions, à ce que ce port soit devenu un point d'ancrage du grand commerce international. Et quand Youssef s'était étonné d'un tel développement, son interlocuteur avait souri devant tant de naïveté avant de le prendre par le bras pour le conduire vers le centre d'import-export avec sa zone franche… et ses formalités douanières allégées.

Baïdi était un homme intéressant, enjoué, libre de parole et surtout très lucide. Diplômé de l'école vétérinaire de Bamako, il s'était vu offrir un stage de formation à Cuba dont il disait lui-même avec le recul que le seul but avait sans doute été de s'assurer qu'il parle correctement espagnol. De retour au Mali, et sans qu'il sache encore qui étaient ses véritables maîtres, il s'était vu proposer la direction d'une entreprise spécialisée dans la pêche hauturière de la crevette et un salaire confortable. En échange, il rendait un service de temps en temps, en l'occurrence il récupérait à la demande de la marchandise en mer que des militaires s'empressaient de venir chercher dès son retour au port. C'est alors seulement qu'on lui avait signifié qu'il travaillait pour un cartel, un cartel colombien, avec tous les avantages que ça comportait, mais aussi les risques.

Youssef avait aussitôt fait remarquer que Serpiente était vénézuélien et Baïdi avait éclaté de rire, de ce rire irrésistible et communicatif qui était sa signature et le rendait irrémédiablement sympathique. Selon lui, Serpiente n'avait de vénézuélien que le passeport. L'homme était issu d'une grande famille bourgeoise de Colombie qui avait fait fortune dans l'hôtellerie et la restauration. Malgré des études brillantes aux États-Unis, il avait décidé de mettre tout son savoir-faire au service du clan Del Golfo, lequel lui faisait gagner plus d'argent que n'importe quelle entreprise internationale cotée en Bourse. « Comme quoi, l'éducation ne prémunit pas contre le crime ! » avait ajouté Baïdi avec humour.

Au cours de leurs conversations, Youssef avait aussi découvert que les fameux go fast, ces bolides qui remontaient d'Espagne vers la France, n'étaient pas l'apanage de l'Europe et que les Mexicains faisaient de même avec des voitures chargées de cocaïne à destination des États-Unis. Il apprit également que la panne du scanner dont il croyait être l'inventeur était monnaie courante dans les aéroports sud-américains où les narcos opéraient au nez et à la barbe de la DEA. Et qu'il n'y avait rien d'exceptionnel non plus à proposer un paiement en cocaïne, qu'on faisait même du troc entre trafiquants dans certaines îles de la Caraïbe.

Baïdi avait de réels talents de conteur et Youssef ne se lassait pas de l'écouter, surtout quand il narrait ses aventures avec son palangrier. Il revivait avec lui les bord à bord en haute mer où des cargaisons de plusieurs tonnes de cocaïne changeaient de mains en une nuit dans les vents mauvais et au milieu de nulle part. Il ressentait sa hantise d'être suivi à distance par les satellites et comprenait mieux l'importance des radars pour démasquer l'arrivée furtive des militaires et de leurs commandos. Toutes proportions gardées, cela lui rappelait ses rêves d'aventure avec les gommes, ce qu'il se gardait bien de lui dire, par peur de paraître ridicule aux yeux de son nouvel ami. Dans le fond, le Patron avait raison. Ils n'étaient que d'aimables bricoleurs à côté de ces Colombiens, pas de taille à rivaliser avec ces organisations dont les moyens s'apparentaient à ceux d'un État. Il se rassurait pourtant tant bien que mal en se disant que transborder deux tonnes de cocaïne était une chose, mais que charrier vingt tonnes de résine n'était quand même pas rien non plus…

Tandis que les choses s'organisaient progressivement avec les Colombiens, Youssef comprenait davantage le fondement de la mécanique mise en place par le Patron. Ce dernier était avant tout un logisticien, un simple transporteur, auraient dit certains avec une pointe de condescendance, mais de ce fait il n'était pas perçu comme un vrai trafiquant, quand bien même il contribuait de manière très active au business. Et c'était là probablement son plus beau coup de génie, car cette situation originale lui avait permis de gagner la confiance des grands producteurs comme celle des trafiquants, tout en évitant les confrontations avec les uns et les autres. Une position qui lui avait aussi offert l'opportunité d'optimiser toute son activité, au point qu'il lui arrivait fréquemment de regrouper en un seul envoi les commandes de clients différents qui s'avéraient parfois être des ennemis mortels et dont il savait que les hommes s'entretuaient en Espagne ou en France.

En définitive, le Patron s'en sortait plus que bien, et le trafic de cannabis avec l'Europe avait atteint de tels niveaux que le réseau s'en mettait plein les poches juste grâce au transport, sans se confronter à tous les emmerdements sanglants de la distribution dont la presse se délectait.

11

Depuis une dizaine de jours, l'état de santé du Patron s'était dégradé et il avait dû être de nouveau hospitalisé. L'inquiétude était de mise, mais personne n'avait jamais imaginé le pire, sauf évidemment le médecin qui traitait son cancer du poumon.

La nuit du 12 octobre, la sonnerie du téléphone avait retenti dans la chambre et arraché Youssef à son sommeil. Il avait jeté un œil au réveil qui affichait 3 heures. Son cœur avait alors commencé à battre la chamade. Anissa était en séminaire à Casablanca, il lui était peut-être arrivé quelque chose ?

Lorsque Youssef décrocha, une voix féminine retentit au bout du fil.

— Monsieur Tahir ?

— Oui, c'est moi.

— C'est la clinique Hiberia. Je vous appelle au sujet de monsieur Safouane.

— Hicham Safouane ?

— Oui, répondit la voix.

— Que se passe-t-il ? avait demandé Youssef d'une voix empreinte d'inquiétude.

— Il voudrait vous voir.

— Mais je suis passé cet après-midi.

— Il ne va pas bien.

— Il est 3 heures, avait alors fait remarquer Youssef.

— Je sais et je suis navrée de vous contacter à cette heure-ci, mais monsieur Safouane insiste pour vous voir maintenant. C'est un fort caractère. On essaie de le raisonner, mais rien n'y fait. Il a certainement quelque chose d'urgent à vous dire ou à vous demander.

— D'accord, je viens, avait lancé Youssef en se levant de son lit.

— Merci. Il ne faut pas trop tarder, avait précisé la femme avec douceur. Monsieur Safouane ne veut plus prendre aucun produit avant de vous avoir vu. Il menace même d'arracher ses perfusions. Il souffre, mais il a encore toute sa tête.

En arrivant à l'hôpital, Youssef avait suivi à la lettre les instructions de l'infirmière données par téléphone. Comme le grand hall était fermé et l'accès au public interdit, il avait dû passer par le service des urgences et utiliser l'ascenseur réservé au personnel situé immédiatement sur la gauche en entrant. Jusque-là, pas âme qui vive, tout le bâtiment était plongé dans la torpeur de la nuit. Mais quand les portes s'ouvrirent, la jeune femme était bien là, à l'attendre. À peine deux mots échangés, elle l'avait conduit à la chambre 38 où il avait découvert le Patron, son ami, son père, gisant dans son lit. En le voyant ainsi, il comprit aussitôt que la Mort avait pris ses quartiers dans la pièce.

Hicham avait entrouvert un œil en l'entendant entrer.

— Youssef ?

Ce dernier avait tiré une chaise pour prendre place à ses côtés.

— C'est bien que tu sois là. Je suis désolé pour l'heure.

— Il n'y a pas de problème, avait articulé Youssef, la gorge nouée.

— Je ne peux pas partir sans qu'on se parle une dernière fois.

— Vous n'êtes pas encore parti, je…

— Je sais que c'est bientôt l'heure, l'avait interrompu Hicham en agitant mécaniquement sa main droite comme pour chasser un fantôme assis au bord de son lit.

— Vous exagérez, avait tempéré Youssef, qui voulait se montrer rassurant.

— Non, je n'ai guère de doute. D'ailleurs, si les gens de l'hôpital ont accepté de t'appeler à cette heure-là et si tu es venu aussi vite, c'est qu'il y a urgence, tu ne crois pas ?

— Vous devriez vous reposer…

Voyant que le Patron cherchait quelque chose à tâtons, Youssef lui avait aussitôt proposé de l'aider avant de se raviser.

— Je préfère demander à l'infirmière, je ne voudrais pas faire de bêtise. Il y a des fils partout.

— Non, reste là. J'ai à te parler. Je voulais d'abord te dire que je suis content de t'avoir eu à mes côtés, c'était comme avoir un fils…

— Merci, Hicham.

— Chaque génération se croit vouée à refaire le monde, et c'est bien normal, mais toi, tu as d'abord essayé de comprendre.

— Et vous m'avez tout appris.

— Youssef, tu n'en as pas conscience, mais tu n'es pas comme les autres. L'argent ne te rend pas fou. Tu es intelligent. Tu es conscient de l'importance de l'argent, mais aussi de sa toxicité. Les autres n'ont pas ce recul ni de limite. Il leur en faut toujours plus.

— Ne vous inquiétez pas, avait dit Youssef en cherchant à l'apaiser.

— Tu as juré de protéger Anissa quoi qu'il arrive, tu te rappelles ?

— Oui, j'ai promis et je tiendrai parole !

— Je n'en doute pas, avait murmuré le Patron, à bout de souffle. Tu te souviens du crocodile que tu m'as ramené de Nouadhibou ?

— Bien sûr.

— Fais-moi plaisir, garde-le. Il te portera chance. Tu as remarqué comment il fixe l'attention des visiteurs qui entrent dans le bureau ? Pendant un court instant, ils se départent de leurs masques. Cela t'aidera pour savoir à qui tu as affaire. Et puis, cela te remémorera un peu nos aventures.

— Soyez certain que je garderai tout.

— Je suis heureux de l'entendre. En tout cas, méfie-toi du Vénézuélien. J'ai un mauvais pressentiment. Je n'aurais jamais dû accepter de nous associer à lui.

— Parce que c'est haram ?

— Non. On transporte du cannabis par tonnes, alors tu sais… Dans le fond, cela importe peu si on charge un autre produit. En fait, ce n'est pas une question de morale, mais de fiabilité.

— Excusez-moi, je ne comprends pas.

— Beaucoup de trafiquants de cocaïne sniffent leur merde et se retrouvent vite habités par un sentiment de toute-puissance qui les fait dérailler à la première occasion. C'est comme ça qu'ils en viennent à s'en prendre à un malheureux serveur de restaurant pour une peccadille. Il ne faut pas leur faire confiance, et rester toujours à bonne distance.

— J'y veillerai.

— J'ai vainement cherché à savoir comment cet homme était arrivé jusqu'à nous, qui l'avait conduit au saraf. Il y a quelque chose qui cloche. Tant que tu ne connais pas le fin mot de l'histoire, tu dois faire attention avec ce type. Et avec le saraf. Ils peuvent être de mèche dans notre dos.

— Je suivrai vos conseils, comme toujours.

— Fais aussi attention avec Junior.

— C'est-à-dire ?! avait aussitôt demandé Youssef, sans cacher sa surprise.

— Il nous fallait des nouvelles têtes. Je l'ai choisi parce que tu t'es porté garant, mais il est loin de nous depuis longtemps. Trop longtemps. La confiance, c'est avant tout la proximité, le partage du quotidien…

— Vous pensez qu'il ne fait pas l'affaire ?

— Il fait parfaitement l'affaire. Je n'ai pas de doute, mais il est fougueux, impatient et surtout débordant d'ambition ! Il appartient à cette génération qui veut sauter un tour, et ne voit pas les choses de la même manière que nous. Il peut devenir un problème pour toi.

— Je ne le perçois pas comme ça.

— Youssef, ouvre les yeux ! La proximité n'y est plus. Est-ce que tu connais cette femme dont il s'est entiché et qui est maintenant collée à lui ?

— Non, je ne l'ai jamais rencontrée.

— Et ce Karim qu'il a fait venir de Marseille ?

— Je l'ai croisé au bled il y a très longtemps, mais je n'ai pas de contacts avec lui, avait admis Youssef.

— Tu vois, sa vie est loin de nous. On ne sait rien de ses fréquentations. Parmi celles-ci, il y a peut-être des gens qui ne respectent rien. On m'a d'ailleurs rapporté qu'il recourait lui-même souvent à la violence.

Youssef gardant le silence, le Patron avait poursuivi :

— On dirait qu'il ne sait pas que les conflits sont source de mort et que celle-ci est gourmande, murmura alors Hicham comme s'il se parlait à lui-même.

— Je serai là pour le lui rappeler, ne vous inquiétez pas, l'avait rassuré son protégé.

— La violence ne doit être que l'ultime recours. Corrompre et négocier sont autrement plus efficaces. Crois-moi, je l'ai appris à mes dépens, avait ajouté le Patron en laissant transparaître une certaine émotion.

— Pardon, mais je ne vous suis pas…

— C'est une longue et douloureuse histoire que je préfère taire. Mais n'oublie jamais que dans notre monde les conflits sont toujours mortels.

— Ne vous tourmentez pas, je vous assure que je serai prudent et que je saurai gérer Junior, avait répondu Youssef. Maintenant, vous devriez vous reposer.

— Tu as raison, je fatigue.

— Je vais prévenir Anissa. Elle est à Casablanca pour son travail, mais elle sera à votre chevet en début d'après-midi.

— Je préférerais qu'elle ne me voie pas comme ça, avait soupiré Hicham en levant sa main pour mieux chasser le fantôme au pied de son lit.

Gagné par la tristesse, Youssef s'était résolu à quitter la chambre pour ne rien laisser paraître devant son ami. Il aurait voulu l'embrasser et le serrer dans ses bras pour le réconforter avant de partir, mais on ne fait pas ça entre hommes…

En sortant, il avait retrouvé l'infirmière qui patientait dans le couloir.

— Il pense qu'il va mourir. Je ne sais pas s'il a vraiment toute sa tête.

— Assez pour ne pas faire usage de la morphine à sa disposition… Il y a une pompe à morphine près de son lit, avec un bouton-poussoir. À son stade, il peut l'utiliser autant qu'il veut pour calmer la douleur. Mais je crois qu'il avait à cœur de rester conscient. Il vous attendait…

Toujours par peur de laisser paraître son émotion, Youssef s'était tu quelques secondes, ému, puis avait poursuivi en essayant de donner le change.

— Il n'arrête pas de bouger sa main. C'est idiot, mais j'ai eu l'impression qu'il chassait un fantôme. Ou qu'il voyait sa mort.

— Oui, ça arrive.

— C'est très troublant. Je me suis même surpris à regarder moi aussi au pied de ce lit. Comme si on pouvait voir la mort ! avait murmuré Youssef, la gorge serrée.

— Interprétez-le comme vous voulez, lui avait répondu l'infirmière.

— Mais vous, vous pensez quoi ?

— En tant qu'infirmière, je dirais des hallucinations dues aux médicaments et notamment à l'usage de la morphine.

— Et en tant que personne... ? avait insisté Youssef, troublé.

— Ça ne regarde que moi, avait-elle répliqué d'un air grave, mais bienveillant.

— Et maintenant ?

— Vous savez bien ce qui va se passer, avait dit la jeune femme en le fixant avec gentillesse.

— Je vais revenir avec sa fille, vous pensez qu'elle aura le temps de lui dire au revoir ?

— Ça ne dépend plus vraiment de lui.

Youssef était alors reparti d'un pas lent vers la sortie et, dans le couloir désert, on ne vit bientôt plus qu'une silhouette voûtée qui s'en retournait avec son émotion. En début d'après-midi, quand il était allé chercher Anissa à l'aéroport, il l'avait longuement serrée dans ses bras. Elle n'avait pas compris tout de suite. Il avait chuchoté quelques mots à son oreille et de grosses larmes avaient roulé sur son visage. Tous deux venaient de perdre un père.

12

Le Patron était parti sans avoir pu mesurer pleinement les effets de l'accord passé avec le Vénézuélien. Au début, tout allait bien et le dispositif en place suffisait encore à gérer l'ensemble du trafic. Les gains générés continuaient à être traités pour moitié par le saraf tandis que l'autre partie était rapatriée en euros par les transporteurs de Junior. Cependant, le volet cocaïne avait vite fait évoluer la situation…

Les rotations des bateaux et les quantités acheminées devenant de plus en plus importantes, l'argent s'était soudain mis à couler à flots, au point que Youssef avait toutes les peines du monde à suivre la cadence. Progressivement, le dispositif conçu par le Patron s'avérait ainsi terriblement insatisfaisant. Son fondement unique avait toujours été de rester sous les radars des autorités, quitte à se voir contraint de stocker l'argent comme n'importe quel produit et à s'interdire d'en profiter au grand jour. Du coup, le cash commençait à s'accumuler bien au-delà du raisonnable. Or, conserver par-devers soi des montants en liquide aussi colossaux signifiait entreposer des centaines de milliers de liasses dans un local, ou plutôt dans un entrepôt, avec l'assurance de voir les souris et les rats devenir vos pires ennemis.

Pour pallier ce problème, un spa, vidé à cet effet, avait été utilisé un temps, mais l'expérience avait montré qu'au-delà d'une certaine période, même bien protégés avec une bâche, les billets prenaient une forte odeur de moisi dont on ne pouvait plus se défaire. Youssef avait alors fait enfouir de l'argent, en ayant au préalable pris soin de l'abriter dans des fûts hermétiques de deux cents litres. Une solution de nouveau inadéquate car, outre les travaux de terrassement qui attiraient immanquablement l'attention, il fallait disposer de plusieurs propriétés ad hoc afin de ne pas mettre tous ses œufs dans le même panier.

Rien de satisfaisant. D'autant que, dans tous les cas de figure, en vertu de la loi de l'emmerdement maximum, il fallait aussi faire surveiller les lieux, c'est-à-dire payer des gens pour qu'ils les gardent. Et à cela s'ajoutait la nécessité d'avoir une autre équipe pour punir les voleurs, dont certains s'avéraient être les gardiens eux-mêmes. Un casse-tête pire que le Rubik's Cube ! Sans compter que, faute d'un processus de blanchiment efficace, il était toujours impossible d'utiliser les canaux bancaires et, du coup, investir continuait à relever du parcours du combattant. En réalité, cela se résumait à acheter des commerces de toutes sortes, cafés, hôtels, restaurants ou bars à chicha, et à placer à leur tête des hommes de paille. Sauf que Youssef s'était vite retrouvé à court de prête-noms crédibles et fiables, de sorte que le retour était dérisoire au regard des volumes exponentiels qu'il brassait dorénavant. Et si le réseau avait également fait l'acquisition de quelques entreprises, dont une conserverie de poissons et une société de gestion d'entrepôts, il s'agissait davantage de faciliter le chargement des camions et des conteneurs que d'une opération financière intéressante.

Une conclusion s'imposait : il devenait urgent de réfléchir à un moyen de blanchir et de réinjecter les fonds dans des placements lucratifs. Le saraf n'était pas en situation d'aller au-delà de ce qu'il faisait déjà et les passeurs de Junior ne pouvaient en aucun cas régler le problème à eux seuls. Il fallait absolument changer de braquet, et Youssef commençait à se dire que la solution dont Junior lui avait moult fois parlé était peut-être la bonne.

13

Avant de faire le déplacement jusqu'à Tanger, Junior avait pris soin de penser à ce qu'il allait dire à son oncle pour lui ouvrir les yeux et lui faire entrevoir une solution. Il fallait que celui-ci s'approprie l'idée sans appréhender l'effet domino qui allait en découler. En y réfléchissant bien, il s'apprêtait à faire ce que Youssef avait lui-même tenté en son temps auprès du maître de plage en lui signifiant que son dispositif était dépassé et qu'il ne pouvait plus faire « à l'ancienne ». Finalement, tout était en train de se dérouler comme il l'avait imaginé.

Les deux hommes s'étaient à nouveau retrouvés dans le fameux bureau du Patron. Un endroit mythique, mais qui ne payait pas de mine. Les murs étaient recouverts d'un tadelakt[1] vert mat et le sol de carreaux orientaux cachés en partie par un tapis de laine berbère venu tout droit du Rif. Les rideaux passablement fanés des deux fenêtres de la pièce filtraient plus ou moins la lumière, et trois fauteuils au cuir blanc patiné se faisaient face autour d'une petite table sans âme qu'un service à thé en argent occupait.

1. Technique ancestrale des Berbères, le tadelakt est un enduit à base de chaux pour imperméabiliser les murs.

Tout au fond de la pièce, un simple plateau de bois posé sur deux tréteaux faisait office de bureau. Juste à côté se dressait un paravent derrière lequel on devinait un sofa en velours destiné à la sieste. Une seule chose sortait de l'ordinaire et attirait l'attention : un crocodile empaillé de presque deux mètres de long qui semblait guetter les visiteurs depuis le mur auquel il était fixé.

Pas de trace d'ordinateur, juste un meuble à tiroirs et quelques maigres dossiers abandonnés en vrac sur le plateau de travail : le lieu n'avait rien de conventionnel, et encore moins de luxueux. À croire que son oncle n'accordait aucune importance à son environnement quotidien. Junior avait du mal à admettre que l'agencement de cet endroit ne puisse rien lui apprendre sur la personnalité de son occupant et il s'était mis en tête de traquer le moindre détail pendant que le chauffeur-garde du corps de Youssef s'affairait à leur préparer le thé.

Ainsi, en y regardant de plus près, il remarqua un grand cendrier bleu en céramique de Fez, propre, presque étincelant, et un gros briquet gravé, rangé trop loin de lui pour qu'il arrive à déchiffrer le texte. Certainement des objets qui avaient appartenu au Patron d'avant et qui trônaient sur la table comme les reliques d'un passé devenu sacré. Son oncle plaçait son prédécesseur sur un piédestal ! Il avait mis les pieds dans une sorte de musée qui ne disait pas son nom…

Depuis la mort du Patron, Youssef macérait dans un lieu chargé de souvenirs, sans jamais avoir osé y apporter la moindre touche personnelle. Seule la présence du crocodile restait un pur mystère, mais Junior ne doutait pas qu'il devait déjà être là du temps du Patron et qu'il était lié à son histoire. En le fixant, il avait fait la moue, et songé que, décidément, tout était moche. Il n'y avait là rien à garder !

Pendant ce temps, Youssef l'observait attentivement. Le Patron avait raison, le crocodile faisait son effet, et le regard dédaigneux de son neveu en disait long sur ses pensées. Une fois le thé servi et la porte du bureau fermée, les deux hommes avaient commencé à parler.

— Tu dis que chaque convoyage constitue maintenant une prise de risque, mais c'était déjà le cas auparavant, non ?

— Jamais autant que maintenant, mon oncle.

— Vraiment ?

— Oui, on génère beaucoup trop de cash. Avec la Mauritanie, les rentrées d'argent ont explosé, et du coup les volumes ont changé. Transporter de pareilles sommes devient très compliqué. C'est trop encombrant. Trop lourd, aussi.

— Lourd ?

— Oui, comme il n'y a plus de billets de 500 euros en circulation, certains transferts représentent plus de quarante kilos.

— Dérisoire quand même, murmura Youssef, songeur. On achemine toute la journée des tonnes de merde et on ne peut pas rapatrier quarante kilos de billets ?!

— Les passeurs rechignent, en tout cas, rétorqua aussitôt Junior.

— Augmente leurs commissions.

— Ça ne le fera pas, ils savent que l'un d'entre eux vient de se faire prendre.

— Eh bien, tu n'as qu'à utiliser plus de passeurs ! lança Youssef sur un ton agacé.

— Leur recrutement ne s'improvise pas.

— Il faut des gens de confiance, je sais…

— Pas seulement. Il nous faut des gens « bien comme il faut », qui n'attirent pas l'attention, des gens insoupçonnables.

— À t’entendre, on dirait qu’il n’y a pas de solution ! s’était énervé son vis-à-vis.

— Vous pourriez peut-être tout confier au saraf, avait alors suggéré Junior, qui connaissait déjà la réponse de son oncle.

— Hors de question ! Je ne veux pas qu’il sache exactement combien on brasse et, de toute façon, les sommes seraient trop importantes pour lui.

— Et si on faisait appel à un second saraf ?

— Ça ne m’emballe pas non plus.

— De toute façon, il y a des problèmes avec notre façon d’opérer.

— Lesquels ?

Junior s’était penché en avant sur son siège et avait expliqué, sur le ton de la confidence :

— Il faudrait davantage cloisonner. Tout est trop relié, on est sur le fil du rasoir. On a perdu de l’argent mais, heureusement, notre homme n’avait pas son téléphone avec lui. On a évité le pire en le lui confisquant avant le départ, comme d’habitude.

— Est-ce vraiment si important ?

— Et comment ! Ces appareils sont de véritables commères. Ils permettent à la police de nous tracer en permanence. Quand ils mettent la main sur un boîtier, les serpents peuvent retracer tous nos appels, identifier nos contacts, accéder à nos messageries, et même trouver l’endroit où on dort !

— Comment ça ?

— C’est simple. Si votre téléphone borne toutes les nuits au même endroit, il y a de grandes chances que ce soit votre domicile.

— Que proposes-tu pour éviter ça ?

— Nous devrions utiliser des téléphones cryptés, intraçables, et permettant la suppression instantanée de toutes les données, y compris à distance, avait commencé Junior, qui, voyant l'air dubitatif de son oncle, avait précisé : Certains gros clients en utilisent déjà aux Pays-Bas et en Belgique. Ils achètent ça au Canada.

— Téléphone ou pas, ça n'empêche pas de parler une fois qu'on est arrêté, avait alors dit Youssef en faisant la moue.

— Sauf quand on a une famille ! avait rétorqué Junior.

Youssef avait acquiescé et murmuré :

— La famille nous guide.

— La famille et les femmes sont surtout des points de faiblesse pour les hommes que nous sommes.

— C'est tout ? avait enchaîné son oncle, sans donner suite à cette dernière remarque.

Junior avait émis un son rauque, comme s'il hésitait à parler, puis il s'était lancé :

— Il y a quelques mois, j'ai rencontré quelqu'un qui pourrait peut-être régler tous nos problèmes. Vous savez que je cherche à acheter quelque chose dans le sud de l'Espagne. J'ai visité plusieurs maisons du côté de Marbella et, en début d'année, au cours d'un de mes déplacements, j'ai fait la connaissance d'un Suisse, un banquier.

— Continue.

— Nous avons sympathisé et nos compagnes sont devenues très amies. On s'est donc revus plusieurs fois. Ils nous ont invités à Genève et on les a reçus à Paris. De fil en aiguille, on en est arrivés à discuter taxes, impôts et patrimoine. Or, ce type dirige une banque privée et il m'a fait comprendre qu'il serait en mesure de nous aider en matière de transferts et même d'investissements.

— Tu lui as parlé de nous ? avait réagi Youssef.

— Non.

— Alors pourquoi il t'a dit tout ça ?

— Il a bien vu que j'avais de l'argent, il gagne sa vie en gérant des patrimoines. Il sait repérer les clients potentiels.

— Il faut faire attention.

— La prudence n'empêche pas la modernité. Pourquoi ne pas vous entretenir avec lui ? Ça ne vous engage en rien. C'est vous le patron, vous seul décidez.

— Tu lui fais confiance ?

— C'est un ami.

— Et tu m'accompagneras ?

— Je préférerais que vous regardiez ça directement entre vous. Tout ça me dépasse, avait soupiré Junior, faussement modeste. Et puis, j'ai pas mal de travail en ce moment.

— Sauf que je n'ai pas du tout envie d'aller en Suisse, et encore moins de m'afficher en Espagne ! avait rechigné Youssef.

— Vous n'aurez pas à le faire, il a prévu de venir au Maroc bientôt. Il cherche à acheter quelque chose à Marrakech. Vous pourriez vous rencontrer en toute discrétion.

— Comment s'appelle ce type ?

— Beneveto, Massimo Beneveto.

— Il descend dans quel hôtel ?

— À la Mamounia.

— Très bien. Dis-lui de s'adresser au conci•erge pour trouver une agence immobilière, il l'enverra à celle de la Palmeraie.

— Dans notre agence, vous en êtes sûr ?

— Certain. Je vais prévenir Younes et il réglera tous les détails avec le concierge du palace. C'est lui qui recevra le banquier.

— Younes ?! Je croyais qu'il était définitivement sorti du jeu, celui-là ! s'était alors étonné Junior.

— C'est le cas. Il va simplement me rendre un service. De ton côté, tu ferais mieux de t'assurer que ton ami demandera bien conseil à l'hôtel.

— Ce sera fait, mon oncle.

14

L'homme aux clés d'or de la Mamounia avait recommandé à Massimo Beneveto une agence immobilière de prestige située dans la Palmeraie et c'est donc là qu'il s'était rendu ce matin de juin. Le gérant de l'agence, un homme sympathique et plutôt athlétique, l'avait reçu tout sourires.

— Que puis-je pour vous, cher monsieur ?

— Je souhaiterais acheter un bien à Marrakech…

— Une maison ou un appartement ?

— Je ne sais pas encore, j'hésite.

— Asseyez-vous, je vous en prie. Voulez-vous un thé ou un café ?

— Rien, je vous remercie, avait répondu Massimo en s'installant.

Dans la foulée, le gérant avait insisté pour qu'ils remplissent ensemble un formulaire destiné à mieux cerner sa recherche. Le banquier suisse avait accepté de bonne grâce tout en pensant qu'il s'agissait certainement d'un moyen pour éloigner ceux qui ne le sollicitaient que pour rêver.

— Puis-je vous demander votre nom ? s'était d'abord enquis son vis-à-vis.

— Massimo Beneveto.

— De quelle nationalité êtes-vous ?

— Italienne.

— Puis-je vous demander aussi votre profession ?

— Oui, je suis gestionnaire de patrimoine.

— Vous travaillez dans une banque ?

— En quelque sorte.

— Quelle surface aimeriez-vous ?

— Je ne sais pas.

— Combien de pièces ?

— Une salle de séjour, un beau salon, au moins deux chambres, et un coin bureau aussi.

— À Marrakech même ou à la Palmeraie ?

— Tout est possible, à condition que l'environnement soit agréable et sécurisé.

— De quel budget disposez-vous ?

— *Money is not an issue…*, avait répondu Beneveto.

— Pardon ?

— Je mettrai le prix qu'il faudra si vous me proposez quelque chose de bien.

— Je vois. Dans ce cas, je suis certain que nous allons trouver votre bonheur. Donnez-moi juste vingt-quatre heures, le temps de m'organiser.

— Vous n'avez pas de biens à me présenter dès aujourd'hui ?

— Si, bien sûr que si ! Nous avons de nombreux biens de grand standing, mais je préfère que le propriétaire de l'agence regarde cela en direct avec vous. Je fais toujours ainsi avec les clients les plus sérieux.

— Et qui est le patron de cette agence ?

— Il s'agit de monsieur Tahir. C'est un homme d'affaires important ici. Il connaît tous les produits à vendre, y compris ceux dont les propriétaires ne veulent pas d'annonces officielles. Nous reprendrons contact avec vous demain matin et viendrons même à vous si vous avez l'amabilité de me dire à quel hôtel vous résidez.

Dans le taxi qui le ramenait à la Mamounia, Massimo avait écouté d'une oreille distraite le chauffeur lui proposer successivement un tour des souks, une soirée danses orientales, ou encore une rencontre avec des « gazelles » qui, à l'entendre, valaient le détour. Il s'était alors fait la réflexion que, comme partout dans le monde, l'argent était devenu un credo à Marrakech. Enfin, le principal était qu'il allait enfin avoir l'occasion de s'entretenir avec le fameux oncle de Junior.

Aussitôt après que Beneveto avait quitté l'agence, le gérant de l'agence immobilière avait appelé son patron.

— Youssef ?

— Je t'écoute, Younes.

— Je viens d'avoir un client intéressé par l'achat d'un appartement ou d'une maison. C'est le VIP dont tu m'as parlé.

— Tu es sûr ?

— Oui, c'est le nom que tu m'as donné. En revanche, il n'est pas suisse, il est italien. C'est en tout cas ce qu'il affirme.

— Il ressemble à quoi ?

— On dirait un acteur de cinéma, environ quarante ans, très chic.

— Ton impression ?

— Je ne sais pas trop, mais il a une montre pas possible !

— Parce que tu t'y connais en montres, maintenant ?

— Mon petit-neveu a des tas de livres sur les montres, il vend des contrefaçons. Et ce type, ce qu'il porte, c'est une Audemars Piguet, une Royal Oak à plus de 80 000 euros.

— C'est peut-être une contrefaçon ! s'était alors esclaffé Youssef.

— Non, je suis sûr que c'est une vraie.

— Bon, je vais t'expliquer comment on va faire...

Le lendemain matin, aux environs de 11 heures, les deux hommes avaient franchi le seuil du hall de la Mamounia où les attendait Massimo Beneveto, confortablement installé dans un des fauteuils art déco. Younes avait aussitôt fait les présentations.

— Monsieur Beneveto, voici donc mon patron, monsieur Tahir.

— Enchanté, avait répondu le banquier en se levant pour serrer la main de ses interlocuteurs.

Tahir avait alors enchaîné en l'informant qu'ils avaient un bien exceptionnel qui pourrait l'intéresser. Un riad totalement rénové avec beaucoup de goût. 250 m² répartis sur trois niveaux : un hall d'entrée, une cour avec piscine, quatre chambres climatisées, deux terrasses dont une supérieure avec un solarium, le tout dans le quartier calme et sécurisé de Dar El Bacha et à dix minutes à pied de la place Jemaa el-Fna et du Café de Paris.

— Un peu grand pour moi, peut-être.

— Je suis sûr que vous allez avoir un coup de cœur. Souhaitez-vous connaître le prix ?

— Bien sûr.

— Ce bien est proposé à 987 000 euros.

— Quand peut-on le visiter ?

— Aujourd'hui même, si vous le voulez.

— Pourquoi pas ? avait acquiescé Beneveto en consultant sa montre, tandis que ses interlocuteurs échangeaient un regard complice en le voyant faire.

— Et si je vous invitais à déjeuner avant d'y aller ? avait offert l'oncle de Junior. Cela donnerait le temps à Younes d'aviser les propriétaires de notre venue, qu'en pensez-vous ?

— Bien volontiers.

Le banquier suisse n'en demandait pas tant et entendait bien profiter de ce déjeuner en tête à tête pour aller droit au but. Aussi, après les échanges stériles habituels de politesse, il aborda de front le sujet pour lequel il était là.

— Monsieur Tahir, vous connaissez ma profession, dit Beneveto sur un ton qui indiquait qu'il ne s'agissait nullement d'une question.

— Oui, vous êtes une sorte de banquier, m'a-t-on déclaré.

— En quelque sorte. Je gère des patrimoines, le patrimoine de mes clients, avait précisé Beneveto.

— Et c'est toujours un sujet d'étonnement pour moi.

— Qu'est-ce qui vous étonne ?

— Que des gens puissent confier leur fortune à un inconnu.

— Il suffit d'apprendre à se connaître. Vous savez, nous avons tous des jardins secrets.

— Que voulez-vous dire ?

— Je fais allusion à certaines de nos activités pour lesquelles nous ne souhaitons aucune publicité.

— Je ne suis pas sûr de vous suivre…, avait lâché Youssef sur un ton faussement naïf.

— Youssef… Vous permettez que je vous appelle Youssef ?

— À votre guise, monsieur Beneveto, avait répondu ce dernier avec froideur, indiquant par là qu'ils n'en étaient pas encore arrivés au stade du tutoiement.

— Vous imaginez bien que mes clients ont des activités parfois en marge de la loi et qu'ils s'adressent à moi pour que je m'occupe de leur argent. Aujourd'hui, je vous tends une perche, car j'estime que je pourrais vous aider.

— Quel est votre intérêt là-dedans ?

— Nous gagnerions de l'argent tous les deux.

— Je suis suffisamment riche.

— Je n'en doute pas un instant. J'en suis même certain, aussi certain que vous devez avoir les problèmes que nous avons tous. À quoi sert de gagner autant d'argent si on ne peut pas en profiter pleinement en toute liberté ?

— Qui vous dit que je n'en profite pas ?

— J'ai eu l'occasion de parler avec votre neveu. Je vous rassure, il est très prudent. Mais je crois avoir compris des choses et je pense que je pourrais vous être utile.

Youssef n'avait pas réagi, mais Beneveto sentait qu'il approchait du but.

— Je peux faire mettre à votre disposition au Maroc tout ou partie des gains que vous réalisez à l'étranger, sans les risques d'un transport physique des fonds à travers les frontières.

— Ce que fait déjà, et fort bien, mon saraf ! avait répliqué Youssef, non sans ironie.

— Peut-être, mais je vous propose bien davantage… En plus de ce que fait votre saraf, je peux aussi répartir vos revenus sur des comptes anonymes dont vous serez le seul détenteur et utilisateur à distance. Je peux surtout faire en sorte que cet argent devienne propre, de façon à ce que vous puissiez en profiter au grand jour. J'ajoute qu'une fois blanchi, vous aurez l'opportunité de l'investir dans l'économie légale en faisant des placements qui vous assureront des rentrées tout aussi légales, c'est-à-dire une véritable rente pour vous, vos enfants et toute votre famille.

Pour toute réponse, son interlocuteur s'était raclé la gorge. Beneveto avait donc poursuivi :

— Je peux vous simplifier la vie, la rendre plus agréable et ce, tout en restant hors des radars des gens qui vous sont hostiles.

— Je vous écoute, avait finalement dit Youssef, qui venait d'entendre les mots qu'il attendait.

15

Arrivé gare de Lyon, Massimo Beneveto avait déambulé dans la salle des pas perdus jusqu'à ce qu'un jeune homme, qui s'était rapproché de lui sans qu'il le remarque, l'interpelle :

— Beneveto ? avait demandé l'inconnu avec une familiarité déplacée.

— Oui, c'est moi, avait répondu le banquier, sur la défensive.

— Je m'appelle Karim, je travaille pour Junior.

L'individu n'était pas conforme à l'idée qu'il s'était faite du contact que Junior lui avait assigné. Rien à voir avec l'élégance des avocats ou des cadres bancaires avec lesquels il avait l'habitude d'échanger, plutôt le look d'un méchant avec lequel on n'a pas envie de s'embrouiller. Carrure de lutteur, blouson en cuir et sacoche en bandoulière, ce type était assurément un homme d'action, pour ne pas dire un homme de main. Ainsi, les masques tombaient. Comme il s'en doutait, Junior n'était que la partie visible d'un iceberg, sa façade la plus présentable. Avec ce Karim lui apparaissait le vrai visage de ceux avec lesquels il allait travailler.

Ce n'était pas la première fois qu'il côtoyait le crime. Dans le fond, il ne détestait pas ces instants de frisson qui lui permettaient de mesurer à quelle sorte de gens il avait réellement affaire. Il est toujours fascinant d'être au contact d'un milieu qui n'est pas le vôtre, un milieu qui s'impose par la force, mais aussi grâce à l'inexplicable passivité des masses, une sorte d'hébétude collective, à l'instar de ces immenses troupeaux de ruminants préférant fuir et abandonner l'un des leurs à son sort plutôt que de faire face à leurs prédateurs. Massimo rencontrant Karim, c'était comme si l'argent rencontrait la violence. Chacun d'eux à sa façon pouvait obtenir tout ce qu'il désirait ou presque, y compris le respect et la soumission des autres. Comment s'étonner, dans ces conditions, que la gouvernance du monde ne leur revienne pas de facto ? À côté, la foi et la vertu n'étaient bien que des lots de consolation pour les perdants.

Pour autant, il n'était pas question, pour le banquier, de s'afficher trop longtemps en public avec un individu du style de Karim. Il avait donc proposé de trouver un endroit plus discret où ils pourraient parler au calme, mais l'homme avait fermement décliné l'offre : Junior lui avait demandé de conduire Beneveto à son hôtel et de mettre à profit le trajet pour discuter. Massimo n'avait pas insisté. Son interlocuteur paraissait un rien rigide, si ce n'est buté, le genre qui s'en tient aux consignes. Durant le court trajet qui séparait le hall de la gare du parking souterrain, les deux hommes n'avaient ensuite plus échangé un mot. *Des épaules de déménageur et en plus un taiseux*, avait ruminé Massimo en peinant à le suivre dans le dédale des couloirs. Une fois dans le parking, il s'était essayé à deviner quel type de voiture ce coco pouvait bien piloter, sans doute un bolide flashy aux vitres ultra-teintées pour se la péter.

Il n'avait pas été déçu : il s'agissait d'une Porsche, un modèle qu'il ne connaissait pas, une Cayman GT4.

En prenant place sur le siège passager, le banquier avait remarqué les tatouages sur les mains de son voisin, une tête de mort sur le dos de la droite et une araignée sur la gauche. Il s'était fait la réflexion qu'il y avait plus rassurant, et surtout de meilleur goût. À peine la clé enclenchée, la musique avait tonné dans tout l'habitacle ; le temps que le conducteur coupe le son, le titre du morceau chanté, ou plutôt rappé, était apparu sur le tableau de bord. Une certaine Ana Tijoux. Décidément…

Beneveto avait fini par se détendre en admirant le cuir fin de la sellerie, le confort de l'habitacle et le bruit incomparable du moteur. Le prix d'une telle machine s'élevait à coup sûr bien au-delà des 100 000 euros. Oui, il y avait certainement beaucoup d'argent à se faire avec ces types. Ragaillardi par cette perspective, Massimo s'était alors adressé à son chauffeur sur un ton amical.

— Parlez-moi un peu de vous, Karim ! Ce serait bien de se connaître un peu avant de travailler ensemble, non ?

— Dites-moi déjà à quel hôtel je dois vous déposer, avait grommelé l'homme.

— L'hôtel du Collectionneur, près des Champs-Élysées.

— Je vois où c'est, avait acquiescé le conducteur.

Le silence semblait s'être définitivement installé entre eux quand Karim avait repris de lui-même la conversation au point où elle s'était arrêtée, à la plus grande surprise de Beneveto.

— Que voulez-vous savoir ? avait-il demandé sans quitter la route du regard.

— Je suppose que vous êtes proche de Junior s'il vous fait confiance pour le business, n'est-ce pas ?

— Oui, nous sommes amis depuis longtemps.

— Vous avez un petit accent du Sud… Marseille ?

— Non, Marignane, avait tranché son interlocuteur sur un ton agacé, indiquant par là qu'il goûtait peu les questions personnelles.

— Il vous a expliqué comment nous allions procéder ?

— Plus ou moins.

— Et vous en pensez quoi ?

— Vous voulez vraiment mon avis ? s'était enquis son interlocuteur avec un sourire pincé.

— Bien sûr.

— Pour moi, c'est de la daube votre histoire. Ça ne vaut pas un clou. C'est beaucoup trop compliqué !

— Vous trouvez ?

— Oui. Si j'ai bien pigé, vous allez envoyer un homme à la boutique de fleurs et il s'annoncera avant par un appel téléphonique sous prétexte de passer commande…

— Il commandera en effet des tulipes, vingt tulipes blanches exactement. Le fleuriste lui indiquera en retour à quelle heure le bouquet sera prêt, signe que tout est OK. Sinon mon homme ne viendra pas.

— Vous avez vu ça dans un film ou quoi ? s'était esclaffé Karim en arborant cette fois un sourire narquois.

— Non, c'est ma façon de faire.

— Compris, mais dites-moi pourquoi on n'utilise pas plutôt un téléphone dédié ? Ce serait quand même beaucoup plus simple.

— Mais beaucoup moins sûr ! À ce propos, votre fleuriste l'est ?

— Comment ça ?

— Comme je l'ai signifié à votre patron, je ne souhaite rien savoir de votre business ni me mêler de la manière dont vous êtes organisés, et je ne veux pas non plus mettre en difficulté la personne que je vais vous envoyer.

— Le fleuriste est un homme à nous. Sa boutique est parfaite pour centraliser l'argent et procéder au comptage avant qu'on vous le remette.

— Et ce lieu est bien distinct du reste de vos activités ?

— Oui, avait répondu Karim tout en pensant que ce Beneveto était un cul gelé mort de trouille.

— Il n'y aura pas de difficulté ?

— Non, la seule difficulté que nous avons, ce sont les compteuses à billets, avait ricané le conducteur. Nous en avons une douzaine, mais le problème, c'est l'entretien. Il faut souvent changer les balais. Avec tout le liquide qu'on brasse, les caoutchoucs s'usent très vite. Ça devient un véritable budget et on ne peut pas acheter comme on veut pour ne pas attirer l'attention !

— À ce point ?

— Oui. Et puis il y a aussi l'enliassement qui prend beaucoup de temps. Là, on n'a pas de machine. Une putain de galère !

— Vous faites des liasses de vingt billets ?

L'homme avait acquiescé, sans lâcher la route des yeux.

— Pas de bottes ?

— Des bottes ?

— Des liasses de cent.

— Non.

— Je vois. Junior vous a prévenu que je n'accepte que les billets de 100 et de 200 ?

— Oui, on va s'organiser en ce sens.

— En volume, ça représente quoi ?

— Une valise de voyage.

— Ah, quand même ! s'était exclamé Massimo.

— Vous croyez quoi, qu'on joue à la marelle ?! avait répliqué le chauffeur.

Le banquier, qui n'entendait pas relever la pique de son interlocuteur, avait poursuivi, imperturbable :

— On peut commencer quand ?

— À la fin de ce mois.

— Pourquoi pas ? Ça nous laisse quinze jours…

— Au fait, c'est qui le type que vous allez nous envoyer ? s'était enquis Karim.

— Quelqu'un en qui j'ai toute confiance, un ancien militaire.

— Ce sera toujours lui ?

— Oui, et je vous demande de faire pareil de votre côté, toujours le même contact. Jamais de changement, en tout cas jusqu'à nouvel ordre.

— Et il ne peut pas se faire tirer le fric quand on le lui aura remis ?

— Ne vous en faites pas. Personne n'a envie de s'en prendre à Dragan, et il ne vaut mieux pas, du reste.

Un quart d'heure plus tard, enfin au calme dans sa chambre d'hôtel, Beneveto avait ressorti son fameux carnet. Il l'avait ouvert à la page titrée « L'or vert » et avait ajouté une ligne : « Karim, ami d'enfance et homme de confiance de Junior, Porsche Cayman immatriculée TP 390 WR. »

Un tel carnet, si luxueux soit-il avec son écrin en cuir fin, pouvait paraître désuet mais, pour Massimo, il n'y avait pas matière à débat : il utilisait lui-même trop souvent les compétences d'un hacker, ou plutôt d'une hackeuse, pour ignorer que toute mémoire digitale pouvait être violée à distance, que ce soit pour l'altérer, la rendre temporairement inaccessible ou encore la faire disparaître. Il ne croyait pas à la fable des clouds inviolables, et ne pouvait d'autant pas se le permettre que, parmi ses clients, il y avait des ministres, des généraux, des leaders politiques et même des révolutionnaires charismatiques dont les fortunes étaient sans rapport avec leurs revenus et qui constituaient dès lors des profils intéressants pour n'importe quels services de renseignements, lesquels n'auraient fait qu'une bouchée de tous les pare-feux du monde !

Au fil des années, ce carnet faisait aussi office d'exutoire. Massimo y consignait des remarques et réflexions personnelles étayant sa vision de la société. Il en ressortait que l'argent avait définitivement conquis les esprits. Dans le fond, l'argent obéissait à une quantique simple, universelle et perpétuelle : les pauvres voulaient devenir riches et les riches voulaient l'être davantage. Tel était bien le seul et véritable moteur de tout le Système.

Des gens désintéressés ? Il avait beau chercher autour de lui, il n'en connaissait pas. Il aurait aimé en rencontrer pour comprendre ce qui les différenciait du commun des mortels, mais il n'en avait jamais croisé. Des extraterrestres, sûrement.

16

Le business des Tahir n'avait jamais été aussi lucratif. La came passait en quantités toujours plus grandes et les profits continuaient d'être exponentiels. Côté argent, les choses tournaient rondement. Depuis l'accord passé entre son oncle et Massimo, accord qu'il avait lui-même initié, Junior était très satisfait. Beneveto Frères s'occupait désormais de tout ou presque, et plutôt bien. Une partie des gains revenait sans encombre au Maroc, de quoi maintenir le train de vie de toute la famille et répondre aux besoins opérationnels du réseau, y compris les plus offensifs. L'autre partie restait bien sagement en Europe pour y être placée ou pour alimenter différents comptes anonymes.

Sur les conseils avisés du banquier suisse, le réseau avait en outre fait l'acquisition d'une entreprise de location de conteneurs maritimes et de certaines sociétés étrangères – en réalité des coquilles vides créées par Massimo – qui payaient maintenant des sommes assez conséquentes pour des locations la plupart fictives. Pas mal d'argent était ainsi blanchi, dont une majorité était aussitôt réinvestie sur les marchés financiers internationaux, lesquels généraient à leur tour des profits. Le « mouvement perpétuel », selon Beneveto...

Youssef devait admettre que Junior avait eu raison de le pousser à entreprendre cette collaboration mais, les mois passant, il avait découvert qu'il y avait bien un prix à payer pour tout cela ; un prix qui n'avait rien à voir avec les commissions versées à leur intermédiaire dont, par ailleurs, tout le monde se foutait vu le torrent de cash qui déferlait. En effet, sous prétexte de se soucier du devenir de son équipe, Junior demandait à présent, à titre de compensation, qu'on l'autorise à développer un réseau de distribution qui viendrait prolonger naturellement leur activité de logisticiens.

— J'ai beaucoup moins d'utilité qu'avant, avait-il asséné d'entrée.

— Tu oublies qu'il faut toujours récupérer et compter l'argent avant de le remettre au banquier, avait tempéré son oncle.

— Oui, mais cela ne nécessite plus autant de personnes qu'auparavant et, surtout, ce ne sont plus des mêmes gens dont nous avons besoin.

— Que proposes-tu ?

— De ne reconduire que ma garde rapprochée et de remercier les passeurs.

— Comment vas-tu faire ?

— Je vais les désintéresser. Avec votre accord, on va leur verser une certaine somme pour solde de tout compte et se quitter bons amis.

— Tu penses qu'ils vont accepter et qu'ils se tairont ?

— C'est certain, avait tranché Junior.

— Comment peux-tu être sûr qu'ils respecteront leur parole ?

— Aujourd'hui, tout le monde a ce mot à la bouche, le respect. Mais inspirer la peur est beaucoup plus efficace et je suis équipé pour ça.

— Tu sais que ce n'est pas ma façon de voir les choses.

— Ouvrez les yeux, mon oncle, ce sont l'argent et la force qui gouvernent notre société, ils sont au cœur de tout ! Les gens vous respectent parce que vous leur faites gagner du fric ou que vous leur faites peur, parfois les deux. La reconnaissance, les relations, les services qu'on vous rend et même vos invitations auxquelles on se croit obligés de répondre, tout ça n'est qu'intérêt ou peur ! L'argent fait tourner notre système, il obsède tous les esprits.

— Pas tous, j'espère…, avait commenté Youssef. Enfin, fais pour le mieux, je te fais confiance. Tu prélèveras les sommes sur le cash que tu remets au banquier.

— Il n'en reste pas moins qu'on va avoir beaucoup moins de travail à Paris.

— Ça ne changera rien pour toi et ton ami Karim, vous toucherez les mêmes montants.

— Merci pour votre générosité, mais nous ne faisons pas l'aumône. Nous voulons travailler et contribuer à accroître la prospérité de la famille.

Youssef n'avait pu réprimer un soupir.

— Et à quoi songez-vous, exactement ?

— À créer notre propre réseau de distribution.

— Je ne suis pas fan de l'idée, avait aussitôt répliqué Youssef.

— Pourquoi ?!

— C'est trop long à expliquer, tu comprendras un jour.

Après le départ de Junior, Youssef avait immédiatement regretté de ne pas s'être montré plus diplomate. Il se le reprochait d'autant plus que la situation actuelle résultait de sa propre myopie, de l'effet induit qu'il n'avait pas perçu quand il avait fait appel aux services de Beneveto. De facto, il avait bel et bien déchargé son neveu de sa mission principale, le rapatriement de l'argent au Maroc. Ce dernier disait vrai, il avait perdu en utilité, mais de là à mettre en place un réseau de distribution, il n'en était pas question. C'était contraire au fondement même de l'organisation dont il avait hérité. Celle-ci se voulait un trait d'union entre les propriétaires-vendeurs et les acheteurs-distributeurs et, de la même manière que son prédécesseur, il ne souhaitait surtout pas apparaître comme un concurrent potentiel dans un écosystème où la violence était toujours sous-jacente.

De son côté, Junior ne manquait pas d'arguments et encore moins de ténacité… Nullement découragé, il était revenu à la charge à plusieurs reprises en arguant que la distribution était le segment le plus lucratif, celui où les marges explosaient. Il avait ainsi d'abord fait miroiter un triplement des gains pour tout le réseau, mais son oncle lui avait rétorqué qu'ils gagnaient déjà suffisamment d'argent depuis qu'ils assuraient des transports de cocaïne. Par ailleurs, ce segment était celui où la police était le plus active et, de ce fait, le plus dangereux.

Youssef avait de nouveau éconduit Junior lorsque ce dernier avait tenté de le rassurer en lui garantissant cette fois que le cannabis qu'il distribuerait serait exclusivement destiné à un nouveau marché, celui des pays nordiques dont sa compagne était originaire, et qu'il ne télescoperait en aucun cas l'activité des trafiquants qu'ils approvisionnaient déjà.

Enfin, contrarié et n'entendant pas abandonner si près du but face à cet énième refus, Junior avait fait valoir un argument qui avait des allures d'ultimatum : faute d'obtenir une autorisation, il se retirerait en Norvège pour y créer son propre business.

Youssef était consterné qu'ils en soient arrivés là. Il avait toujours espéré entre eux une relation proche de celle qu'il avait entretenue avec le Patron, mais Junior était d'une autre trempe que lui. Impatient et fougueux, il était tout à fait capable de prendre une décision radicale. Or, la perspective de devoir le remplacer à son poste, même amputé d'une part de ses missions, était difficilement envisageable, voire très délicate. En y réfléchissant bien, il n'avait rien à lui reprocher. Junior s'était toujours bien acquitté de sa tâche et avait été de bon conseil en recommandant Beneveto. Les complications n'étaient pas venues de son fait, mais des retombées financières de l'accord passé avec les Colombiens.

Le voir partir pour se vendre à d'autres aurait par ailleurs été un vrai problème compte tenu de tout ce qu'il savait sur les vendeurs, les distributeurs, les routes du trafic, sans parler du circuit de blanchiment du réseau.

De guerre lasse et vu les enjeux, Youssef avait fini par capituler. Il avait cependant posé des conditions non négociables : le cannabis devait, comme son neveu l'avait évoqué, se cantonner au marché nordique et ne jamais être source de conflit avec les clients historiques. Junior avait acquiescé, heureux de cette victoire. À présent, il pouvait continuer à dérouler son plan, exécutant à cette occasion un numéro d'illusionniste digne des plus grands et confirmant sa parfaite maîtrise de l'art du mensonge et de la dissimulation. *Une* taquiya[1] *laïque et pour la bonne cause*, avait-il pensé quand le vieux chibani lui avait, enfin, signifié son accord.

Ce qu'ignorait ce dernier, c'est que, malgré toutes ses promesses, Junior entendait bien alimenter certaines « start-up » du trafic en France et en Belgique, pour continuer à stimuler la demande, mais aussi pour maintenir la

1. La *taquiya* est une pratique consistant à dissimuler ou à nier sa foi afin d'éviter la persécution.

compétition entre distributeurs. Il s'était en effet fixé pour objectif de couper court aux velléités de ceux qui s'imaginaient devenir un jour les maîtres du jeu, en particulier de ce client basé aux Pays-Bas qu'on appelait Dhollandia, et que son oncle semblait tant redouter.

En y réfléchissant bien, son oncle venait même de lui indiquer sans le savoir quelle devait être la prochaine étape de son plan : pour imposer définitivement son autorité à tous, il devait faire sortir du jeu cette figure emblématique du trafic. Restait à savoir comment…

DEUXIÈME PARTIE

RIEN NE VA PLUS

17

Junior et Sigrid se connaissaient de vue depuis plusieurs années. L'un et l'autre avaient leurs habitudes au Pygmalion. À cette époque, le jeune homme venait régulièrement boire un verre dans ce lieu chic fréquenté par des filles stylées comme elle qui attiraient immanquablement l'attention de types comme lui.

Sigrid était tout l'opposé des beautés orientales auxquelles Junior succombait d'ordinaire. Cette femme aux cheveux blonds tirant légèrement sur le roux, avec sa peau blanche diaphane, son visage parfait et ses iris bleu délavé, l'avait pourtant harponné au premier regard. Dès qu'elle apparaissait, il n'avait plus d'yeux que pour elle, et il n'était pas le seul. De toute évidence, la belle avait bien conscience de l'obsession qu'exerce le sexe sur les hommes et de l'intérêt qu'elle suscitait. Elle était belle et elle le savait.

La concernant, il était vain de penser pouvoir brusquer les choses, elle seule choisissait ses partenaires. Elle gardait ses distances et restait inaccessible tant qu'elle n'avait pas sélectionné l'élu, ce qui la rendait encore plus désirable. Les choses avaient cependant changé lorsque Junior s'était porté acquéreur de l'établissement. Le gérant avait alors cru bon de saluer publiquement le nouveau propriétaire présent ce soir-là dans la salle. D'abord agacé par cet excès de zèle, Junior avait néanmoins profité d'un effet imprévu : il avait cessé d'être invisible aux yeux de celle qu'il convoitait. Elle lui avait souri, un sourire qui avait transfiguré l'instant. Leur première nuit avait ensuite été à la hauteur de ses espérances. Sigrid était une amante torride et sans tabou. Ils avaient dès lors entamé une relation faite de sorties, de fêtes et de restaurants. Une relation, bien sûr, aux frais du jeune homme.

Précautionneux, celui-ci s'était quand même renseigné sur sa belle qui se disait mannequin, et il lui était revenu qu'elle avait eu des liaisons avec des types dont le point commun était qu'ils étaient riches. Par ailleurs, il se racontait qu'elle ne refusait jamais une ligne de cocaïne. Rien de dérangeant pour Junior : il avait de l'argent et il consommait lui aussi de la cocaïne. Après tout, il voulait juste son cul, pas son âme. Du moins, au début. Car en quelques semaines, il s'était mis à apprécier de plus en plus la compagnie de cette femme débordante de vie, intelligente et pétillante. Elle était facile à vivre, ne posait jamais de questions et se montrait très disponible, que ce soit pour voyager ou pour faire l'amour.

Les mois passant n'avaient rien changé à l'ardeur de leurs relations charnelles. Il faut dire que Sigrid savait pimenter leur quotidien, quitte à se révéler parfois très impudique. Ses attitudes lascives ou ses apparitions dans le plus simple appareil, ses cheveux retombant sur ses seins lourds, auraient pu réveiller un mort. Il exhalait d'elle en permanence une sensualité exacerbée qui correspondait à sa nature profonde que d'aucuns auraient pu considérer à la limite de la nymphomanie. Le sexe avec elle devenait une véritable drogue. Il était ainsi de plus en plus difficile pour Junior d'imaginer son existence sans sa compagne, d'autant qu'elle n'était pas avare de gestes tendres, la main qui cherche la vôtre, le sourire complice et bienveillant, un baiser dans le cou, ces petits riens qui vous rendent complètement et définitivement dépendant de l'autre. Il était comme envoûté par la jeune femme qui ne quittait plus son esprit.

De son côté, Karim n'arrivait pas à comprendre la fascination que cette femme exerçait sur son ami. Pour lui, les rencontres avec les femmes s'étaient toujours réduites à une séance de jambes en l'air tarifée. Qu'est-ce que cette fille pouvait bien avoir de plus ? Elle était en tout point semblable aux autres, si ce n'est ses cheveux, encore qu'il les voyait plutôt comme les flammes de l'enfer. Son emprise sur Junior paraissait telle que Karim en était arrivé à considérer cette relation comme toxique, un grain de sable qui pouvait se révéler dangereux pour le business, d'autant que son ami la trimballait à présent partout avec lui, jusqu'en Espagne où se trouvaient pourtant les intérêts vitaux de leur organisation.

Soucieux, Karim n'osait imaginer tout ce qu'elle pouvait apprendre à travers cette intimité. Il avait donc décidé de la surveiller, déterminé à protéger Junior. Il faisait ainsi parfois le guet en bas de son immeuble pour savoir si elle recevait d'autres hommes, ou la suivait discrètement quand elle rentrait chez elle, espérant un faux pas qui la discréditerait aux yeux de son chef et ami. Pendant des semaines, il n'avait rien noté de particulier, si ce n'est qu'elle restait dormir chez Junior de plus en plus souvent. Dans le cas contraire, quand elle passait la nuit dans son propre appartement, il avait constaté qu'elle se levait en fin de matinée et se rendait à pied dans une salle de fitness toute proche. Le reste du temps, elle flânait beaucoup rue du Roi-de-Sicile dans le Marais, et elle se rendait chaque fois dans une boutique de lingerie, au point que Karim avait cru au début qu'elle y retrouvait quelqu'un.

Et puis, un jour, il l'avait vue sortir de chez elle élégamment vêtue, monter dans un taxi et se faire déposer près du parc Monceau où elle s'était mise à faire les cent pas sur le trottoir comme si elle tapinait. Bien sûr, il n'y avait aucune chance qu'une fille de sa classe racole dans la rue, il en avait donc conclu qu'elle devait avoir rendez-vous avec un client fortuné, un client sacrément blindé pour rivaliser avec Junior qui claquait un argent fou pour elle. En tout cas, il se produisait ce qu'il avait toujours pensé en son for intérieur : il n'y avait que le fric qui comptait pour cette nana et Junior n'était qu'un gogo parmi d'autres. Avoir lu dans son petit jeu ravissait Karim, qui se voyait déjà couvert d'éloges et de reconnaissance.

Il n'avait pas attendu longtemps pour voir une Ford stationner à sa hauteur et, elle, s'installer à bord, comme il l'avait imaginé. Sauf que le conducteur était une femme. Une femme ?!

Karim était estomaqué. Il tenait déjà toutes les femmes pour des simulatrices, mais celle-là battait tous les records. Poussé par la colère, il les avait filées pour savoir où elles allaient baiser, mais elles n'avaient fait que tourner en rond pendant presque quarante minutes sans s'arrêter. Bien sûr, il n'avait pas vu leurs mains et Sigrid s'était baissée à deux reprises assez longuement. Tout était donc possible. Pourtant, il y avait quelque chose qui clochait, à commencer par le modèle du véhicule, une modeste Mondéo qui devait avoir pas mal d'heures de vol. Et cette façon de rester en permanence en mouvement, ça ressemblait à s'y méprendre à la façon dont il organisait lui-même ses rendez-vous pour le business. Quelque chose d'important se jouait là, sous ses yeux, mais son cerveau n'arrivait pas encore à faire la connexion.

Aussi, quand sa cible s'était fait déposer porte Maillot pour héler aussitôt un taxi, Karim avait préféré suivre la Ford pour essayer d'en savoir plus. Celle-ci l'avait conduit à travers Neuilly jusqu'à Nanterre, rue des Trois-Fontanot, où elle s'était engagée sans hésitation dans un parking souterrain. Après s'être à son tour garé dans une ruelle adjacente, il était revenu en courant près de l'entrée du parking pour voir de quel immeuble il dépendait quand soudain la conductrice avait refait surface. C'était une brune piquante comme il les aimait, plutôt bien foutue, et énergique, vu sa façon de marcher. « Le genre de nana qui ne se laisse pas impressionner », s'était-il dit.

Après avoir parcouru une dizaine de mètres, il s'était retourné et l'avait vue qui s'apprêtait à traverser la chaussée. Il l'avait alors suivie du regard jusqu'à ce qu'elle entre dans un bâtiment planté d'un drapeau français et gardé par deux policiers. « C'est quoi, ce bordel ! » avait-il marmonné dans sa barbe. Pour en avoir le cœur net, il avait fait volte-face en optant cette fois pour le trottoir opposé, histoire de lire la plaque fixée sur la façade, et son sang n'avait fait qu'un tour.

MINISTÈRE DE L'INTÉRIEUR
DIRECTION DE LA POLICE JUDICIAIRE

Il n'y avait maintenant plus de doute : cette salope se faisait une flic. Pourtant, sur le chemin du retour, une idée plus terrible encore lui était venue à l'esprit. Et si elle balançait des infos aux flics ? Ou pire, et si Sigrid était l'une des leurs et les avait infiltrés ? La logique aurait voulu qu'il aille voir Junior pour tout lui raconter, quitte à se faire engueuler pour avoir agi dans son dos. Cette même logique aurait voulu que Junior chasse sur-le-champ cette garce, et même qu'ils lui règlent son compte, mais les choses étaient beaucoup plus compliquées. Son ami s'était vraiment entiché de cette greluche et Karim le savait : on ne peut jamais prévoir les réactions d'un type qui a une bite à la place du cerveau.

Qu'adviendrait-il si elle niait tout en bloc ou si elle l'accusait de lui avoir fait des avances ? La raison avait-elle encore prise sur Junior ? Qui croirait-il ? C'est alors qu'il eut une idée géniale.

Il allait gérer le problème à sa façon.

18

L'appel de Karim qui l'invitait à prendre un café en tête à tête Aux Trois Obus, une brasserie de la porte de Saint-Cloud, l'avait surprise. Sigrid n'aimait pas ce type au regard désagréable et aux allures de loubard avec son blouson en cuir et ses baskets de mauvais goût. Elle se méfiait de lui, d'autant qu'on ne savait jamais ce qu'il pensait, et elle ne comprenait pas bien pourquoi ce taiseux avait toute la confiance de Junior.

— Ce rendez-vous est inattendu, avait-elle dit en s'asseyant.

— À qui le dis-tu ! avait lâché Karim.

Elle était à peine installée qu'il la fixait, sans cligner des yeux. Sigrid s'était demandé pour la cinquième fois de la journée pourquoi elle avait accepté.

— J'ai la vague impression que tu ne m'apprécies pas…

— J'aurais une raison ?

— Aucune, mais tu pourrais avoir un problème avec le fait que Junior passe autant de temps avec moi ou, plus simplement, tu n'aimes peut-être pas les femmes.

— Et toi, tu les aimes les femmes ? avait rebondi Karim.

— Oui, avait-elle répondu sans hésitation en le défiant du regard.

— Plus que les hommes ?

— Ce n'est pas pareil, avait-elle minaudé avec malice.

Karim s'était tu un instant avant de poursuivre.

— Et les femmes flics ?

— De quoi parles-tu ?

— Ton amie flic, tu la baises ? Tu sais, celle de Nanterre avec sa petite Mondéo de merde.

— C'est une amie de lycée, c'est tout ! avait-elle improvisé sans conviction alors qu'un frisson la parcourait.

— Je t'ai demandé si tu la baises ?!

— Je voudrais bien ! avait répliqué la belle, provocatrice.

— Tu lui files des infos et elle pique dans les scellés pour te payer en came, c'est ça ?

— Ça va pas, tu délires ou quoi ! Je monte dans une voiture et du coup je suis une balance ?

— Une voiture de flic et aux heures de service... Moi, j'ai plutôt l'impression qu'elle était en train de bosser, ta copine !

— Je te dis que non ! C'est quoi, ces conneries ?

— Dans ce cas, tu vas lui téléphoner et me la passer pour qu'on tire ça au clair tout de suite ! avait exigé Karim.

Sigrid pestait intérieurement. Il fallait qu'elle se sorte de ce bourbier, et vite.

— Tu préfères que je raconte à Junior et dans tout Paris que tu es une balance ?

— Putain, Eddy, qu'est-ce que tu me fais, là ?!

— Je t'ai déjà dit de ne pas m'appeler comme ça ! Combien de fois je vais devoir le répéter ?!

Karim avait réussi son coup, Sigrid était blême de peur et au bord des larmes. Elle venait de confirmer tous ses soupçons, mais il l'avait surestimée. Elle n'avait rien d'une infiltrée, trop faible pour ça. Maintenant, il lui fallait changer de registre, se montrer un rien conciliant afin d'obtenir d'elle ce qu'il voulait.

— C'est une amie de cœur, c'est ça ? Dans le fond, c'est pas si grave, ça peut rester entre nous.

— Contre quoi ? avait-elle réagi, sans illusions. Tu veux mon cul ? Tu veux qu'on baise, c'est ça ? C'est tout ce que tu as trouvé pour y arriver ?

— Tu es trop maligne ! Je te baise et après tu vas tout raconter à Junior en lui disant que je t'ai forcée pour que je m'embrouille avec lui. Tu me prends pour un con ?

— Alors tu veux quoi ?

— J'ai besoin de toi et de la fliquette.

— Et si je refuse ? avait-elle tenté.

— Tu n'es pas en position de négocier. Je vais te donner 20 000 euros pour que tu refourgues un tuyau à ta copine.

— C'est quoi cette connerie, il est où le loup ?

— Il n'y a pas de loup ! C'est gagnant pour tout le monde, à commencer par toi. Tu prends les 20 000 dans ta poche et tu n'as rien d'autre à faire que transmettre des renseignements. Quant à ta copine, grâce à ça, elle va gérer la plus grande affaire de sa vie, celle qui va changer sa carrière. Si elle n'est pas ingrate, elle va même te refiler une prime au passage, avait exposé Karim, tout sourires.

— Et toi, tu gagnes quoi ?

— Je protège Junior en sortant du jeu un dangereux psychopathe qui veut sa peau et qui finira par l'avoir si on ne fait rien.

— Pourquoi ce n'est pas lui qui me demande ça, dans ce cas ?

— Tu as vraiment envie qu'on lui raconte que tu parles aux flics ?

— Je ne savais pas qu'il était menacé. Il ne m'en a jamais rien dit.

— Il n'a pas à tout te dire, non plus !

— OK, mais je ne veux pas non plus qu'il arrive quelque chose à mon amie, avait alors soufflé Sigrid.

— Il ne lui arrivera rien.

— Je ne te fais pas confiance.

— Tu n'as pas le choix. Donc maintenant, tu vas bien sagement faire ce que je t'ordonne ou je vais m'occuper de toi et de la fliquette, avait à nouveau grondé Karim.

— Tu bluffes, tu ne peux pas t'attaquer aux flics…

— D'où tu tiens cette connerie ? Où c'est écrit qu'on peut pas tuer un flic ? Tout est permis ! La seule et unique règle, c'est de ne pas se faire prendre. Tu comprends, ça ?

— Tu es un sale type, et ça aussi, tu le sais ? avait lâché Sigrid avec mépris. Je ne sais pas comment Junior peut être ami avec toi.

— On peut tous faire semblant d'être celui ou celle qu'on n'est pas à condition de ne jamais oublier qui on est réellement ! Tu restes une pute et moi un voyou. Les règles du jeu nous concernant ne sont pas les mêmes que pour les autres.

— Tu crois sincèrement que je peux voir cette femme et lui dire « Tiens, voilà une affaire » sans qu'elle se doute de quelque chose ?

— Ne t'inquiète pas. Tu vas lui donner la béquée. En attendant, je te conseille de ne surtout pas changer tes habitudes, avait asséné Karim avant de partir.

19

Encore une de ces longues nuits où tout peut arriver. Les stupeux de la commandante Tania Ouazzani avaient pris place aux abords du péage de Saint-Arnoult. Ce soir-là, pas de périlleuses filatures s'étirant de la frontière espagnole jusqu'aux portes de Paris. Trop de déconvenues et un danger mortel pour les simples usagers de la route.

En effet, jusqu'alors, tous les dispositifs de surveillance se positionnaient sur les points de passage de la frontière franco-espagnole. Une fois la cible repérée, les voitures banalisées de la PJ la pistaient sur presque sept cents kilomètres à des vitesses qui frisaient fréquemment les deux cents kilomètres-heure. La cavalerie tentait ainsi de suivre l'objectif sans se faire repérer, dans l'espoir que ses occupants s'arrêtent pour se ravitailler en essence ou pour prendre un café, offrant aux forces de l'ordre une occasion de les interpeller, et avec de la marchandise. Aléatoire, mais le summum du flagrant délit et de l'adrénaline garanti pour tous.

Avec le ralentissement qu'il imposait, le franchissement d'un péage constituait une autre opportunité. Celle-ci était cependant tout aussi ardue, car les trafiquants avaient appris depuis longtemps que les flics pouvaient les y attendre en embuscade. Ils avaient donc développé des contre-mesures assez efficaces : une voiture de tête jouait les éclaireuses en ouvrant la route à celle, plus précieuse, qui transportait la drogue. Et pour les convois les plus organisés, il n'était pas rare qu'un troisième véhicule soit prévu pour secourir les deux autres en cas d'incident mécanique, un véhicule à même de voir de ce fait si le convoi était remonté par la police.

Ouazzani, elle, n'avait pas eu le choix. Elle avait été contrainte d'imaginer une embuscade au péage de Saint-Arnoult-en-Yvelines, même si le lieu posait un sérieux problème avec ses trente-neuf voies de passage… Qu'à cela ne tienne, le renoncement ne faisant pas partie de son ADN, Ouazzani avait immédiatement trouvé une solution en faisant réduire le nombre des postes ouverts dans le sens Province-Paris, au grand dam de la société d'exploitation. En fait, le dispositif de la commandante était plutôt original. Il était composé d'une petite unité à pied dont les effectifs étaient répartis derrière chacune des cabines restées ouvertes. La nuit avait cet avantage que ses hommes pouvaient rester invisibles aux yeux des usagers de l'autoroute tout en ayant une vue dégagée pour repérer l'arrivée de l'ouvreuse qui annonçait celle, imminente, du véhicule chargé de cannabis.

Ses gars avaient reçu comme consigne de sortir de leurs tanières dès l'ouvreuse passée et de jeter sous les roues de la porteuse les StopStick[1] censés crever ses pneus et suffisamment la ralentir pour l'intercepter. Le gros de son effectif

1. Les StopStick se présentent sous la forme de boîtiers plastique triangulaires longs chacun d'environ quatre-vingt-dix centimètres. On les jette sous les roues d'un véhicule en mouvement et, au contact d'un pneu, une centaine de pointes viennent agir comme des valves pour le dégonfler rapidement, sans éclatement, limitant ainsi les courses-poursuites à grande vitesse.

était ailleurs, en retrait, dissimulé à l'arrière d'un bâtiment de maintenance situé après le péage. Sur l'aire de stationnement, dans un coin où l'obscurité était presque totale, neuf véhicules avaient été alignés, tous feux éteints, hors de vue des usagers de la route. Prêts à l'action à tout instant.

Les ordres de la commandante Ouazzani étaient stricts : trafic radio en crypté, plus aucun nom donné sur les ondes et utilisation exclusive des indicatifs des équipages. Trop de personnes pouvaient écouter leurs conversations, à commencer par les voyous qui connaissaient et épiaient les fréquences de la police. Pas question non plus qu'un autre service comprenne qu'une opération des Stups était en cours tant qu'elle n'était pas achevée. Elle avait insisté auprès de tous : la moindre erreur réduirait considérablement les chances de réussite du dispositif.

Après ce brief, l'attente avait débuté. Ces moments-là étaient très semblables à des veillées d'armes. On cogitait, on revoyait la journée qui venait de s'écouler et on pensait aux siens. Le silence devenait le compagnon de chacun, sauf pour les plus angoissés qui avaient besoin de parler fort et de surjouer leurs rires. Ceux qui étaient restés à bord des voitures tentaient de se reposer tandis qu'à l'extérieur certains fumaient ou s'affairaient autour d'un coffre à la recherche d'un équipement manquant.

Pour la commandante Tania Ouazzani, ces instants suspendus étaient l'occasion de se repasser le film des événements qui l'avaient conduite jusqu'ici, maintenant, dans l'espoir d'intercepter en flagrant délit un énorme chargement de drogue.

20

N'en déplaise à certains, rien ne remplacera jamais un bon tuyau donné par un informateur. Telle a toujours été la conviction de la commandante Tania Ouazzani, dont le principal informateur était en l'occurrence une informatrice, une blonde fascinante qu'elle avait surnommée « Casque d'or » en référence au film de Jacques Becker.

Quelques jours plus tôt, celle-ci l'avait appelée et, sur un ton mystérieux, lui avait assuré détenir des renseignements de la plus haute importance. Agréable surprise pour la commandante, car sa source s'était déjà manifestée très peu de temps auparavant pour lui balancer un fugitif en cavale qui avait ainsi pu être arrêté en douceur. Un dossier rondement mené qui lui avait valu la reconnaissance du directeur et la jalousie du chef de la Brigade antigang.

Comme à leur habitude, les deux femmes avaient convenu d'un rendez-vous à l'angle de la rue de Courcelles et de la rue de Vigny, dans le 17e arrondissement, en face de la brasserie Le Vigny. Ouazzani était arrivée en voiture pile à l'heure et avait promptement récupéré celle qui l'attendait sur le trottoir. À peine assise dans le véhicule, Casque d'or s'était encore plainte de devoir monter dans une Ford Mondéo. La policière l'avait rabrouée, même si elle ne pouvait pas lui donner tout à fait tort. Il n'y avait pas plus « bagnole de flic » que celle que l'administration lui avait attribuée ! Décidément, cette fille était aussi prudente que maligne.

Casque d'or ayant le grand défaut, surtout pour une informatrice, de ne jamais passer inaperçue, elles étaient tombées d'accord sur le fait qu'il n'était pas question qu'elles s'affichent ensemble dans un restaurant ou un café, et encore moins dans un établissement de nuit. Les deux femmes discutaient donc dans la voiture tout en roulant. Là, Casque d'or commençait d'ordinaire par donner des nouvelles de « l'autre monde », en particulier des folies de ses principaux acteurs qui se résumaient en un triptyque immuable : fric, sexe et violence. Ce n'est qu'après ce rituel qu'elles abordaient l'objet principal de leur rendez-vous. Cette fois, pourtant, il en avait été différemment. Son informatrice avait été droit au but, ce que la policière avait attribué au fait qu'elles s'étaient vues très peu de temps auparavant pour l'affaire du fugitif.

La jeune femme lui signalait la présence à Paris d'un des plus grands trafiquants européens, un Néerlandais à propos duquel elle se disait prête à livrer des renseignements. En bon flic de terrain, Ouazzani savait depuis longtemps que tous les indics ne se valent pas et qu'il valait mieux ne pas s'emballer, mais avec Casque d'or, la situation était différente. Celle-ci avait fait ses preuves à de nombreuses reprises. Ses tuyaux étaient toujours de première main et sa motivation simple : la blonde n'était guidée que par l'argent. De très loin le plus simple à gérer et rien de choquant, la morale constituant rarement le mobile des informateurs. Dans le fond, tout se vend, tout s'achète, alors pourquoi pas le renseignement criminel ?

Cependant, même si Casque d'or n'avait jamais agi par rancune ou par vengeance, même si elle ne demandait jamais aucun service et n'avait surtout rien à voir avec ceux qui, nourris aux feuilletons télé, se voient comme des infiltrés, les spécimens les plus dangereux pour un officier traitant, la policière n'en restait pas moins sur ses gardes. Elle savait que son informatrice était dotée d'une intelligence hors du commun et dépourvue de tout sens moral, pensant notamment que le mal et le bien étaient parfaitement interchangeables.

En fait, la question qui revenait toujours à son propos, c'était de déterminer si elle était « dans l'histoire » ou « dans le business ». Dans le business, les indics observent et renseignent, mais ils ne se contentent pas de ça. Ils sont aussi les acteurs du monde que Ouazzani combat. Ceux-là ne cherchent en réalité qu'à cacher leur jeu, en récoltant bien sûr un peu de thune en passant, car il n'y a pas de petit profit. Ils ne balancent que pour détourner l'attention ou éliminer la concurrence. Ainsi, ils comptent parmi les meilleures sources, mais également parmi les plus dangereuses puisqu'ils ne disent jamais tout et n'hésitent pas à doubler leurs contacts à la première occasion. Ils sont aussi à l'affût du moindre faux pas, d'un moment de fragilité. Et en parlant de fragilité, Ouazzani devait reconnaître qu'elle était troublée par Casque d'or…

Elles travaillaient ensemble depuis plusieurs années et cette longue collaboration commençait à personnaliser leurs rapports. La policière admettait qu'elle n'était parfois plus très sûre d'avoir le recul nécessaire. Casque d'or l'avait ouvertement draguée dès le début et Ouazzani, qui n'avait pourtant jamais eu d'aventure avec une femme, avait du mal à lui claquer la porte sur les doigts. Elle n'était cependant pas sans savoir que certains informateurs cherchent à transformer leur relation de travail en une pseudo-relation d'amitié, ou plus si affinités, pour abolir les distances entre policier et indic. Elle avait parfaitement conscience que la manipulation existe toujours de part et d'autre.

Quoi qu'il en soit, la blonde lui parlait aujourd'hui d'un certain Sagghi que tout le monde surnommait Dhollandia, un grand trafiquant néerlandais venu à Paris pour y conclure une importante affaire de came. Il demeurait, selon ses dires, dans une des tours situées près du square Béla Bartók. Pour ne pas perdre de temps et remettre un peu de distance entre elles, Ouazzani lui avait alors demandé sans ménagement si elle était la maîtresse de cet homme. La jeune femme lui avait répondu sans la moindre hésitation par la négative, et la commandante avait poursuivi sur le même ton en la questionnant sur l'origine de ses renseignements. Sans se faire prier, Casque d'or lui avait aussitôt confié qu'elle les tenait d'un des amis de ce Dhollandia, ami dont elle se disait cette fois l'amante.

— Et comment s'appelle l'heureux élu ? s'était enquise la policière.

— Eddy, avait répondu la blonde après un instant d'hésitation.

— Eddy comment ? avait insisté Ouazzani.

— Je ne veux pas que tu lui cherches des ennuis.

— Et il existe vraiment cet Eddy ?

— Oui. D'ailleurs, en cas de souci, c'est vers lui que tu devras te tourner. Il sait tout, avait-elle dit avec une inflexion dans la voix qui mit la commandante sur la défensive.

— Il peut y avoir des soucis ?

— Pour toi non. Les soucis, c'est pour mon cul !

— Il est impliqué dans le trafic, lui aussi ?

— Non.

— Tu es sûre ? Parce que sinon il risque d'être arrêté et je ne pourrai rien faire pour lui.

— Il n'a rien à voir avec l'affaire dont je te parle.

La policière avait sondé son indic du regard.

— Alors comment est-il au courant du business de ce Dhollandia ? avait-elle fini par demander.

— Ils sont amis. Le type a énormément d'argent alors qu'il ne travaille pas. Il est sapé de dingue et il mange tous les jours dans les meilleurs restaurants. Pas besoin d'être un génie pour voir qu'il y a un loup.

— Peut-être que c'est un critique gastronomique, avait plaisanté Ouazzani, mi-figue mi-raisin, pour lui faire comprendre qu'elle était loin du compte pour récupérer la moindre prime.

— Eddy m'a raconté que le gars avait toujours de la cocaïne et du cannabis chez lui.

Cette dernière affirmation n'eut pas l'effet escompté sur Ouazzani. Celle-ci avait appris depuis longtemps que les véritables trafiquants ne stockent jamais rien chez eux, et que seuls les toxicomanes-revendeurs commettent cette erreur.

— Quelle quantité ? avait alors demandé la commandante pour en avoir le cœur net.

— Je ne sais pas exactement, avait bredouillé son interlocutrice.

— C'est un toxicomane ?

— Non, c'est un trafiquant ! Un type qui importe d'énormes quantités et qui fait peur à tout le monde.

— C'est ton dealer ? avait lâché la commandante, soudain soupçonneuse. Tu as replongé, tu ne peux pas le payer et tu voudrais que je le coffre pour t'éviter des ennuis, c'est ça ? Tu cherches à me manipuler ?

— Mais pas du tout, tu te goures complètement ! Tania, tu me prends pour qui ?! Bien sûr, ça peut m'arriver de tirer une ligne, mais je ne fume jamais. C'est mauvais pour la peau !

Ouazzani n'avait pas pu s'empêcher de sourire à cette repartie. Dans le fond, elle appréciait cette drôle de femme qui, par ailleurs, avait ce don incroyable de faire ce qu'elle voulait des hommes… Tout son contraire. Elle l'avait déjà tant de fois invitée à changer d'air, et même de vie, en lui rappelant qu'informateur était le métier le plus dangereux au monde, mais rien n'y avait fait. Casque d'or aimait trop la vie facile, l'argent et le sexe, sans parler de la cocaïne.

La flic était sur le point de reprendre quand son interlocutrice, certaine de son effet, avait abattu sa carte maîtresse.

— Dhollandia attend un go fast qui remonte d'Espagne.

Maligne la guêpe !, s'était dit la policière, tout à coup très attentive.

— Je pourrais t'avoir la plaque d'immatriculation de la voiture et même le jour où ça aura lieu, avait poursuivi la blonde. D'habitude, ils passent par Saint-Arnoult. Dhollandia aurait un entrepôt dans le coin.

— Tu es sûre de ton tuyau ?

— Je ne me suis jamais trompée, tu sais que tu peux me faire confiance ! Dis-moi plutôt combien je vais toucher si je te fais saisir de la came, avait alors demandé Casque d'or.

— Tu mets la charrue avant les bœufs. Je vérifie d'abord tes renseignements, on commence une enquête, et si c'est bon, on parle argent.

— Je te donne une affaire clés en main, tu ne peux pas te contenter d'attendre ?

— Ça ne marche pas comme ça.

— Et si tu foires le coup ?

— Tu auras droit à un dédommagement.

— Je te jure que c'est du lourd, là. Ce gars, c'est un gros poisson, tes mecs n'ont pas intérêt à se faire repérer !

— Tu veux nous apprendre notre boulot ?

— Non, mais c'est quand même moi qui prends tous les risques…

De retour au service, Ouazzani avait aussitôt réuni son groupe et avait annoncé qu'un certain Sagghi constituait désormais un objectif de travail. Elle l'avait présenté comme un trafiquant international venu en France pour réceptionner un go fast qui allait sans doute remonter d'Espagne avec plusieurs centaines de kilos de résine. Elle avait ensuite désigné l'équipe qui allait être chargée de la surveillance physique du suspect. Il fallait qu'ils sachent ce qu'il glandait de ses journées et avec quelle voiture il se déplaçait pour la baliser dès que possible. Quant à elle, elle s'était assigné la tâche ingrate d'interroger tous les fichiers : antécédents judiciaires, bases Interpol et Europol…

Les résultats des premiers jours s'étaient avérés décevants : l'homme était inconnu des archives de la police française et son nom n'apparaissait nulle part. Pas de trace non plus d'abonnement chez les opérateurs de téléphonie nationaux, pas de ligne fixe attribuée à l'appartement qu'il louait par ailleurs sous son vrai nom et dont il s'acquittait des loyers à partir d'un compte belge également à son nom.

— Vraiment rien de bandant ! avait résumé son adjoint avant de poursuivre. Si on se fie aux premières filatures, ce type est une sorte de jet-setteur qui n'émerge de chez lui qu'en après-midi et qui passe presque toutes ses nuits en boîte. Faible lueur d'espoir, il semble avoir ses quartiers au Beyrouth…

— C'est quoi, le Beyrouth ? avait demandé Ouazzani.

— Un établissement du quartier des Champs-Élysées. La clientèle est plutôt interlope : des vedettes en devenir, des bobos cocaïnomanes qui ne se cachent pas de l'être, des prostituées et des voyous. Reste à savoir avec lesquels il est en contact.

Il fallait creuser davantage, se donner plus de temps. Malgré la pression de la hiérarchie et sa religion des chiffres, faisant fi aussi des sourires entendus de ses homologues masculins, Ouazzani avait décidé de maintenir le cap sur la seule base des informations de sa source qu'elle continuait de juger fiable et dont elle attendait avec impatience qu'elle se manifeste à nouveau.

Après une nouvelle semaine d'enquête, une bonne nouvelle leur était enfin parvenue du côté d'Europol : Sagghi était connu aux Pays-Bas pour être un trafiquant, et pas n'importe lequel. Il s'agissait d'un véritable caïd, au point qu'un spécialiste néerlandais se proposait de faire le déplacement pour leur en parler. La commandante avait bien sûr immédiatement accepté cette aide qui tombait à point nommé pour redonner du crédit à son tuyau. Celle-ci voyait en effet cet échange comme une preuve formelle du sérieux de ses renseignements, et la confirmation d'un principe très personnel selon lequel, contrairement au bon vin, les hommes, et en particulier les criminels, ne se bonifient jamais avec le temps.

21

Avant qu'il ne se présente à elle, on avait prévenu Ouazzani que l'officier néerlandais qui faisait le déplacement jusqu'à Paris pour la rencontrer était une légende dans son pays.

Le commissaire Richard Weyburg avait passé l'essentiel de sa carrière au National Crime Squad, la prestigieuse unité de renseignement de la police criminelle des Pays-Bas. Véritable encyclopédie vivante en matière de criminalité organisée et de trafics internationaux, il se disait qu'il savait presque tout du clan Sagghi. Désormais, il était à la tête de la QTeam, un groupe spécialisé dans l'intelligence artificielle dont la mission était d'établir des liens entre toutes les données que la police hollandaise avait recueillies et stockées depuis des dizaines d'années. Son équipe avait ainsi déjà résolu de façon remarquable plusieurs cold cases dont la presse s'était largement fait l'écho.

En le recevant, la commandante Ouazzani avait quelques appréhensions. Mais, quand il était entré dans son bureau, ses craintes s'étaient vite estompées. La simplicité de cet homme et son regard bienveillant l'avaient rassurée. Rien à voir avec l'attitude de certains de ses collègues masculins qui se la pétaient au quotidien. Par réflexe, il avait d'emblée commencé à parler en anglais, puis il s'était repris en constatant que son interlocutrice ne maîtrisait pas vraiment la langue de Shakespeare, et avait poursuivi en français. Un français impeccable.

Après les politesses d'usage et le café, au lait pour le Néerlandais, Weyburg et Ouazzani s'étaient rendus dans la salle de réunion où les Stups s'étaient déjà regroupés. Pour appuyer son propos, le commissaire avait souhaité projeter un Power Point et un technicien avait installé à cet effet un écran géant. Ainsi, au fur et à mesure de son exposé, une succession d'images défila, illustrant on ne peut plus clairement le cheminement sanglant de celui auquel les Français prétendaient s'attaquer. Des clichés de Sajjad Sagghi en personne, de son frère Badr et de ses principaux hommes de main, mais aussi des photos de saisies de grands lots de résine et de cocaïne, d'armes, des gros plans d'impacts de balles sur des véhicules ou des vitrines. Et puis, pour témoigner de la violence de leurs cibles, des corps ensanglantés, misérables, face contre terre dans la rue, recroquevillés sur eux-mêmes dans des voitures, ou encore jetés nus ligotés dans les bois.

— Mesdames, messieurs, chers collègues, je suis venu ici à la demande d'Europol pour vous parler, si j'ose dire, de l'épopée criminelle de Sajjad Sagghi. Je vais essayer de ne rien oublier et vous pourrez me poser toutes les questions que vous voulez mais, d'ores et déjà, s'il y a une chose que vous devez retenir de mon intervention, c'est qu'il ne faut jamais sous-estimer ce trafiquant. Il est intelligent et il a le don de glisser entre les doigts de la police comme une anguille.

« Sajjad Sagghi est né au Maroc, mais il a grandi dans la banlieue d'Utrecht où ses parents se sont établis à leur arrivée aux Pays-Bas. À l'époque, la pénurie de main-d'œuvre que nous connaissions faisait que les ressortissants étrangers, en particulier les Marocains et les Turcs, se voyaient proposer des facilités pour venir travailler chez nous. C'est dans ce contexte que la famille Sagghi a immigré. Les intégrer tout en leur permettant de conserver leur culture dans la perspective d'un retour programmé au pays, tel était à l'origine l'objectif de nos autorités.

« Sajjad et son jeune frère Badr ont donc appris le néerlandais et l'anglais à l'école pendant qu'ils continuaient à parler l'arabe et le berbère à la maison. Les Sagghi sont finalement restés et les enfants ont obtenu la nationalité néerlandaise. Les parents, aujourd'hui décédés, étaient des gens très respectables. Le père était employé sur les chantiers, un homme sans histoire et un gros bosseur. Quant à la mère, elle était salariée dans une usine de fabrication de pneus.

« Arrivé à l'adolescence, Sajjad a décrété qu'il arrêtait l'école, du jour au lendemain. Sans formation professionnelle, il n'a réussi qu'à enchaîner des petits boulots mal payés, le tout entrecoupé de longues périodes d'inactivité, voire d'oisiveté. Frustré, il a commencé à nourrir un ressentiment à l'égard de la société, aggravé par le fait que certains ne le calculaient plus, à tort, que sous l'angle religieux. Quelques-uns de ses proches se sont effectivement radicalisés, mais il n'en a jamais rien été le concernant. Tout démontre au contraire que son seul et unique objectif dans la vie a toujours été de s'enrichir par tous les moyens.

« Ses copains de l'époque, dont vous voyez les photos derrière moi, s'appelaient Amir Benabdouled, Saïd Azzouki, Kassem Larbi, Moussa Alqueel et Othman Moonzer. Ils se retrouvaient souvent tous ensemble pour fumer de l'herbe, refaire le monde ou se pavaner auprès des filles, jusqu'à ce que survienne une dispute avec des gars d'un autre quartier. Les raisons de ce conflit demeurent obscures, en tout cas je crois que c'est à cette période que tout a basculé.

« De violents affrontements ont éclaté et ont amené ces jeunes à s'organiser en ce qui s'est, à terme, transformé en un gang de rue. Au-delà de la défense d'un territoire, ce groupe a rapidement versé dans la délinquance. La nuit venue, les vols de voitures, les rodéos sauvages et les cambriolages se sont multipliés. Ces gamins se sont même affublés d'un nom : les BAD, pour "Bad and Dangerous[1]". De loin le plus malin de la bande, Sajjad s'est néanmoins vite lassé de ces bagarres et des petits larcins qui ne rapportaient rien. Ayant remarqué que certains camarades de son âge subvenaient aux besoins de toute leur famille, il s'est mis lui aussi à vendre du cannabis aux abords du parc archéologique d'Utrecht, avant de devenir un des coursiers du plus gros dealer de la ville.

« Si ce n'est le lien avec ses parents qui s'est irrémédiablement distendu, ses premiers pas dans l'univers du trafic sont passés plutôt inaperçus. Je dois admettre que nous avons trop longtemps considéré ce type et ses amis comme du menu fretin. Doté d'une solide intelligence pratique et d'un vrai sens du commerce, vous imaginez pourtant bien que l'ambitieux Sajjad n'entendait pas rester sous-fifre toute sa vie. Sans surprise, il a donc mis en place son propre réseau de distribution et a fini par aller au Maroc pour négocier directement à la source, avec les producteurs. Il faisait ensuite remonter sa came, cachée dans des chargements de fruits et légumes, jusqu'aux Pays-Bas.

« Et il ne pouvait pas s'arrêter là… Dans un pays qui compte plus de six cents coffee-shops, tous autorisés par

1. « Mauvais et dangereux », en anglais.

l'État à vendre du cannabis à l'avant du magasin sans avoir véritablement le droit de s'approvisionner, Sajjad n'a pas tardé à percevoir la faille. Il y avait forcément une porte dérobée quelque part pour fournir ces établissements dont le débit était hors norme en raison du flux continu de touristes qui, attirés par la fumette, venaient de toute l'Europe. Du coup, les *back doors*[1] et les *safe rooms*[2] sont devenues son domaine. Il a d'abord fait son nid à Utrecht, puis à Eindhoven et enfin à Amsterdam, La Mecque du cannabis en Europe, un aboutissement.

« À peu près à cette période, il a été en conflit avec un gros ponte du trafic basé à Tanger, un certain Hicham Safouane. Ce type, qui est mort depuis, et a priori de sa belle mort, voyait d'un mauvais œil sa montée en puissance et il a voulu lui couper les ailes. Il avait l'entregent suffisant pour obtenir des producteurs qu'ils ne lui vendent plus rien. Sajjad a considéré cet embargo comme une déclaration de guerre. Il a fait enlever et flinguer plusieurs membres du clan Safouane en Espagne et aux Pays-Bas. Les représailles ne se sont pas fait attendre. Deux de ses amis très proches, Kassem Larbi et Othman Moonzer, mais surtout son propre frère, ont été abattus à leur tour en pleine rue à Utrecht et à Amsterdam.

« Il nous semblait que Sajjad était fini et qu'il allait y passer lui aussi, mais c'était mal le connaître : il a frappé encore plus fort que son ennemi, et cette fois au Maroc ! Il a fait exécuter le meilleur ami de ce Safouane ainsi que sa femme. Cela a conduit à ce qu'on appelle chez nous un

1. Porte arrière clandestine qui sert à alimenter le stock des coffee-shops.

2. Endroit secret où est stockée la drogue qui sert à approvisionner les coffee-shops.

wapenstilstand, une sorte d'armistice qui avait des allures de capitulation pour son adversaire. La légende Sagghi était née…

« Son business tournait donc déjà très bien quand une mutation radicale s'est produite. Un événement décisif perçu trop tard par le commun des mortels, mais immédiatement vu comme la promesse d'un eldorado pour tous les trafiquants : le rush de la cocaïne. Tout en continuant à inonder l'Espagne et le Portugal, les Colombiens ont commencé à envoyer de grands lots de leur marchandise dans les ports d'Anvers et de Rotterdam. Ils étaient à la recherche d'organisations fiables à même de récupérer et de distribuer leur came. Tous les mafieux sans exception ont voulu en croquer.

« C'est la même histoire partout dans le monde, l'appât du gain est sans limites. La concurrence a alors été rude, mais Sajjad a réussi à faire partie des élus, non sans avoir adroitement mis sur la touche certains de ses concurrents. Et puisque cela ne lui suffisait de toute évidence pas, il a expédié un de ses lieutenants à Bogota, Saïd Azzouki, pour consolider son business. Son ambition était aussi claire que démesurée : s'imposer comme le prolongement naturel des cartels en Europe, ce à quoi il n'est pas vraiment arrivé.

« Aujourd'hui, Sagghi fait figure d'intouchable. Son réseau est devenu une véritable machine de guerre bien huilée avec un redoutable groupe de sicaires mâtinés de Colombiens à son service. Il supervise le trafic, ne s'occupant plus que des fonctions managériales. Il n'a ainsi plus aucun lien direct avec la réception ou la distribution, et encore moins avec la manipulation des produits stupéfiants.

« Maintenant, avant de répondre à vos questions si vous en avez, je voudrais vous faire part de quelque chose qui m'ennuie un peu. En fait, je suis surpris que vous connaissiez Sajjad Sagghi sous le surnom de Dhollandia, mais plus encore que vous utilisiez ce surnom ouvertement quand vous évoquez cette affaire. Il n'y a que les gens de la mafia marocaine aux Pays-Bas qui l'appellent de cette façon. Certains pourraient donc en conclure que vous avez une source et qu'elle est issue de ce milieu… »

Personne n'avait réagi, mais quelques regards avaient fusé en direction de Ouazzani. Cette dernière, qui n'entendait pas donner suite à la remarque, avait embrayé pour donner le change autant que pour lancer le débat :

— En envoyant ce Azzouki en Colombie, il a finalement fait ce que nous faisons nous-mêmes en implantant des officiers de liaison à l'étranger, non ?

Aussitôt, le visage du commissaire s'anima à nouveau et la commandante eut la confirmation que sa diversion serait efficace quand il repartit dans un monologue :

— À vrai dire, il y avait une autre raison à l'expatriation de Azzouki, une raison ignorée des Sud-Américains. En fait, les services belges et néerlandais s'étaient enfin réveillés. On ne parlait plus que de crime organisé et de *Mocro-maffia*[1], et ils pointaient du doigt Saïd Azzouki en lui imputant une série d'assassinats. À l'époque, comme vous le savez peut-être, j'étais en poste au renseignement criminel néerlandais et nous suivions cette affaire pas à pas grâce à une source très bien placée.

« Après s'être posé la question de l'élimination éventuelle de son ami devenu encombrant, Sagghi a estimé que ce compagnon de la première heure et d'une loyauté sans faille pouvait lui être encore utile. L'option retenue a été de

1. Appellation donnée aux organisations mafieuses marocaines spécialisées dans le trafic de cocaïne et des drogues de synthèse basées aux Pays-Bas et en Belgique.

sauver le soldat Azzouki et, dès lors, Sajjad n'a pas mégoté sur les moyens : exfiltration du pays, faux papiers, planques, voitures, avions privés, cash à volonté. Malgré tout, l'avenir de son subalterne restait incertain. Sa photo était en effet placardée dans tous les postes de police du Benelux et Europol avait même ouvert un dossier contre lui.

« Sagghi s'est donc résolu à aller plus loin en ayant recours à la chirurgie esthétique pour son ami. Une nouvelle coupe de cheveux et une teinture ont parachevé le travail des bistouris : Azzouki était méconnaissable ! Pensant écrire ce qui aurait pu être le dernier chapitre de cette cavale, Sagghi a ensuite fait cambrioler la clinique où avait eu lieu l'intervention pour faire définitivement disparaître toute trace de celle-ci. Le chirurgien a déclaré dans la foulée le vol d'ampoules de morphine et d'argent liquide, si bien que la police locale a conclu à un casse de camés.

« L'enquête aurait pu en rester là, mais voilà, quelques semaines plus tard, le chirurgien, s'apercevant qu'il lui manquait un dossier, s'est manifesté auprès du trafiquant en exigeant 50 000 euros. À croire que l'argent rend dingue. Vous imaginez ? Faire chanter Sagghi ! Bref. Le type a été fauché par une voiture à Tilburg, percuté de plein fouet alors qu'il traversait sur un passage clouté. Prise de panique, son assistante, qui était aussi sa maîtresse, s'est aussitôt précipitée dans le premier commissariat venu pour raconter toute l'histoire sur Azzouki en réclamant une protection rapprochée. La suite a démontré qu'elle avait fait un lien qui n'avait pas lieu d'être. Le véhicule à l'origine de l'homicide n'était pas volé ni faussement plaqué ; il était garé chez son propriétaire, un alcoolique chronique qui n'avait plus de permis.

« En définitive, la chirurgie esthétique n'a servi à rien et elle a même eu un effet tout à fait contraire à celui escompté puisque la police a redoublé d'efforts pour retrouver le fugitif qu'elle voyait désormais beaucoup plus important qu'il n'était en réalité, du fait même qu'il ait eu recours à ce stratagème digne d'un film. Il ne restait donc que l'éloignement pour le mettre à l'abri… »

Trahissant l'excitation d'avoir à travailler sur une telle cible, plusieurs mains s'étaient levées pour solliciter la parole.

— Votre présentation laisse entendre que Sagghi n'a pas réussi à devenir aussi proche des cartels qu'il le souhaitait. Azzouki a échoué dans sa mission ? avait demandé l'adjoint de Ouazzani.

— Oui et non. Une fois en Colombie, l'intéressé a plutôt fait du bon boulot : il s'est lié d'amitié avec un certain Ottoniel qui serait aujourd'hui le chef du clan Del Golfo et qui, dès lors, s'est investi davantage dans l'exportation de cocaïne à destination de l'Europe. Par contre, les cartels avaient déjà un homme à eux qui les représentait sur notre continent. Un type surnommé « Serpiente » que nous ne sommes jamais parvenus à identifier, mais il est apparu à travers certaines conversations que nous avons interceptées qu'il était la voix du réseau, ici.

— Vous nous avez dit tout à l'heure que vous aviez une source bien placée au moment de la traque d'Azzouki. Est-elle toujours active et pourrait-elle encore nous aider par votre canal ? s'était enquis un des enquêteurs présents.

— Hélas non, notre homme a été assassiné.

— Il n'était pas protégé ?

— Ce n'était pas un agent infiltré, juste un indic. Difficile dans ces conditions de garantir sa sécurité.

— Qu'est-ce qui s'est passé ?

— Sagghi était convaincu, à raison, qu'il y avait une balance qui nous renseignait, et la personne qu'il soupçonnait a fini à Bad Lands.

— Bad quoi ?! avait réagi un autre participant.

— « Bad Lands ». C'est le nom d'une ferme du côté de Wouwse Plantage, tout près de la frontière belge. C'est là qu'ils emmenaient leurs prisonniers pour les faire parler avant de les tuer. Dissimulés dans un des entrepôts du lieu, des conteneurs avaient été aménagés pour servir de prisons et de salles de torture. Les parois intérieures avaient été insonorisées et recouvertes d'aluminium, des menottes et des chaînes avaient été rivées au sol et au plafond. Il y avait aussi l'outillage pour les interrogatoires, des lames et des scalpels, des cisailles, des scies, des marteaux, des pinces, des perceuses et j'en passe. Les corps mutilés, parfois démembrés, étaient ensuite jetés dans les bois. La ferme de l'horreur…

— Mais comment sont-ils remontés jusqu'à lui ?

— On ne l'a jamais su. En revanche, votre question est très intéressante. Sajjad est un reptile, il ressent les moindres modifications de comportement de son entourage, à croire qu'il a ce pouvoir animal de capter des informations sensorielles. D'ailleurs, en parlant d'animal, je m'aperçois que j'ai omis de vous dire qu'il a un énorme tatouage qui lui couvre presque tout le corps, de la base du cou jusqu'aux chevilles : une pieuvre avec ses huit tentacules, comme un message subliminal… Il peut faire plusieurs choses en même temps et en plusieurs endroits. Il peut vous atteindre d'un de ses bras, n'importe où, n'importe quand.

— Pourquoi Sagghi est-il venu en France ? s'était alors risqué un autre enquêteur.

— Il y a de nombreuses possibilités : tout simplement pour passer du bon temps, ou parce qu'il a rendez-vous avec quelqu'un d'important qu'il ne veut pas voir aux Pays-Bas où il se sait surveillé. Reste aussi la possibilité qu'il soit là pour un gros arrivage, à moins qu'il ne veuille carrément s'implanter dans votre pays, ce que je ne vous souhaite pas !

— Excusez-moi, mais je ne comprends pas. Vous savez tout de lui et vous ne l'avez jamais coincé ? était à nouveau intervenue Ouazzani.

— Parce qu'il est malin... Bien plus que nous ! répondit le Néerlandais en riant. Plus sérieusement, les gens autour de lui ont très peur. Personne ne parle et quand certains le font, ils disparaissent. J'ajouterai que notre homme ne touche plus à la came distribuée par son réseau depuis longtemps, si ce n'est peut-être pour sa propre consommation, mais dès lors, pour les autorités, cela ne relève que de l'usage. Du coup, l'administration de la preuve pour trafic devient du grand art ! Le problème, quand on laisse atteindre ce niveau de business, c'est qu'on se retrouve complètement démuni pour lutter contre.

— Et comment expliquez-vous qu'il ait réussi à atteindre ce niveau ? avait alors demandé un officier jusque-là silencieux. Ses racines marocaines l'ont sans doute aidé au début, mais elles n'éclairent pas tout, notamment au regard de sa position sur le marché de la cocaïne.

— Vous avez raison et je suis bien embarrassé pour vous répondre car, comme c'est le cas de nombreux autres sujets, les Stups ne sont pas qu'affaire de police. Je pense que l'aveuglement des autorités, obnubilées par l'argent, a pesé très lourd, à croire que pour certains l'économie l'emporte sur tout... Chez nous, le commerce du cannabis, qui est pourtant, et de notoriété publique, largement entre les mains d'organisations criminelles, est toléré et rapporte environ 500 millions d'euros... au fisc. Et puis, toutes les polices du monde ont connu les mêmes galères face au débat sur la distinction entre drogues douces et drogues dures. Un débat qui n'a rien arrangé et à la suite de quoi la lutte contre le trafic de cannabis est restée pour nous une sorte de non-priorité plus ou moins revendiquée. Maintenant, avec le recul, on s'aperçoit qu'il est fallacieux de se focaliser sur les produits. Peu importe finalement l'objet de la contrebande, seuls les vecteurs criminels comptent, c'est-à-dire les hommes. De ce point de vue, ils ont tous un profil identique. Ils veulent faire du fric à tout prix. Ils s'affranchissent et s'affranchiront toujours des lois, jusqu'à tuer, pour satisfaire leur cupidité.

— Et d'après vous, comment ce type a-t-il pu éviter de se faire éliminer ? Il évolue quand même dans un milieu de requins.

— Un des gros atouts de Sajjad est de n'avoir jamais rompu le lien avec les BAD, qui sont à présent ses gardes du corps. Il les emploie aussi comme hommes à tout faire pour armer ses go fast, carotter la marchandise à ses concurrents ou jouer les sicaires.

— Vous avez fait référence tout à l'heure à des écoutes téléphoniques. Si nous voulons intercepter des communications, quid des traducteurs ?

— Dans ces réseaux, on parle beaucoup de langues. Le néerlandais, l'arabe, le berbère, l'anglais, l'espagnol ou encore le français. Disposer d'une équipe de traducteurs est indispensable mais, en réalité, la plus grande difficulté vient du fait que ces hommes passent d'une langue à l'autre au cours d'une même conversation, ce qui nécessite parfois plusieurs traducteurs pour un seul échange. Par ailleurs, sachez que les membres les plus importants, Sajjad et les BAD notamment, n'utilisent que SKY ECC, une messagerie téléphonique cryptée d'origine canadienne, un redoutable outil. En fait, si vous êtes décidés à travailler sur eux, il vaut mieux que vous misiez sur les filatures et les surveillances plutôt qu'espérer apprendre quelque chose d'important avec un casque sur les oreilles. Et si vous avez un informateur, prenez-en grand soin. Vous avez une chance inestimable.

Alors que chacun commençait à digérer le brief très complet du commissaire Weyburg, un lourd silence était retombé sur la salle. L'adjoint de Ouazzani en avait profité pour poser une dernière question :

— Vous nous avez dit que Sagghi a pactisé avec les Colombiens après avoir adroitement mis sur la touche certains de ses concurrents. Qu'est-ce que vous entendez par « adroitement » ? Il ne les a pas éliminés comme les autres ?

— Non, il avait contre lui deux clans déjà bien arrimés dans le trafic, et il n'était pas encore de taille à l'époque pour s'en prendre à eux. Pour parvenir à ses fins, il a donc dû ruser… Une cargaison attendue par un des clans a été volée dans des conditions rocambolesques à son arrivée dans le port d'Anvers. Sajjad a été immédiatement soupçonné mais, sans qu'on sache comment, il a réussi à détourner les soupçons et à convaincre ceux qui le menaçaient que c'était l'autre clan qui les avait dépouillés, ce qui a aussitôt déclenché une guerre entre eux. Trop occupés qu'ils étaient à s'exterminer mutuellement, ses adversaires l'ont pour ainsi dire oublié et Sajjad en a profité pour monter en puissance et proposer ses services aux Colombiens. Il faut croire que l'audace paie…

22

Les surveillances sur Sagghi n'avaient toujours rien apporté de particulier et la commandante Ouazzani commençait à s'en inquiéter quand Casque d'or l'avait enfin rappelée.

— Il était temps, je croyais que tu m'avais oubliée !

— Tu te languissais de moi ? s'était amusée son informatrice. Tu sais que tout est possible...

— On se voit comme d'habitude ? avait répondu Ouazzani, ignorant les provocations de son interlocutrice.

— Oui, ou ailleurs si ça te tente...

— Arrête tes conneries ! avait tonné la flic.

— Je ne comprendrai jamais pourquoi tu te laisses coller une étiquette sur ta sexualité, mais bon, c'est comme tu veux.

— Je te récupère à l'endroit habituel dans trente minutes, avait conclu Ouazzani sur un ton sec.

Une fois dans la voiture, les deux femmes s'étaient observées sans un mot. Ce qui frappait, chez Casque d'or, c'était sa grande beauté. Pourtant, elle avait à cet instant un regard que la commandante ne lui connaissait pas, une étrange lueur dans les yeux. Elle lui souriait, mais elle semblait ailleurs, lasse, et même un rien triste.

— Tu es sûre que ça va ? lui avait aussitôt demandé la policière.

— C'est juste un coup de fatigue, t'inquiète.

— OK. Alors, il y a du neuf ?

— C'est pour cette nuit.

— Putain, cette nuit ?!

— Oui, je viens de l'apprendre. Attends, j'ai tout griffonné sur un bout de papier. Voilà : c'est une Mercedes 4 x 4, classe G, gris anthracite, qui va remonter leur came. Si ça peut aider, j'ai cru comprendre que c'est un V8 bi-turbo.

— C'est surtout l'immatriculation qui m'intéresse ! l'avait recadrée Ouazzani.

— AG 342 TZ. Ils utilisent une plaque hollandaise bidon.

La commandante avait acquiescé, satisfaite.

— Il y a aussi une Audi RS 8 française, mais je n'ai pas la plaque. En tout cas, a priori, il n'y a que deux véhicules.

— Combien de mecs ?

— Un seul dans la Mercedes, un jeune qui serait un as du volant. Et deux dans l'Audi. J'ai pas d'autres infos.

— Tu sais où ils vont passer la frontière ?

— Non, je ne le sais pas encore…

— Putain, mais comment tu veux que je fasse ?! s'était emportée la flic, cette fois un peu déçue.

— Écoute, Eddy a entendu qu'ils viennent de charger huit cents kilos à Benidorm et qu'ils sont partis de suite pour aller se tanker au nord de Figueras. Ils basculeront en France du côté de Perpignan à la nuit tombée, après 22 heures. Eddy m'a dit qu'ils faisaient toujours comme ça. Ils sortiront à Saint-Arnoult avant le lever du jour. Une voiture les attend dans le village pour les conduire à un entrepôt situé dans le coin.

— Comment il est au courant de tout ça, ton mec ? avait demandé la commandante, intriguée.

— Peu importe… Je te file un tuyau, t'es pas contente ? s'était crispée Casque d'or.

— Qu'est-ce qui se passe, Sigrid ? Tu veux qu'on parle ?

— Non.

— Tu as peur pour ton Eddy ? Tu tiens à lui, c'est ça ?

— Pas plus que ça si tu veux tout savoir, avait-elle répondu de façon sibylline et sur un ton que Ouazzani ne lui connaissait pas.

— Vous vous êtes disputés ?

— Non, et je n'ai pas besoin d'une psychanalyse !

— Tu n'as pas toujours dit ça, avait fait remarquer la policière.

— Pas aujourd'hui, s'il te plaît !

De retour au service, la commandante avait réuni son groupe pour préparer l'opération de la nuit. Il était évidemment exclu de descendre à Perpignan pour repérer le passage du convoi à la frontière, le temps manquait. Elle avait donc confié le soin à l'antenne de la PJ locale de planquer et de lui rendre compte, en insistant sur le fait qu'elle ne voulait ni filature ni intervention, et qu'elle se chargeait elle-même d'aviser le Parquet. Ensuite, elle s'était entretenue avec le chef des Stups pour lui raconter les développements de l'affaire et lui demander des renforts, ce qu'il lui avait aussitôt accordé.

Restait plus qu'à finaliser le plan d'action et à briefer tout le monde. Dans le pire des cas, Ouazzani avait calculé qu'il faudrait neuf heures au go fast pour atteindre la région parisienne. Sauf si, comme l'avait noté son adjoint, ils tapaient du 200 tout le long. Elle en avait conclu qu'une voiture en chouf au péage de Clermont ne serait pas de trop pour optimiser leur visibilité et réagir au mieux le moment venu.

23

Comme à son habitude, Dhollandia passait ses coups de fil en changeant sans arrêt de téléphone et de langue, tout en se baladant en slip dans son appartement. Spécificité du jour : il était à peine 7 heures…

— Bonjour, Youssef, c'est Sajjad.

— Tu es bien matinal, avait aussitôt fait remarquer son interlocuteur. Quelque chose ne va pas ?

— En effet. Tu sais que mon entrepôt de Benidorm a été attaqué il y a une semaine ?

— Non, je n'en savais rien !

— On m'a carotté deux tonnes de résine et quarante kilos de cocaïne.

— Ta marchandise n'était pas gardée ? s'était enquis Youssef, déconcerté.

— Bien sûr que si. Les deux vigiles ont disparu. Ils ont certainement été tués, on a retrouvé du sang dans leur cahute.

— Tu es certain que ce ne sont pas eux qui t'ont dépouillé ? On est sûr que c'est leur sang ?

— Tu imagines bien que je n'ai pas été raconter ma vie aux flics, mais j'ai un contact dans un laboratoire, et c'est bien du sang humain.

— Je n'en reviens pas…, avait lâché Youssef tout en se demandant en son for intérieur qui pouvait être assez fou pour s'attaquer à Dhollandia.

— C'est pour ça que j'ai eu besoin que tu me dépannes de huit cents kilos en urgence avec tes gommes il y a quelques jours. Je voulais éviter une rupture d'approvisionnement.

— Je comprends.

— Eh bien, figure-toi que cette nuit, ou plutôt ce matin, à l'aube, les flics ont intercepté les huit cents kilos que ton équipe m'avait livrés la veille en Espagne ! Tu y crois ?!

— Merde, c'est pas vrai !

— Junior ne t'a pas prévenu ?

— Non…

— C'est normal qu'il ne te fasse pas remonter ce genre d'événements ? avait questionné Dhollandia sur un ton inquisiteur.

— On ne s'est pas parlé depuis deux jours, on était tous les deux très occupés.

— Je m'en fous, de votre emploi du temps. On nous a balancés quand on a chargé la came en Espagne.

— Comment ça ? s'était inquiété Youssef.

— Les flics nous attendaient au péage avec toute une armada pour nous donner le compte. On les a renseignés et c'est forcément quelqu'un de chez moi ou de chez toi.

— Ce que tu dis est très grave.

— Ce n'est pas toi qui es en cause, ni moi. Mais l'un des nôtres informe la police et je crois que c'est le même qui a carotté ma marchandise.

— Les miens ne t'approvisionnent pas en cocaïne, il faut vérifier que ce ne sont pas ceux qui te la fournissent qui sont derrière ça.

— Ça ne colle pas. Si les mecs qui ont fait ça étaient venus pour la cocaïne, ils n'auraient pas pu repartir avec plus de deux tonnes de résine. Là, sur les vidéos, on voit quatre types cagoulés qui se pointent non pas avec une voiture, mais avec une camionnette et un transpalette. Ils savaient ce qu'ils allaient trouver !

— Ça ne peut pas être l'un des miens, avait soutenu Youssef.

— Et qu'est-ce qui te fait dire ça ?

— On te livre sur la plage et basta, on n'a aucune idée de l'endroit où est ton entrepôt. Ensuite, il n'y a que toi qui sais quand tu vas envoyer une voiture pour charger, et quand celle-ci va remonter.

— Sauf que les huit cents kilos, on les a transbahutés sur la plage directement à bord du 4 x 4 qui s'est fait gauler au péage.

— Directement ?! s'était étonné son interlocuteur.

— J'étais dans l'urgence puisque je n'ai plus de quoi stocker là-bas !

— Je vois… Dans ce cas, je vais me renseigner. Et toi, tu es sûr de tes gars ?

— On va vite en avoir le cœur net, ils vont tous passer à la moulinette. J'ai une équipe qui vient de descendre en Espagne pour régler ça. En attendant, si tu apprends quelque chose, fais-le-moi savoir pour nous éviter des choses beaucoup plus graves, avait sifflé Dhollandia.

— Tu me menaces ?

— Non, Youssef. Je te connais, ce n'est pas dans tes manières. Je te respecte, même si tu as bossé avec le vieux qui m'a fait tant de misères. En revanche, si c'est quelqu'un de chez toi, je ne ferai pas de quartier, et si tu le couvres, tu auras toi aussi affaire à moi, avait-il conclu sur un ton glaçant.

24

L'interception d'un go fast remontant d'Espagne était somme toute un incident plutôt banal mais, dans le cas présent, il s'agissait d'un des convois de Dhollandia, et ça changeait la donne. D'autant qu'il avait clairement fait savoir à Youssef qu'il soupçonnait quelqu'un de son réseau.

Outre le dommage réputationnel que cela pouvait causer à son organisation, celui-ci redoutait que Dhollandia y trouve prétexte pour une de ces actions radicales dont il était coutumier et qui l'avaient rendu célèbre dans le milieu. La situation était grave, et le convaincre que ses allégations étaient infondées était le seul moyen d'éloigner la perspective du sang. À peine avait-il raccroché que Youssef avait appelé Junior et exigé qu'il vienne s'expliquer sans tarder dans son bureau à Tanger.

— Assieds-toi. Tu veux du thé ?

— Non, je vous remercie, lui avait répondu son vis-à-vis.

— Tu sais pourquoi je t'ai demandé cet entretien ?

— Je m'en doute…

— Alors je t'écoute.

— Ils ont chopé les voitures au péage de Saint-Arnoult. C'est vers Rambouillet, pas loin de Paris, avait précisé Junior, à l'intention de son oncle.

— Qui a fait ça ?

— La douane, a priori.

— La douane ?

— Oui, je crois que c'est ce qui a été annoncé à la radio.

— C'est de l'intox pour nous enfumer. Dhollandia est catégorique, il dit que c'est la police.

— S'il le dit…

— Raconte-moi comment ça s'est passé exactement.

— D'après ce que je sais, quand l'ouvreuse est arrivée au péage, il n'y avait rien de spécial. Elle a franchi la barrière en roulant au pas pour s'assurer que tout était OK avant que la porteuse ne se présente à son tour.

— Vous faites toujours comme ça, n'est-ce pas ? avait demandé Youssef.

— Oui. Sauf que là, ils ont entrevu des silhouettes en mouvement dans leur dos, à la hauteur des barrières. Des gens se cachaient derrière les plots en béton.

— Ils n'ont pas averti le reste du dispositif ?

— Bien sûr que si ! Ils ont tout de suite dit au chauffeur de la Mercedes que des types l'attendaient, mais c'était trop tard.

— C'est-à-dire ?

— La voiture était déjà engagée dans la chicane de paiement. Du coup, le petit Tunisien qui était au volant a décidé de remettre les gaz et de forcer le passage.

— Il ne s'est pas arrêté du tout ?

— Non, il a percuté la barrière du péage.

— Et il est passé ?

— Oui, en force ! Il s'est même cru tiré d'affaire, mais il devait y avoir une sorte de herse car, cinq kilomètres plus loin, son véhicule est devenu totalement incontrôlable. Les pneus étaient déchiquetés, il roulait sur les jantes.

— C'est là qu'il s'est fait prendre ?

— Non, le gosse s'est montré très intelligent. Il a abandonné la Mercos en plein milieu de l'autoroute, sur la voie du milieu ! Du coup, quand les flics sont arrivés, ils ont dû la déplacer pour éviter un accident avec les autres usagers et le garçon a eu le temps de se barrer à pied.

— Comment sais-tu tout cela ? avait alors demandé Youssef.

— Dhollandia m'a téléphoné ce matin, à 6 heures ! Il appelle tout le monde depuis ce qu'il s'est passé cette nuit, il est fou furieux. D'ailleurs, il exige de me voir. J'imagine que vous avez eu de ses nouvelles aussi…

— Oui, il m'a contacté de bonne heure également. Il dit qu'il y a une balance.

— Il sait qui c'est ?

— Non, mais il compte bien le découvrir, avait lâché Youssef. Et sinon, l'autre voiture ?

— Les deux mecs de l'ouvreuse se sont fait serrer. Par contre, ça s'est mal passé, il y a eu une fusillade avec les flics.

— Merde, ils ont tiré ? C'est quoi, ce bordel ? s'était exclamé le patron.

— Ils ont dû croire qu'ils avaient une chance de s'arracher.

— Mais pourquoi ils étaient armés ?!

— En France, il y a des armes partout. C'est pas du tout comme chez nous, mon oncle. Il y a des zones où c'est quasiment la guerre. Les flics et les pompiers ne peuvent même plus y mettre les pieds !

— Ça ne répond pas à ma question : pourquoi ils étaient armés ?

— Pour prévenir les carottages, avait expliqué Junior en haussant les épaules. Les mecs qui carottent, ils vous canardent d'entrée. Vous vous rappelez celui qu'on a fumé l'année dernière dans l'entrepôt de Barcelone ? Il s'était pointé comme une fleur en pleine nuit, tout seul, avec son fusil à pompe et un gilet pare-balles juste pour nous piquer une valise. Trente malheureux kilos de shit. Quel culot ! Vous ne pouvez pas discuter avec ce type de gens, ils ne comprennent qu'une chose...

— Tout ça, c'est pain bénit pour les flics, l'avait interrompu Youssef sur un ton désapprobateur.

— Vous le direz à Morched qui se retrouve estropié à vie depuis cet épisode, avait continué Junior. Logique que les gars veuillent se protéger...

— Morched Terrab, le fils de Yacine ?

— Oui.

— Et qu'est-il devenu ? s'était alors enquis Youssef, inquiet.

— On l'a fait monter à Paris et il gère une boutique de fleurs pour nous... Enfin bref, Dhollandia vous a dit combien il avait perdu ?

— Huit cents kilos, il me semble.

Junior avait froncé les sourcils face à l'indifférence affichée de son oncle.

— C'est tout ce que ça vous fait ?

— Dans l'absolu, ce n'est rien.

— C'est quand même beaucoup d'argent ! Les journaux estiment que ça représente presque 2 millions d'euros.

— Tu vends au détail, toi, maintenant ?

— Non, bien sûr que non, s'était aussitôt repris Junior.

— Laisse tomber ces conneries ! La seule question qu'il faut se poser, et Dhollandia a raison sur ce point, c'est pourquoi ils étaient là-bas, au bon endroit, à la bonne heure et avec autant de moyens... Ils attendaient, c'est évident, et s'ils attendaient, c'est qu'ils savaient. Ce qui signifie que quelqu'un les a renseignés.

— Oui, vu comme ça..., avait concédé son neveu.

— Il y a forcément un rat qui balance, ou alors les flics vous surveillent, ce qui serait pire.

— Je ne sais pas quoi vous dire.

— Est-ce qu'il pourrait y avoir un traître dans ton équipe ? avait demandé Youssef.

Junior s'était tu un instant.

— Non, ce n'est pas possible…, avait-il fini par répondre.

— Tu n'as aucun doute sur ceux qui ont aidé à charger la Mercedes quand elle est venue récupérer la marchandise sur la plage ?

— Dhollandia vous a parlé de ça ! s'était exclamé Junior, très étonné.

— Oui, et son histoire tient debout.

— Je vais vérifier, mais il va falloir un peu de temps pour comprendre.

— Écoute-moi bien, Junior, le temps n'est pas notre ami ! Assure-toi au plus vite que la taupe n'est pas chez nous et, si c'est un des nôtres, règle définitivement le problème.

— Définitivement ? avait répété son interlocuteur, qui n'en revenait pas de voir son oncle se transformer en guerrier.

— Oui, ce qui se passe est beaucoup trop grave, avait soupiré Youssef.

Junior avait opiné du chef.

— Tu ne m'as pas dit, on a confiance dans ce Tunisien qui conduisait la Mercedes ?

— C'est le cinquième transport qu'il faisait pour Dhollandia. Pour moi, il est clean.

— Mais tu le connais ?

— J'en ai eu de bons échos. Il est belge et…

— Il vient de Belgique ?

— De Molenbeek, pour être précis. Les gens qui travaillent pour Dhollandia viennent presque tous de Belgique ou des Pays-Bas.

— Je vois. Et toi, tu bosses toujours avec ton ami Karim ?

— Oui.

— Tu es sûr de lui ?

— J'en réponds sur ma tête, avait affirmé Junior sans hésitation.

— Il a eu ses papiers français ?

Son neveu sembla soudain pris au dépourvu. Gêné, il avait admis qu'il n'en avait aucune idée.

— Tu devrais pourtant savoir…

— Je vais m'informer, mais pourquoi est-ce si important ?

— Certains négocient parfois pour obtenir la nationalité du pays dans lequel ils vivent.

— Vous plaisantez, ce n'est pas le genre de Karim ! s'était écrié Junior.

— Une dernière chose, avait noté Youssef, ignorant ses protestations. Je ne comprends pas, les huit cents kilos, on les a livrés avec les gommes, n'est-ce pas ?

— Oui.

— On bouge des gommes juste pour huit cents ?

— D'habitude, non. C'était pour le dépanner en urgence.

— Je n'étais pas au courant.

— Je n'ai pas voulu vous déranger pour ça, s'était justifié Junior.

— Tu savais aussi qu'on lui avait volé tout son stock dans son entrepôt de Benidorm ?

— Oui, j'en ai entendu parler.

— Pourquoi tu ne m'en as rien dit ? avait continué de questionner Youssef sans laisser une seconde de répit à son vis-à-vis.

— Parce que je n'en ai pas eu l'occasion, et puis ce sont les histoires de Dhollandia, ça ne nous regarde pas vraiment, avait réagi Junior, sur la défensive. En tout cas, c'était bien la peine de faire garder ce truc comme Fort Knox. Des types armés en permanence, des caméras partout et résultat ? Les gardes se sont fait la malle avec sa came !

— Ou ils ont été tués et on a fait disparaître les corps, s'était risqué Youssef en reprenant à son compte l'hypothèse de Dhollandia.

— Vous regardez trop de films, mon oncle. Pourquoi aurait-on planqué leurs cadavres ?

— Pour faire accuser ces hommes, pour faire croire qu'ils avaient filé avec la came.

— C'est vrai qu'ici c'est la jungle, tout le monde cherche à faire du fric le plus vite possible et est prêt à faire n'importe quoi pour ça, y compris à tuer. Mais de là à trimballer des macchabées…

— Tu savais où était son entrepôt ?

— Non.

— Personne de ton équipe ne savait où était ce putain d'entrepôt ? avait insisté Youssef, dubitatif.

— Non, je ne crois pas.

— *Tu ne crois pas ?* Encore une fois, Junior, fais attention avec Dhollandia. Ce type est un serpent, il est capable de percevoir les moindres changements autour de lui.

— Il a juste perdu la gueule, ça lui passera !

— Tu te trompes. Il n'oublie rien, il ne pardonne rien. Il va traquer le coupable jusqu'à le trouver.

Junior avait eu un rictus dédaigneux.

— Vous le voyez plus beau qu'il n'est, avait-il ironisé.

— Je te répète que je ne veux surtout pas d'histoires avec lui, tu as saisi ?

— Un jour, il faudra m'en dire plus au sujet de Dhollandia…

— Il te suffit de savoir que c'est un des hommes les plus craints de ce business. Il n'éprouve ni peur ni pitié.

Il n'a pas de femme, pas d'enfant. Ses parents sont morts et son frère a été tué. Désormais, plus rien n'a de prise sur lui. Le tableau est clair ou c'est trop compliqué pour toi ?

— Vous n'exagérez pas un peu ?

— Tu m'as dit que tu devais le voir prochainement ? avait alors demandé Youssef.

— Oui, il veut absolument qu'on se parle !

— Tant que tout ça n'est pas réglé, rencontre-le dans un endroit public et, si possible, un lieu que tu auras choisi toi-même.

— Vous voulez me faire flipper ou quoi ? Vous pensez qu'il peut s'en prendre à moi ?

— Aurait-il des raisons de le faire ?

Junior parti, Youssef était resté assis, silencieux. Les inflexions successives dans la voix de son neveu ne lui avaient pas échappé. Elles lui donnaient l'impression que celui-ci lui avait peut-être menti. Il l'avait aussi senti arrogant et un rien belliqueux. D'un coup, sa discussion avec le Patron sur son lit de mort lui était revenue en mémoire. La proximité n'y était plus…

25

Comme d'habitude, Younes était sorti de chez lui vers 9 heures avec le 4 x 4 Mercedes flambant neuf qu'il venait d'acheter et avait pris la direction de la Palmeraie pour se rendre à l'agence immobilière. Rien ne pressant, il avait opté pour la route de Targa qui longe les forêts d'oliviers et de palmiers qui font la réputation de l'endroit. La chaleur commençait déjà à se faire ressentir, il avait donc augmenté la climatisation. Trop, lui aurait sans doute dit sa femme.

Au moment de franchir l'oued de Rheraya, il avait été contraint de ralentir et même de s'arrêter. Un quad apparemment en panne était immobilisé au milieu de la chaussée et le pilote était affairé dessus. Avant de descendre de son véhicule, Younes s'était fait la réflexion que le type ne s'emmerdait pas et qu'il aurait pu pousser son engin sur le côté pour laisser la voie libre. Une furieuse envie de l'engueuler l'étreignait lorsque, en ouvrant la portière, une véritable fournaise lui était brutalement tombée dessus.

Dès les premiers pas, il avait trouvé incongru que l'homme garde en pareille circonstance son casque vissé sur la tête. Inconfortable avec cette température et peu pratique quand on prétend faire de la mécanique. Une pensée confuse qui avait vite été remplacée par un mauvais pressentiment. Les journaux avaient récemment rapporté plusieurs cas de « car-jacking », ces vols de voitures à main armée qui se déroulaient parfois en plein jour sans que personne ne puisse réagir. Younes avait alors ravalé sa colère et ne quittait plus des yeux l'individu, lequel semblait par ailleurs absorbé par sa tâche, à croire qu'il ne l'avait pas entendu. Le casque, sans doute. Devenu méfiant, Younes avait rebroussé chemin vers sa voiture mais, en arrivant à la hauteur de celle-ci, le reflet sur le pare-brise lui avait permis de voir que le type au casque s'était redressé et marchait désormais dans sa direction.

Sa crainte d'un car-jacking était plus forte que jamais, pourtant il ne voulait rien laisser paraître. Il s'était donc assis derrière le volant comme si de rien n'était, avait pris le temps de poser ostensiblement son téléphone sur son support, avant de se pencher vers la boîte à gants dans laquelle il conservait son vieux pistolet, un Makarov 9 mm, souvenir d'une autre époque. Puis il avait jeté un œil vers la route et vu que le motard n'était plus qu'à deux mètres de la Mercedes. L'homme avait relevé sa visière, dévoilant son visage. Plutôt jeune, mince, les cheveux châtains, il affichait un sourire qui n'avait rien d'hostile. Sûrement un touriste en balade.

En s'approchant, l'homme avait fait à Younes un petit signe de la main qui semblait vouloir dire « s'il vous plaît ». Ce dernier avait alors baissé sa vitre tout en lui rendant son sourire, mais serrait toujours la crosse de son pistolet dont le canon était à présent perpendiculaire à la portière.

— Je suis en panne et je n'ai pas de portable. Pourriez-vous me prêter le vôtre ? avait poliment demandé le motard. Quelques secondes, pour un appel local.

— Oui, bien sûr, avait répondu Younes avant de se saisir de l'appareil et de le lui tendre.

C'est à cet instant précis que la situation avait dérapé. Le type n'avait plus rien de sympathique, son visage s'était fermé, à croire que ce n'était plus le même, et il brandissait un pistolet. Ce que redoutait Younes était donc en train d'arriver…

— Sors de la bagnole, avait ordonné l'inconnu, très nerveux.

— Si vous voulez la voiture, prenez-la, c'est bon ! avait aussitôt réagi Younes.

— Je me fous de ta caisse.

— Je ne comprends pas… Qu'est-ce que vous voulez alors ?

— Ne te fais pas plus con que tu es et obéis !

— Mais enfin, qui êtes-vous ?

— Il n'y a rien de personnel. Tu es juste dans le mauvais camp et le pouvoir ne se partage pas.

La détonation avait déchiré le silence et les ibis avaient poussé leurs cris affreux en s'envolant. Puis le calme était revenu et la chaleur s'était faite encore plus intense.

26

Youssef restait dans l'expectative. Une série d'événements sans lien apparent entre eux, mais pour le moins troublants, s'étaient produits. Des événements qui n'étaient pas sans rappeler la mauvaise passe que connaissait Dhollandia ainsi que les difficultés rencontrées par d'autres de ses partenaires, rendant tout le monde très suspicieux et l'atmosphère particulièrement délétère.

Tout avait commencé par la disparition du saraf historique du réseau. La veille, ce dernier avait appelé Youssef pour lui annoncer qu'il avait découvert qui avait donné leurs coordonnées aux Colombiens grâce à une liste visiteurs qu'il avait obtenue auprès de la société de sécurité espagnole chargée de la garde de la villa de Reis à Marbella. Le lendemain, il avait quitté son bureau de Casablanca pour rejoindre Tanger où il n'était jamais arrivé… Pour tous ceux qui le connaissaient bien, envisager qu'il ait pu céder à une escapade improvisée était impossible. Sa famille était morte d'inquiétude et, après quarante-huit heures sans aucune nouvelle, elle s'était résignée à avertir la police. Les autorités avaient fini par retrouver la voiture du disparu, abandonnée le long de la route à la hauteur de Moulay-Bousselham avec des traces de sang sur le dossier du siège conducteur. Depuis, le saraf n'avait plus jamais donné signe de vie.

Peu après, ça avait été le tour du chauffeur-garde du corps de Youssef, le fidèle Amir : l'homme avait été tué lors d'une rixe à Tanger. Selon les témoins de la scène, il s'agissait d'une banale dispute entre automobilistes qui avait mal tourné. Les deux hommes s'étaient pris le bec et étaient sortis de leurs véhicules. Sûr de sa force, Amir avait attrapé l'autre par le col de sa chemise et ce dernier, qui ne payait pourtant pas de mine, lui avait planté un couteau dans la carotide avant de s'enfuir en abandonnant derrière lui sa voiture. Par la suite, il était apparu que celle-ci avait été volée plusieurs jours auparavant.

Plus terrible encore, il y avait eu le suicide du frère aîné de Youssef. Il supervisait leurs opérations dans le port de Larache. On l'avait découvert pendu dans son bureau. Près de lui, il avait laissé une courte lettre, écrite de sa main, où il s'excusait par avance du mal qu'il allait faire à sa famille, mais qui n'expliquait nullement son geste. Youssef avait alors eu beaucoup de mal à croire à un suicide, hanté qu'il était par l'histoire de cette femme et de son fils que les Colombiens avaient pendus dans leur garage.

Et aujourd'hui, on annonçait à la radio que Younes venait d'être victime d'un car-jacking mortel… Le nouveau patron ne pouvait pas manquer de s'interroger sur la signification réelle de cette spirale d'événements tragiques qui faisaient croire à certains que le destin s'acharnait contre son clan. Lui redoutait plutôt la main d'hommes demeurés dans l'ombre pour mieux fragiliser son réseau. Restait à savoir qui et pourquoi… Dhollandia ? Si ça avait été le cas, Youssef serait déjà mort. Un concurrent voulant l'évincer, ou l'ambitieux Junior pour qui le mot famille ne semblait plus avoir de sens ? Possible. À moins que ce ne fût la police qui cherchait à lui mettre la pression pour toucher davantage, ou encore les Colombiens qui faisaient le ménage pour l'isoler avant de placer quelqu'un à eux à la tête de l'organisation. Quoi qu'il en soit, la situation était grave, car ces assassins allaient certainement continuer à faire tomber des têtes. Et, ce que Youssef craignait par-dessus tout, ils pouvaient aussi s'en prendre à Anissa et aux enfants.

Youssef en était là de ses sombres pensées quand la sonnerie du téléphone avait retenti. Il avait hésité à répondre, de peur d'apprendre encore une mauvaise nouvelle, mais en entendant la voix au bout du fil, il n'avait pas regretté : cette voix, c'était celle de Younes.

— Putain, tu es vivant ! Je t'ai cru mort, tout le monde te croit mort !

— Oui, mais je suis bien vivant ! avait fièrement confirmé son interlocuteur.

— Qu'est-ce qui s'est passé ?!

— Je n'ai pas été victime d'un car-jacking, c'est des conneries ces infos. Le type était là pour me tuer.

— Qu'est-ce que tu racontes ?

— Sur le point de presser sur la détente, il m'a dit texto : « Y a rien de personnel. Tu es juste dans le mauvais camp, et le pouvoir ne se partage pas. »

— Tu es sûr de ce que tu rapportes ?

— Certain.

— Mais comment tu t'en es sorti ?

— J'ai tiré à travers la portière.

— C'était qui ce type ? Tu as une idée ?

— Si je te le dis, tu ne vas pas en revenir…

27

Dhollandia était peut-être devenu un véritable chef d'entreprise, mais voilà, bandit un jour, bandit toujours. Contrairement à ce que pensait la police, il lui arrivait encore de refiler en main propre de la dope aux « clients utiles », des gens dont il savait que le statut social ou professionnel pourrait lui être précieux en cas de difficulté. Et il faisait de même pour quelques filles qu'il appréciait et qu'il ramenait de temps en temps chez lui. Quelques grammes prélevés en général sur le stock destiné à sa propre consommation.

Au quotidien, la vie de Sajjad à Paris était somme toute assez répétitive. Il n'émergeait qu'en fin de matinée pour passer d'innombrables coups de téléphone tout en rangeant le bordel ambiant qu'il trouvait au fur et à mesure des pièces qu'il arpentait. Il dégageait dans le même temps ses conquêtes de la nuit qui croyaient à tort pouvoir se prélasser toute la journée au lit. Ensuite, il se dirigeait vers la salle de bains et restait un long moment sous la douche. Le voir à travers les parois de verre de la cabine revenait à profiter d'un spectacle relevant presque du fantastique en raison du gigantesque tatouage qui lui couvrait tout le corps, une immense pieuvre dont les huit bras se confondaient avec ses chairs. Son cou, son dos, ses reins, mais aussi ses jambes et ses bras, tout donnait l'impression qu'il était la possession de l'animal qui prenait vie à chacun de ses mouvements.

Sitôt séché, il se rendait dans la chambre qui faisait office de dressing. Choisir ses habits du jour lui demandait toujours un certain temps. Et si sa garde-robe était exclusivement composée de vêtements de luxe, ça ne l'empêchait pas d'afficher un look décontracté, au point qu'on aurait pu penser qu'il avait pioché au hasard dans les placards. En tout cas, quelles que soient ses tenues, il gardait une carrure et une allure de méchant qui étaient sa signature et qu'il accentuait encore avec des accessoires comme des lunettes de soleil à effet miroir, des cigares cubains ou son briquet en or massif en forme de lingot. Rien qui pouvait laisser indifférent.

Une fois ainsi apprêté, il sniffait une ligne de cocaïne et contactait un de ses sbires pour qu'il le récupère en bas de chez lui au volant de sa Mercedes blindée.

L'après-midi était déjà bien entamé quand on le déposait au Diplomate où l'attendait toujours Moussa, son fidèle lieutenant, un ancien d'Utrecht qui gérait désormais ses affaires en France. Les deux hommes s'entretenaient autant que nécessaire puis, le soir venu, Sajjad dînait dans un des restaurants chics de la capitale. Il faisait traîner le repas jusqu'à 23 heures avant de partir faire la tournée des boîtes les plus huppées pour finir vers les 2 heures au Beyrouth. Là, il suffisait de voir l'attitude des videurs à l'entrée pour comprendre qu'il y était comme à la maison.

Sagghi était de passage en France pour prendre un peu de bon temps mais, depuis son arrivée, il cumulait les emmerdements et cette situation le foutait en rogne. D'abord, on lui avait chouré sa marchandise à Benidorm, le contraignant à renforcer la garde de ses dépôts en Belgique, aux Pays-Bas et au Portugal. Et cerise sur le gâteau, un de ses convois avait été intercepté par la police ! Dans le fond, ce qui le mettait le plus en rage, c'était de penser qu'il y avait une taupe dans son entourage.

Comme il ne croyait pas aux hasards et autres conneries de destin, il avait fait le rapprochement avec la perte récente de plusieurs de ses clients privilégiés. Ce n'était pas pour les quantités en jeu qu'il était contrarié, car elles étaient infimes, mais parmi ces noms, il y avait des gars du showbizness, des journalistes, quelques politiques et policiers. Bref, des gens qu'il était bien pratique de compter dans son carnet d'adresses. À ses yeux, la conclusion s'imposait d'elle-même. Quelqu'un se permettait de braconner sur ses terres et, plus grave encore, il s'agissait certainement d'un ambitieux...

L'affaire paraissait évidente. Sajjad devait rétablir l'ordre et il avait pris des décisions qui indiquaient déjà la direction qu'il entendait suivre pour atteindre son objectif. Afin d'obtenir plus d'informations, il allait commencer par interroger le neveu de Youssef, ce trou du cul de Junior qui passait son temps à tirer des plans sur la comète et à critiquer tout le monde. En parallèle, il avait fait venir quatre BAD d'Utrecht avec armes et bagages... Enfin, surtout avec des armes.

28

En sortant de l'aéroport, Junior avait repris ses habitudes. Le temps de vérifier qu'il ne faisait pas l'objet d'une surveillance grossière, et il avait hélé un taxi pour regagner Paris. Là, il s'était fait déposer devant l'église Saint-Philippe-du-Roule. Il avait remonté à pied la rue La Boétie en direction des Champs-Élysées, pris sur sa droite la rue d'Artois, puis sur sa gauche pour remonter la rue Paul Baudry, en sens unique. Avant d'arriver au croisement avec la rue Frédéric Bastiat, il s'était arrêté et avait regardé derrière lui. Ne remarquant rien d'anormal, il s'y était engagé et, presque aussitôt, s'était engouffré dans le hall d'un immeuble haussmannien. À peine entré chez lui, il avait de nouveau jeté un coup d'œil par la fenêtre pour vérifier qu'il n'y avait pas de va-et-vient suspects en bas et, rassuré, il s'était installé sur le canapé du salon pour appeler Karim.

Quand ce dernier avait reçu son coup de fil, il était affairé dans le grand hangar sécurisé qu'il louait depuis peu dans la zone industrielle d'Éragny. Outre la moto avec laquelle il était venu, une Porsche et un énorme 4 x 4 Dodge occupaient l'espace. Le long du mur se trouvait une énorme malle métallique fermement rivée au sol et cadenassée. Elle contenait tout le matos de Karim, de quoi équiper quatre hommes, vestiges de l'époque où il était encore « Eddy de Marignane », le braqueur de banques : des gilets pare-balles, deux fusils d'assaut, des pistolets, des lots de munitions, des cagoules, des gants et une dizaine de prépayés achetés sous différentes identités. Alignées à côté de la malle, quarante valises marocaines représentant plus d'une tonne de résine et deux sacs de sport dissimulant environ quarante kilos de cocaïne se tenaient sagement sur une palette en bois, le tout placé sous l'œil vigilant de plusieurs caméras PTZ connectées dont les images étaient renvoyées en live sur le téléphone de Karim, le seul à avoir la clé et la télécommande pour entrer dans ce lieu.

Junior et Karim n'avaient échangé que quelques secondes, il ne leur en fallait pas davantage pour se donner rendez-vous en début de soirée devant le bar à chicha de la rue de Washington. Comme à son habitude, Junior était arrivé à pied très en avance et s'était discrètement installé à une des tables du fast-food adjacent pour observer les alentours. Puis son ami avait surgi sur sa moto à 21 heures précises et il s'était levé pour le rejoindre. Le temps d'enfiler un casque, les deux hommes étaient presque aussitôt repartis direction le Pygmalion, dans le 3e arrondissement de Paris.

À l'entrée du club, le videur les avait gratifiés d'un hochement de tête. Dans la foulée, ils avaient emprunté le couloir privé interdit au public et, au bout, avaient ouvert une porte en apposant un doigt sur le lecteur digital, le sésame pour pénétrer dans leur antre. À l'intérieur, une table basse et trois fauteuils club, un minibar qui n'avait de mini que le nom, un bureau en verre, un écran de télévision géant, mais aussi un moniteur de surveillance pour recevoir les images des deux caméras couvrant l'entrée et la salle, un scanner calé sur les fréquences police et une armoire forte.

— Alors, comment ça s'est passé ? avait demandé Karim en se laissant tomber lourdement dans un des fauteuils.

— Ils pensent qu'il y a une balance, avait répondu Junior pendant qu'il préparait deux verres.

— Qui pense ça ?

— Dhollandia et mon oncle.

— On s'en fout, avait réagi Karim.

— Oui, enfin, plus ou moins…

— Ils t'ont parlé de l'entrepôt en Espagne ?

— Oui, ils ne parlent que de ça et ils ont des doutes. Tu es sûr qu'on ne va pas retrouver les corps ?

La voix de Junior avait trahi une pointe d'inquiétude alors qu'il lui tendait un verre.

— Ça ne risque pas. Ils font de la plongée en eaux profondes avec des palmes en béton !

— Et pour le reste, tout est en ordre ?

— J'ai tout mis à l'entrepôt, avait confirmé Karim.

— Dhollandia va commencer à être à court, maintenant…

— C'est bon pour nous, ça ! s'était exclamé Karim, la mine réjouie.

— Je suis d'accord, sauf qu'il a l'air bien remonté et que, d'après mon oncle, ce mec ne plaisante pas.

— T'en fais pas, j'ai réfléchi pendant que tu étais au Maroc. On va faire comme la dernière fois pour le mec de Sevran.

— C'est-à-dire ? avait demandé Junior en fronçant les sourcils.

— Je vais le fumer à moto avec Kader. On va le suivre et on fera ça quand il sera à l'arrêt à un feu rouge. Il sera moins méfiant qu'en rentrant ou en sortant de chez lui.

— Il faut attendre encore un peu. Il veut me voir cette semaine, voyons déjà de quoi il retourne.

— Je ne comprends pas pourquoi tu temporises comme ça ! s'était exaspéré Karim. Tu deviens comme le vieux !

— Il a tellement la trouille de ce type qu'il m'a mis le doute ! avait alors rétorqué Junior.

— Ton oncle a peur pour un rien !

— J'ai surtout l'impression qu'il ne me dit pas tout…

29

Suivant les recommandations de Youssef, Junior avait choisi le lieu de sa rencontre avec Dhollandia. Tous deux s'étaient donc retrouvés Chez Ly, un des temples de la gastronomie chinoise situé non loin des Champs-Élysées. Le Néerlandais n'étant pas du genre à perdre son temps en échanges stériles sur la famille ou la santé, dès la commande passée, il avait été droit au but.

— J'ai une question à te poser.

— Je t'écoute, Sajjad.

— Tu travailles pour beaucoup de gens…

— On ne fait que transporter, l'avait interrompu Junior.

— Justement. Est-ce que tu aurais un nouveau gros client sur Paris ? Ou est-ce que quelqu'un vous a demandé de transporter plus que d'habitude ?

— Pas à ma connaissance.

— Tu me le dirais ?

— C'est secret professionnel, tu sais bien.

— Je sais, mais j'ai besoin de savoir.

— Si quelqu'un m'interrogeait à ton propos, je n'aurais rien à dire non plus. C'est contraire à nos règles. Les miennes, les tiennes et celles de tous ceux que nous fournissons.

Sagghi avait esquissé un sourire en coin.

— À ce sujet, quand est-ce que tu remplaces ton oncle Youssef ?

— Pourquoi tu me poses cette question ? avait bredouillé Junior, pris de court.

— La nature humaine a peu de secrets pour moi et je sais que tu es impatient. Je me trompe ?

Mal à l'aise, Junior garda un instant le silence. Puis il reprit en éludant la question :

— Nous ne sommes de toute façon pas les seuls à proposer ce type de services sur le marché. D'ailleurs, on dit même qu'il t'arrive d'organiser toi-même des transports.

— Qui t'a dit ça ?

— Peu importe, avait répondu le Marocain, estimant avoir repris la main.

— Ça ne s'est produit que deux fois et c'était il y a très longtemps. Le mec avant ton oncle, celui qu'il voit encore comme un dieu, prenait beaucoup trop cher pour moi. À l'époque, je n'avais pas les moyens. J'ai essayé de négocier, et finalement je me suis démerdé tout seul. Quand il l'a su, cet enfoiré a tenté de me la faire à l'envers. Il a été voir ses amis producteurs pour qu'ils cessent de me fournir. Enfin, je devrais plutôt dire ses associés, car il était copropriétaire de certaines fermes, et donc des récoltes.

— Copropriétaire ?!

Junior avait manqué de s'étrangler.

— Je vois que tu n'es pas au courant de tout… Bref, il a voulu tuer mon business.

— Tu as fait comment ?

— J'ai flingué plusieurs de ses mecs, dont son saraf et un de tes prédécesseurs.

— Putain ! s'était exclamé Junior, qui allait de surprise en surprise.

— Oui, j'ai buté un des gars qui faisait ton boulot ! Mais rassure-toi, c'était bien avant que tu n'arrives sur le marché.

— Je ne savais pas..., avait marmonné le jeune homme en commençant à saisir pourquoi son oncle semblait tant craindre ce trafiquant.

— Vous ne vous parlez jamais, dans la famille ? avait demandé Dhollandia sur un ton ironique.

— Pas assez, visiblement. Finis quand même ton histoire, que je comprenne.

— Le saraf en moins, côté fric, ça a foutu la merde pour ton clan mais, au final, on a trouvé un accord. Tu penses bien que quand il est question d'argent, on trouve toujours à s'arranger ! Enfin bref, on n'est pas là pour causer du passé...

— OK. Tu pourrais m'en dire plus sur les derniers événements ?

— C'est compliqué, avait grommelé Dhollandia, qui paraissait hésiter à se confier.

— On ne sait jamais, ton problème pourrait être aussi le mien.

— Mon problème... c'est Eddy, avait lâché le Néerlandais en le fixant droit dans les yeux.

— Quel Eddy ? s'était enquis Junior en réprimant un frisson.

— Le Eddy qui fourgue de la cocaïne gratos à mes amis dans mon dos, le même qui pourrait être derrière toutes mes galères.

— Tu crois que tout ce qui t'arrive est lié ?

— J'en suis persuadé, et j'ai besoin de savoir si je peux compter sur toi.

— Tu peux, avait menti Junior avec aplomb.

À la sortie du restaurant, après un au revoir sans chaleur, les deux hommes étaient repartis chacun de leur côté.

— Alors ? avait aussitôt demandé Moussa quand Dhollandia avait pris place à côté de lui dans la Mercedes.

— Ce trou du cul ment comme il respire, avait éructé ce dernier. Il est juste venu aux nouvelles pour essayer de savoir ce qu'on sait ou pas. Il ne perd rien pour attendre. La prochaine fois, ce ne sera pas la même… Si on avait encore la ferme des Bad Lands, je l'aurais interrogé à ma façon. Crois-moi qu'il aurait tout balancé. Il me rappelle tous ces petits mecs qui commençaient à gigoter au bout de leur corde avant même qu'on les travaille ! Ils se pissaient dessus rien qu'en voyant les cisailles et les scies ! Ils n'arrêtaient plus de parler, de vrais canaris.

— Bad Lands ou pas, c'est quand tu veux. On est prêts.

À quelques mètres de là, Junior s'était mis à souffler comme une baleine en montant dans la Porsche de Karim. Puis il avait lâché :

— Le vieux chibani a raison, ce type est vraiment dangereux. Sa façon de te fixer droit dans les yeux, un putain de crotale ! C'est flippant… Je crois qu'il nous soupçonne pour le carottage de sa dope et il t'a dans le collimateur. Il va falloir qu'on fasse quelque chose…

30

Beneveto était déjà très riche, mais sa fortune ne cessait pas de croître pour autant et il était toujours aussi sollicité. Un matin de septembre, deux Sud-Africains, un grand costaud et un petit maigrichon parlant un anglais épouvantable, étaient d'ailleurs venus lui confier la garde de 170 millions de rands dont ils se disaient les dépositaires légaux au nom d'un mouvement d'opposition totalement inconnu. Comme à son habitude, pour en savoir plus, le banquier avait alors engagé une conversation amicale en se remémorant ses séjours au Cap, tout en leur cachant bien qu'il avait une maison avec vue sur la mer non loin de là, à Hermanus, ce qui avait amené les deux gaillards à lui dire qu'ils vivaient dans une région située à l'intérieur des terres, dans une ville minière, à Lephalale plus exactement.

Beneveto avait aussitôt évoqué ses pseudo-rêves de safari et de brousse. Après avoir échangé un bref regard avec le grand costaud, le petit gringalet avait admis, gêné, qu'ils n'y connaissaient rien ni l'un ni l'autre. Il s'agissait de gens de la ville, ainsi que Massimo s'en était douté en les observant de près à leur arrivée. Il avait alors porté une estocade sournoise : « Mais pourquoi vous établir à Lephalale, dans ce cas ? » La réponse avait fusé : « Pour le boulot. » Et le reste s'était ensuite déroulé très facilement. Ces deux ingénieurs étaient chargés de prospecter une région riche en charbon et on les avait placés à la tête d'un fonds d'investissement pour qu'ils rachètent les terres sous lesquelles couraient les veines du minerai convoité, lequel était destiné à une centrale thermique du coin.

De là à penser qu'ils avaient détourné une partie de ces fonds, il n'y avait qu'un pas. Le banquier hésitait encore sur la question quand un des lascars lui avait demandé s'il saurait rapatrier en toute discrétion cet argent en Suisse et répartir le montant en deux parts égales sur deux comptes numérotés. Sur le coup, Massimo avait failli s'étouffer de rire, mais il s'était abstenu. Cette opération allait quand même lui rapporter dans les 500 000 francs suisses… Après leur départ, il avait suivi son rituel et ouvert une nouvelle page dans son carnet : « Les mines du roi Salomon ».

Les bureaux de Beneveto Frères avaient pignon sur rue. Ils étaient nichés au cœur du quartier ultrachic de Champel, à proximité immédiate du centre-ville de Genève. Là, ils occupaient un immeuble de très grand standing offrant à tous les collaborateurs de la banque un environnement de travail luxueux, lumineux et serein. Dans ce parallélépipède aux parois de verre, l'antre de Massimo était situé au 7e étage. Quatre imposants fauteuils Chesterfield couleur tabac encadraient une table basse oblongue en teck massif. Ils assuraient le bien-être de ses visiteurs et invitaient de façon subliminale au relâchement.

Beneveto avait l'habitude d'œuvrer dans un calme quasi monacal, entouré de spécialistes du droit financier et fiscal, d'anciens traders, d'informaticiens de haut vol et de quelques assistants polyglottes. À en croire l'organigramme, la société comptait aussi deux chargés de mission qu'on ne voyait jamais, un conseiller en relations humaines et un officier cybersécurité, en réalité un homme à tout faire et une hackeuse. Le point commun entre toutes ces personnes était le secret. Chacune savait en effet qu'elle devait s'abstenir de poser des questions sur les sujets qui ne la concernaient pas et qu'il était strictement interdit de parler de travail à l'extérieur. Telle était la règle absolue. Les salaires étaient en conséquence et nul n'aurait songé à quitter une entreprise aussi généreuse. Acheter le silence, encore un bel exemple de la toute-puissance de l'argent.

Ce matin-là, Massimo était assis au volant de sa voiture, en route pour son bureau, quand la radio avait rapporté une récente déclaration publique du secrétaire au Trésor américain. Celui-ci s'alarmait du plafond de la dette et disait redouter une crise financière mondiale pouvant entraîner un défaut de paiement généralisé. « Rien que ça ! » s'était aussitôt exclamé le banquier qui, sitôt arrivé dans son antre, s'était empressé d'allumer la télévision. Il avait alors constaté avec désappointement que la chaîne de CNN diffusait un reportage sur la culture des oranges en Californie… Il s'apprêtait à zapper sur Sky News quand un bandeau en bas de l'écran lui avait annoncé l'imminence de la rubrique « Business ».

Beneveto était loin d'être inquiet. Certes, il se considérait comme un agent de l'économie libérale, mais il en était une composante singulière, la seule à pouvoir injecter massivement du cash du jour au lendemain, quels que soient les événements. En fait, il appartenait à cette frange du monde à même de sauver le système en cas de gros temps, et peu lui importait que d'aucuns la jugent amorale ou prédatrice. Il assumait sans honte le fait que ces moments de tension et de confusion représentaient des périodes privilégiées pour son business. Des périodes durant lesquelles les marchés financiers avaient tellement besoin de cash que tous les acteurs devenaient bien moins regardants sur qui leur sortait la tête de l'eau. « Survivre » était alors le maître mot et, plus que jamais, l'argent n'avait pas d'odeur !

Par le renflouage d'entreprises ou le rachat de titres de créances parfois très fortement à la baisse, Massimo aimait à penser qu'il faisait œuvre utile : il permettait aux actionnaires de limiter les pertes, voire leur évitait un crash pur et simple, tout en sachant qu'il allait encore s'enrichir. En effet, il misait en partie avec les fonds dont on lui avait confié la garde. Rien à voir avec une escroquerie à la Madoff où les épargnants sont remboursés avec les fonds déposés par d'autres. Il s'agissait plutôt de jouer avec du cash qui, à la demande des clients et à son grand désespoir, n'était pas réinvesti et ne faisait donc que dormir sur des comptes ou dans des coffres. Du cash qu'il remettrait à sa place le moment venu sans que personne ne s'aperçoive de rien.

À bien y réfléchir, il n'y avait rien d'anormal ou d'amoral à tout cela. Après tout, si l'élite de la société avait complexifié et opacifié à souhait la sphère de la finance, c'était précisément pour se réserver de telles opportunités. Ces opérations s'apparentaient du reste moins à une prédation qu'à une juste compensation au regard de sa contribution à la bonne gouvernance du monde.

31

Comme Ouazzani s'y attendait, Casque d'or était venue aux nouvelles dès le lendemain pour savoir si l'opération de la nuit avait réussi et, bien sûr, pour connaître le montant de sa prime.

— Mes renseignements étaient bons, tu es contente ?

— Oui, avait admis la policière.

— Combien ? avait aussitôt demandé la blonde.

— Pas au téléphone.

— Tu ne veux pas me le dire ?

— Cinq chiffres…

— C'est le premier qui m'intéresse.

— Trois. Écoute, je n'ai pas trop le temps de discuter, j'ai beaucoup de paperasse à faire, avait coupé court Ouazzani. Tu auras ton argent dans les vingt jours, rappelle-moi passé ce délai.

— Ça, tu peux y compter, lui avait répondu Casque d'or avant de raccrocher.

À cet instant, les deux femmes ignoraient qu'elles se parlaient pour la dernière fois.

Quand le chien d'un promeneur l'avait trouvé dans les fougères de la forêt de Retz, le corps était complètement dénudé. Dès les premières constatations, les techniciens de l'Identité judiciaire avaient remarqué ce qui ressemblait à des traces de tortures, des trous au niveau des pieds et des genoux. Ils avaient de plus relevé des empreintes de pneus d'une largeur de deux cent quatre-vingt-quinze millimètres correspondant sans doute à celles d'un 4 x 4, de toute évidence le véhicule qui avait déposé le cadavre là. Quant à la victime, elle avait été facilement identifiée comme étant Sigrid Jacobsen, une ancienne call-girl enregistrée au registre des sources, plus connue aux Stups sous l'alias de Casque d'or.

À l'institut de médecine légale, la dépouille avait été couchée sur une table en acier et Ouazzani, qui avait voulu assister à l'autopsie aux côtés des types de la Crim', avait noté que la beauté de son informatrice était restée intacte malgré la mort. Pendant ce temps, comme à son habitude, le légiste avait commencé par une minutieuse description du corps, précisant à cette occasion que la radiographie n'avait révélé aucune trace de fractures et que les blessures, vraisemblablement infligées par une perceuse, n'étaient pas létales. Il se disait par contre plus circonspect sur une plaie de petite taille qu'on apercevait dans la région précordiale.

Il avait ensuite entamé la partie la plus sinistre de sa besogne en disséquant la victime dans le but de déterminer la cause exacte du décès, procédant dans le même temps à de multiples prélèvements. Arrivé à la hauteur de la cage thoracique, qu'il avait préalablement dégagée à la cisaille tel un simple capot moteur, il s'était soudain arrêté et avait marmonné : « Je crois que j'ai trouvé », avant d'annoncer que l'aorte thoracique avait été sectionnée, provoquant une hémorragie massive. Dit plus simplement, Casque d'or était décédée des suites d'un coup de couteau porté au thorax dans la région du cœur.

Comme chaque fois dans ce lieu si particulier où l'empathie est à jamais proscrite, Ouazzani mesurait pleinement ce que signifiait la mort. Sauf que ce jour-là, les chairs qui s'ouvraient sous les doigts du légiste à la recherche d'hématomes sous-cutanés lui donnaient la nausée, et elle avait préféré sortir avant que le médecin ne s'attaque à la tête, à ce visage qui lui était si familier. Redoutant qu'elle ne fasse un malaise, son adjoint lui avait aussitôt emboîté le pas jusqu'au parking où, à côté de leur voiture, elle commença à retrouver son souffle pendant qu'il allumait une cigarette.

— Ça ne va pas ? avait demandé le capitaine après quelques secondes.

— On fait aller, mais j'avais besoin de respirer, lui avait répondu Ouazzani.

— C'est normal, d'autant que tu la connaissais. Après tout, on est des gens comme les autres…

— Oui, au début du moins.

— Je ne suis pas sûr de comprendre.

— Tu crois que c'est normal d'assister au dépeçage de quelqu'un, que tu le connaisses ou pas ?

Sur le trajet du retour, elle était restée silencieuse, presque prostrée. Elle se sentait coupable. Pour elle, il ne faisait guère de doute que le meurtre était lié à l'affaire du go fast. Néanmoins, le ou les meurtriers n'avaient laissé aucun indice derrière eux, et rien ne permettait d'incriminer formellement Dhollandia ou l'un de ses sbires. La Crim' ne se trompait pas en disant que l'enquête serait difficile.

Concernant le go fast, la commandante prenait conscience qu'elle n'était pas loin d'être dans l'impasse. Les deux connards arrêtés n'avaient pas moufté, la téléphonie ne donnait rien et les GPS de bord des véhicules, volés, avaient été désactivés. Son affaire était sur le point de devenir une saisie sèche ou presque et, cerise sur le gâteau, Dhollandia continuait pendant ce temps de dérouler sa vie comme si rien ne s'était passé. Ouazzani enrageait. « Il ne nous reste plus qu'à nous en remettre à la chance », avait lâché son adjoint, dépité. Mais c'était mal la connaître. Il était hors de question qu'elle se résigne. Elle n'avait désormais plus qu'un but : identifier le salaud qui avait tué son amie.

Histoire d'y voir plus clair, la flic s'était refait le film plusieurs fois en boucle et elle en arrivait toujours à la même conclusion. Il n'y avait que cet Eddy dont Casque d'or lui avait parlé qui pouvait apporter un début d'explication et il n'était pas impossible que cet homme ait à cœur de l'aider s'il était attaché comme elle à Sigrid. Elle comptait donc bien mettre la main sur ce type et, pour ça, elle avait décidé d'utiliser un élément qu'elle n'avait communiqué à personne, pas même à la Crim' : le téléphone de Sonia Delgado, le faux nom derrière lequel se cachait Casque d'or. Même si le boîtier et la puce dudit portable n'avaient pas été retrouvés, ni sur la scène de crime ni à son domicile, rien ne l'empêchait d'éplucher les fadettes[1] dans l'espoir d'y voir figurer les coordonnées d'Eddy…

Aussi, dès son arrivée au bureau, elle avait adressé une réquisition à la plateforme nationale des interceptions judiciaires et, le lendemain, celle-ci lui avait déjà transmis les renseignements sollicités sous la forme d'un fichier Excel de plus de deux mille lignes. Les traiter manuellement aurait représenté un travail considérable mais, grâce au

1. Fadette ou fadet : la facturation détaillée du téléphone d'une personne avec la liste des appels passés ou reçus, des sms, précisant les dates et les durées des échanges, mais sans indication sur le contenu des conversations.

logiciel d'exploitation Mercure et à ses nombreuses fonctionnalités, l'analyse de ce document ne lui avait pris que quelques minutes. Elle avait maintenant sous les yeux tous les numéros avec lesquels Sonia Delgado avait échangé…

En examinant cette liste des appels entrants et sortants, Ouazzani avait repéré avec émotion son propre numéro. Au fil des pages, trois autres étaient sortis du lot par la régularité des contacts : un à l'étranger qui, vérification faite, s'était avéré être celui d'un certain Ron Jacobsen demeurant à Bergen en Norvège, probablement un parent de Sigrid ; et deux Français, attribué pour l'un à un certain Paul Armand, un photographe ayant pignon sur rue à Paris, et l'autre à un Stéphane Legendre.

Ce Legendre apparaissait ainsi à plusieurs reprises dans la courte période qui avait précédé l'interception du go fast. Un numéro qui, d'entrée, sentait le nid de vipères, car les premières recherches révélèrent qu'il était affecté à un nom et à une adresse bidon. Eddy, s'il s'agissait bien de lui, n'était visiblement pas aussi clean que son informatrice le lui avait dit. De plus, le portable mystère avait cessé d'émettre le jour présumé de la mort de Casque d'or, ce qui confortait Ouazzani dans l'idée qu'elle était sur la bonne piste. La question était maintenant de savoir si ce type avait lui aussi été liquidé, ou au contraire, s'il avait changé de numéro après coup et, dans ce cas, pourquoi. Quoi qu'il en soit, à toutes fins utiles, elle avait immédiatement programmé une alerte sur le téléphone de ce Legendre, comme elle l'avait déjà fait pour celui de feu Casque d'or. Si la moindre activité était détectée sur l'un d'eux, elle serait prévenue.

Par ailleurs, en épluchant cette fois les fadettes de l'homme mystère, la commandante avait constaté qu'un magasin de fleurs apparaissait régulièrement, au point qu'elle en avait conclu que l'intéressé devait couvrir de fleurs ses maîtresses. Sauf si, plus vraisemblablement, il avait une attache là-bas… Elle avait donc organisé une surveillance en faisant placer à proximité de cette boutique un sous-marin[1] et en demandant à ses hommes de lui rapporter tout ce qu'ils observeraient.

Elle en était là quand, en fin d'après-midi, son téléphone avait sonné.

— Commandante Ouazzani ? Gerhard Mestrallais, médecin légiste, on s'est vus ce matin, annonça son interlocuteur d'une voix posée.

— Oui, c'est bien moi. Pardon de m'être éclipsée pendant l'autopsie, je ne me sentais pas bien.

— Il n'y a pas de mal, ça arrive. En fait, je voulais vous communiquer ce que j'ai dit à vos collègues de la Crim'. Comme vous le savez, les trous à la perceuse n'étaient pas létaux, mais il s'avère surtout qu'ils ont été faits post mortem.

— Post mortem ? Vous êtes sûr de ce que vous affirmez ?

— Absolument. Pour faire ça du vivant de la victime, il aurait fallu qu'elle soit fermement maintenue. Or, il n'y avait pas de traces de lien ou d'hématome, même sous-cutané, ni aux poignets ni aux chevilles. Par ailleurs, aucune de ces perforations n'a causé d'hémorragie, un signe capital pour déterminer le moment de l'acte.

— Elle n'aurait donc pas été torturée ?

— A priori, non.

— Mais dans quel but lui aurait-on infligé ça si elle était déjà morte ?

— Ça, je ne sais pas. Ce sont vos collègues de la Crim' qui sont chargés de résoudre cette partie de l'énigme.

---

1. Un « sous-marin » est un véhicule de planque de la police, souvent une camionnette ou un véhicule de livraison.

— Vous avez raison. D'ailleurs, si je peux me permettre, pourquoi m'avoir appelée ?

— Je pensais que je devais vous le dire. On fait de drôles de métiers…

— Ça se voyait tant que ça ? avait alors demandé Ouazzani.

— Je reconnais toujours les gens malheureux. Je suppose que vous étiez proche d'elle et, vu votre profession, j'ai imaginé qu'il s'agissait peut-être de quelqu'un qui collaborait avec vous.

— C'est exact, avait-elle admis en soupirant.

— Surtout, il ne faut pas que vous vous en vouliez.

— Je ne peux pas m'en empêcher…

— Son décès n'a peut-être rien à voir avec vous. Vous savez, la mort comme la vie sont imprévisibles. Attendez de connaître la vérité avant de vous accabler.

— Sage conseil, merci, avait-elle murmuré, la gorge serrée par l'émotion.

Le lendemain, les planques près de la fleuristerie avaient commencé et elles intriguaient déjà. L'attention des enquêteurs avait tout de suite été attirée par le ballet de quatre hommes qui venaient régulièrement à la boutique avec des sacs à provisions remplis, et qui en ressortaient presque aussitôt sans fleurs, mais aussi sans leurs sacs.

Les policiers étaient vite arrivés à la conclusion qu'il pouvait s'agir d'un flux d'argent. L'hypothèse avancée était qu'il s'agissait de collecteurs de fonds qui, après avoir fait la tournée des dealers, ramenaient le cash entre ces murs qui faisaient donc office de salle de comptage et de coffre-fort. Ils s'étaient alors concentrés sur le tenancier du commerce, un certain Morched Terrab. Un Franco-Marocain demeurant dans le 15e arrondissement dont la surveillance n'avait rien révélé de particulier, si ce n'est qu'il menait la vie normale d'un fleuriste et qu'il avait une importante claudication.

Et puis, un mardi, un complément d'explication leur avait été fourni avec l'entrée en jeu d'un nouvel acteur. Un homme à l'allure athlétique s'était présenté avec, à la main, une valise de toute évidence bien légère. Un modèle en aluminium avec les rainures parallèles caractéristiques des bagages de luxe de la marque Rimowa. Comme les autres, après quelques minutes, il avait quitté la boutique sans la moindre fleur, mais cette fois en tirant sa valise à bout de bras, définitivement plus lourde qu'à l'arrivée… L'immatriculation du taxi qu'il avait pris pour repartir avait permis de retrouver sans mal le chauffeur. Celui-ci avait confirmé sa course et affirmé avoir déposé son client dans Paris, place de l'Opéra.

Grâce aux caméras de surveillance couvrant le secteur, les policiers avaient réussi à pister rétroactivement l'inconnu, d'abord jusqu'au boulevard des Capucines où il était entré dans ce qui s'avéra ensuite être l'antenne d'une société de gestion de patrimoine implantée à Genève, puis jusqu'à l'hôtel Edouard-VII où l'adjoint de Ouazzani s'était aussitôt rendu pour obtenir davantage d'informations. Selon le concierge de l'établissement, il s'agissait d'un certain Dragan Vukovic, un ressortissant suisse se disant courtier en assurances.

L'enquête venait de prendre une nouvelle tournure. La révélation d'un volet blanchiment imposait à Ouazzani d'aviser le directeur de la police judiciaire et, surtout, l'OCRGDF, l'Office central pour la répression de la grande délinquance financière. Rien de réjouissant pour la commandante…

32

En se dirigeant avec son sac de linge sale vers la blanchisserie du boulevard Édouard Vaillant, la commandante Florence Delambre, affectée depuis peu dans un service en charge de la lutte contre le blanchiment, ne pouvait s'empêcher d'esquisser un sourire teinté d'ironie. Après avoir servi plusieurs années à l'OCRB, l'Office central pour la répression du banditisme, elle avait récemment obtenu d'être transférée à « la Financière », et plus précisément à l'OCRGDF[1]. Ceux qui avaient eu l'occasion de bosser avec elle n'avaient jamais douté de sa réussite. Dans de nombreuses affaires, l'action de la commandante Delambre avait été décisive et ce n'est pas pour rien que son chef de l'époque, le commissaire Maxime Rey, avait l'habitude de dire qu'elle était de loin « la meilleure de ses hommes. »

Personne n'avait toutefois jamais mesuré les efforts qu'elle avait dû fournir pour en arriver là. Lorsqu'elle avait fait le choix de ce métier en sortant de la fac, elle avait sous-estimé les difficultés auxquelles elle allait être confrontée. Forcer la porte du monde des hommes avait

1. Office central pour la répression de la grande délinquance financière.

un prix et son environnement de travail s'était avéré très inconfortable, si ce n'est franchement hostile. Dans chaque bureau, on trouvait des affiches de films policiers mettant en exergue le mâle qui n'a peur de rien, mais aussi des photos de femmes nues dont certaines étaient très crues. En marge du boulot, ses collègues se délectaient en parlant, à dessein, de cul devant elle et quelques-uns ne se privaient pas de lui faire à tout instant des propositions, quand ils n'avaient pas carrément les mains baladeuses.

Pour éviter d'être importunée, Florence Delambre avait dû adapter son comportement et se forger un personnage. Elle ne portait plus que des pantalons et limitait toujours le maquillage au strict nécessaire. Elle arborait ainsi l'image d'une femme austère. Une froideur qui la faisait passer au mieux pour un sphinx, au pire pour une frigide patentée. Mais il ne s'agissait pas là de la seule difficulté à laquelle elle s'était heurtée. Son manque d'appétence pour l'alcool était en effet une autre source de railleries. Il était vu comme une faiblesse par tous les lourdingues qui en étaient encore à l'apéritif à 22 heures. La culture du « petit jaune et du kiwi[1] » si chère aux anciens grands flics lui était étrangère et certains y voyaient une posture pour cacher une absence chronique de convivialité.

Et puis, malgré ses succès professionnels, force était de constater que quelques collègues masculins continuaient d'afficher vis-à-vis d'elle un air de supériorité qui lui était insupportable. Elle avait subi ça tous les jours pendant des années et elle n'avait eu d'autre solution que de serrer les dents, se faisant au passage une piètre opinion de ces hommes qui n'avaient pas évolué. Heureusement, sa capacité de travail, ses compétences et ses promotions lui

1. Pastis et whisky.

avaient valu peu à peu le respect et la reconnaissance de la majorité, y compris des plus misogynes qui, du coup, ne la calculaient plus.

En changeant de service et en intégrant la Financière, elle espérait un nouveau départ, se confronter à de nouveaux challenges. Mais avait-elle fait le bon choix ? Pour sûr, les enquêtes en matière d'infractions économiques et financières l'intéressaient. En revanche, l'action et le terrain lui manquaient déjà. Elle n'arrivait pas à effacer de sa mémoire les filatures, les arrestations mouvementées, les planques de nuit et les voyous à l'ancienne. Le monde qu'elle découvrait était bien différent, plus feutré, beaucoup moins explosif et, pour tout dire, peut-être pas assez à son goût.

Lors des pots auxquels elle était régulièrement invitée, elle se faisait charrier par ses anciens collègues du banditisme qui lui demandaient avec gourmandise comment se passait la vie chez les « sénateurs », le surnom donné aux financiers de la PJ. Même le directeur de la police judiciaire s'y mettait sous prétexte d'humour, lançant le genre de phrases blessantes qui l'avaient fait sourire quelques années auparavant quand elle était à l'Antigang. Des blagues qui avaient fait le tour de la France avant de lui revenir en boomerang et de la rattraper dans sa nouvelle vie. Agacée, elle défendait maintenant son équipe bec et ongles mais, au fond d'elle-même, elle commençait à douter : beaucoup trop de paperasse, toujours plus de paperasse, rien que de la paperasse.

Depuis quelques jours, elle n'écartait plus la possibilité de reprendre un poste de terrain et elle se disait qu'elle pourrait en parler prochainement au directeur. Peut-être après la réunion de coordination que ce dernier venait d'annoncer au sujet d'une affaire de stupéfiants dont la presse s'était fait l'écho.

33

Le directeur de la police judiciaire avait sa tête des mauvais jours. Ils seraient bientôt là, dans son bureau, et il lui faudrait dire la messe. Priorité aux Stups ou à la Financière ? Un choix cornélien en perspective.

Tout avait pourtant bien commencé. Grâce aux renseignements d'un tonton, la commandante Tania Ouazzani et son groupe étaient parvenus à intercepter huit cents kilos de résine de première qualité et deux grosses berlines allemandes que l'AGRASC, l'agence chargée du recouvrement des avoirs criminels, avait aussitôt revendiquées en les estimant à 250 000 euros. Sans compter que cette action avait permis l'arrestation de deux petites frappes, des trafiquants notoires. De quoi raisonnablement penser qu'on allait remonter tout le réseau et faire le lien avec un ponte du milieu, d'autant que l'informatrice avait donné son nom depuis le début.

Puis, soudain, les rêves de gloire s'étaient effondrés pour devenir un cauchemar ! Tétanisés par la peur, les connards arrêtés n'avaient jamais parlé et les enquêteurs n'avaient pas réussi à établir une complicité avec qui que ce soit. Les emmerdes avaient ensuite continué de plus belle avec l'assassinat de l'indic. Aux dires de la Crim', il y avait peu d'espoir qu'on arrive à identifier les auteurs. Ceux qui s'étaient débarrassés du corps dans la forêt avaient veillé à ne laisser aucune trace exploitable derrière eux.

Pour couronner le tout, les deux magistrats désignés, celui chargé du volet stupéfiants et celui chargé du meurtre, refusaient de se parler suite à un vieux fond d'animosité connu de tous. Même les journalistes s'y étaient mis et un quotidien national avait titré en première page : « Scandale d'État, on sacrifie un informateur pour faire du chiffre ». Du coup, histoire de mettre de l'huile sur le feu, le cabinet du ministre exigeait à présent des explications, ou plutôt des boucs émissaires. Non, décidément, on ne pouvait pas dire que tout allait pour le mieux ! Le directeur en était là de ses réflexions quand les commandantes Ouazzani et Delambre avaient déboulé dans son bureau, elles aussi avec leurs têtes des mauvais jours.

En se présentant à lui, Delambre redoutait en son for intérieur un réflexe quasi pavlovien du directeur qui avait dirigé en son temps l'office des Stupéfiants. Elle avait donc aussitôt attaqué en faisant valoir que les saisies de drogues et la chasse aux usagers n'avaient jamais produit aucun effet durable sur le trafic. Selon elle, l'expérience montrait que les soldats de tous grades étaient toujours immédiatement remplacés. Après ça, elle avait rappelé que les enjeux financiers étaient colossaux et que le blanchiment était en réalité le but ultime de tout trafiquant. Toujours selon elle, peu importait le produit, drogues ou armes, matières premières ou objets d'art, la seule chose qui intéressait les trafiquants, c'était de s'enrichir le plus vite possible et d'en profiter dans des conditions qui ne les exposaient à aucune sanction.

Elle avait parfaitement raison, mais son supérieur n'avait pas besoin d'elle pour le savoir. Ce discours, il l'avait entendu de nombreuses fois, et bien avant l'arrivée de

Delambre à la Financière. La question du blanchiment était devenue un point focal depuis déjà un bon moment. Pour autant, ça ne l'empêchait pas de penser que vouloir anéantir un système criminel aussi intégré à l'économie mondialisée était tout à fait utopique, même si certains politiques faisaient mine d'en faire un thème électoral.

Delambre avait conclu son intervention en confirmant que les types qui passaient à la boutique de fleurs avec leurs sacs étaient bien des collecteurs d'argent et que le gérant était vraisemblablement chargé de centraliser le tout. À son sens, il ne s'agissait que de la queue du trafic, mais les choses étaient bien différentes pour l'homme à la Rimowa. Il faisait en effet peu de doute que celui-ci était le premier maillon du blanchiment et qu'il allait les conduire tout droit jusqu'au sommet de la pyramide. Si on le lui autorisait, elle comptait mettre sous surveillance l'agence boulevard des Capucines et contacter ses collègues suisses pour qu'ils ouvrent une enquête sur les activités de ce courtier en assurances ainsi que sur la société de gestion de patrimoine genevoise représentée à Paris. Elle avait insisté en affirmant que c'était le seul moyen de démonter durablement la mécanique qui était à l'action dans l'ombre.

À son ton, quand elle avait pris la parole, on comprenait tout de suite que Tania Ouazzani n'était pas prête à lâcher son os. Elle avait fait valoir qu'elle seule avait levé l'affaire grâce aux renseignements de « son » informatrice. Elle rappelait aussi que son groupe était parvenu, sans l'aide de personne, à identifier ces fameux collecteurs dont Delambre ne cessait à présent de parler grâce à des surveillances et des filatures sur le terrain dont elle doutait qu'elles puissent être reproduites à l'identique par la Financière. Elle avait même fini par mettre en avant la « guerre à la drogue » annoncée par le ministre de l'Intérieur sur toutes les chaînes d'information quelques jours auparavant et avait proposé en conséquence que sa collègue et son groupe se joignent aux Stups, mais en qualité d'observateurs pour éventuellement les conseiller sur le volet de l'argent.

Le directeur s'était gardé de manifester le moindre avis. En fait, il avait de l'empathie pour ces deux femmes. Il constatait que Ouazzani avait toujours la niaque, une générale d'armée prête à en découdre, et que Delambre était la professionnelle dont tout le monde louait le calme et la rigueur. Par ailleurs, sur le fond, il avait les idées au clair. Malgré les propos tenus par les autorités devant les médias, il n'y avait pas de guerre à gagner aux Stups. Il n'y avait que des batailles à ne pas perdre, les unes après les autres, petites et grandes. C'était sans fin, et ça n'enlevait rien aux qualités des enquêteurs qui étaient dans l'arène. Plus que n'importe qui, il mesurait parfaitement l'énergie et la disponibilité dont faisaient preuve les hommes et femmes de tous grades affectés à cette unité. Il avait été l'un d'eux. Il n'ignorait pas que certains en arrivaient à sacrifier leur vie personnelle et que les familles en prenaient un coup. Il les savait usés, engagés au point de ne parfois pas bien mesurer les risques. Les concernant, on était très loin de l'image des fonctionnaires pantouflards et attachés à leurs horaires que les médisants se plaisent trop souvent à décrire en forçant le trait pour servir des desseins politiques et économiques.

Dans le cas présent, l'existence d'un trafic à grande échelle ne faisait aucun doute, mais il fallait admettre que, depuis la mort de l'informatrice, Ouazzani piétinait. À ce stade, son équipe se contentait de regarder passer des sacs d'argent en attendant la prochaine remontée de résine. Le directeur avait donc tranché : les Stups devaient renoncer à toute intervention intempestive pour laisser le temps à la Financière d'investiguer sur le volet blanchiment. En conséquence, il avait demandé aux deux femmes de travailler ensemble et de se coordonner dans la conduite de cette affaire, en commençant par aller voir le magistrat qui supervisait l'enquête.

Juste avant qu'elles ne repartent, le directeur avait apostrophé Ouazzani.

— Commandante, pourquoi avoir appelé ce dossier « Stihl » ?

— J'en conclus que vous ne bricolez pas, monsieur le directeur..., lui avait alors répondu la policière sur un ton un rien impertinent.

— Non, pas trop, en effet !

— Ces trafiquants utilisent des outils de bricolage pour faire parler leurs prisonniers, des marteaux, des étaux et des perceuses. Stihl, c'est une marque d'outillage. Ça permet de ne pas oublier à quel genre de types on a affaire !

— Je vois..., avait murmuré son supérieur, qui regrettait presque sa question.

En sortant de la réunion, la commandante Delambre avait de quoi être satisfaite, mais elle avait la victoire modeste. Sans le boulot des Stups, les siens n'auraient jamais rien su de l'existence de cette lessiveuse[1]. Elle avait donc tenu à remercier Ouazzani qui, en retour, n'avait manifesté aucune amertume à son endroit. Florence sentit que sa collègue était accablée par l'assassinat de l'informatrice et, connaissant le peu d'égard dont faisait parfois preuve la Crim', elle lui avait proposé d'aller aux nouvelles pour elle, ce que Ouazzani avait accepté avec gratitude.

Pour être honnête, si la commandante n'avait pas bronché face à l'arbitrage de la direction, c'est parce qu'elle était

1. Dans le jargon policier, une « lessiveuse » désigne une société qui blanchit l'argent sale.

bien incapable, aujourd'hui, de savoir quand aurait lieu la prochaine remontée de came… Plus que jamais, Casque d'or manquait dans son jeu. Elle se disait aussi qu'il n'était pas question que les siens passent leur temps à auditionner des comptables ou à éplucher des relevés bancaires. Et puis cette Delambre était plutôt sympa et elle avait l'air réglo. Après tout, si la Financière voulait s'occuper du ballet des sacs d'argent, pourquoi pas !

TROISIÈME PARTIE

AU BORD DU GOUFFRE

34

Maintenant que Youssef avait reconstitué toute l'histoire, il fallait la clore. Mais de quelle façon ? Tout plaquer et s'installer ailleurs ? Il en avait les moyens. Sa fortune lui aurait permis d'aller n'importe où, y compris à l'autre bout du monde, et qui plus est d'y vivre très confortablement. Mais voilà, impossible de tout laisser en plan derrière lui.

À cet instant même, il y avait des cargaisons en haute mer, des gommes et des camions en route ou sur le point de partir, des dépôts à vider en Espagne, des conteneurs sous douane, des quintaux de marchandise à livrer, sans parler des cargaisons en attente en Mauritanie. Il y avait aussi de l'argent à collecter et des gens à payer qui, s'ils ne l'étaient pas, étaient capables du pire. Comment arrêter tout ça d'un coup ? Il n'y aurait personne pour se résigner à tout perdre par le renoncement d'un seul. Certains, à commencer par ces maudits Colombiens, allaient fatalement s'en prendre à lui et à sa famille. Youssef devait faire l'amer constat qu'on appartient au trafic plus qu'on ne le dirige. Il n'était pas en mesure de tout stopper et, peut-être, même pas de sortir de cette spirale infernale. C'était comme si le Diable l'avait convié à sa table pour jouer une partie sans fin.

À bien y réfléchir, le trafic avait éloigné Youssef de la vraie vie et lui avait insidieusement imposé une aliénation qu'il n'avait pas vue arriver. Qui, de toute façon, accepterait en pleine conscience de vivre à jamais dans la crainte d'être tué ou arrêté à tout instant ? Qui signerait pour une existence ponctuée par la nécessité de prendre en permanence toutes sortes de précautions, de se méfier des inconnus, de ne jamais faire confiance à qui que ce soit, pas même à ses amis, d'être toujours inquiet pour ceux qu'on aime, le tout en s'échinant à blanchir un océan de fric alors qu'on en a de moins en moins besoin et que l'envie n'y est plus ? Il faisait aujourd'hui l'amer constat qu'il était accro à ce business comme les drogués sont accros à leur merde. Un comble !

Pour autant, s'enfuir très loin et se faire oublier lui paraissait illusoire. Les quelques fuyards qu'il connaissait avaient tous été rattrapés par ceux qui les cherchaient. Il était utopique d'imaginer échapper à son passé. On rapportait même que les rares qu'on ne retrouvait pas finissaient par se rendre d'eux-mêmes, las de fuir, épuisés. Or, dans son cas, ceux qui le traqueraient ne le lâcheraient jamais. Il s'agirait d'une sorte de chasse à courre durant laquelle tous les coups seraient permis, jusqu'au dénouement qui se devinait aisément.

Comment condamner Anissa, sa femme, à ça ? Lui demander de renoncer à ses projets, à son métier, à ses amis ? Ce ne serait plus elle, ce ne serait plus eux. Une vie de cavale, c'était accepter de ne plus être qu'un spectateur discret du monde, de l'existence que les autres mènent tandis que la vôtre se meurt. Et puis il aurait fallu tout lui expliquer, en commençant par ce sur quoi son père avait bâti son empire. Lui ouvrir les yeux sur celui qu'elle avait adoré, c'était l'assurance de la rendre malheureuse.

Dans le fond, l'histoire de Youssef était peut-être celle d'un type sur lequel on s'était mépris. Une erreur de casting, voilà ce dont il s'agissait. Car quoi qu'on en dise, il n'était qu'un homme ordinaire. En repensant à Bni Drar, il prenait conscience que la vie là-bas ne lui avait jamais déplu, c'est juste qu'il ne voulait pas rester pauvre et sans avenir.

Une autre option aurait été d'entrer en guerre, ce qui signifiait se débarrasser de Junior, de Karim et sans doute de leurs sbires. Cela supposait toutefois un minimum de préparation pour identifier chaque membre de cette équipe avant de les faire exterminer par un commando. Ce sang versé couperait court à tous les errements qui allaient immanquablement survenir mais, outre le temps nécessaire pour mener à bien une telle opération, un raté était possible. La riposte aurait alors été impitoyable. Junior percevait la famille comme un point de faiblesse, il n'aurait pas hésité une seconde à s'en prendre à Anissa et aux enfants. Le recours à la violence lui semblait naturel. À l'opposé de la façon de voir de Youssef qui avait toujours interdit ces méthodes barbares.

Youssef ne cessait de s'interroger sur ce qu'aurait fait le Patron à sa place. Et, un matin, une autre solution lui était finalement apparue, une solution qu'il voyait comme soufflée de l'au-delà par celui-là même qu'il avait invoqué la veille. La nuit avait en tout cas porté conseil. Certes, il ne pouvait pas stopper le business d'un coup, mais il pouvait passer la main et essayer ainsi de se retirer du jeu avec habileté. Sa décision prise, il avait téléphoné à Junior en lui enjoignant de venir à Tanger, car ils devaient parler. Ce dernier n'avait pas paru étonné et s'était annoncé pour la fin d'après-midi, à croire qu'il attendait cet appel.

Les deux hommes s'étaient donc retrouvés une nouvelle fois dans son bureau. Youssef avait invité son neveu à s'asseoir et, comme chaque fois, celui-ci s'était fait servir un thé. Pendant quelques minutes, ils étaient restés silencieux en se regardant l'un l'autre, chacun mesurant pleinement l'importance du moment, jusqu'à ce que le chauffeur-garde du corps de Youssef quitte la pièce.

— Il est temps pour moi de raccrocher, avait alors énoncé celui-ci en guise d'introduction.

Junior n'avait pas dit un mot, mais son visage trahissait sa surprise. Voulant s'assurer que le message était bien passé, Youssef avait ajouté :

— Je songe à tout arrêter.

— Maintenant ? Comme ça ?!

— Oui. Je ne veux pas faire le match de trop.

— Pourquoi si précipitamment ?

— Je pense que tu connais mes raisons, avait répondu Youssef en fixant son neveu droit dans les yeux.

— Non, je ne suis pas sûr de comprendre, s'était défendu le jeune homme, mal à l'aise.

— Comme tu le disais autrefois du Patron, je me suis embourgeoisé. Je suis marié, j'aime ma femme, j'aime mes enfants. J'ai aussi appris la valeur de la vie ou, plutôt, je crois que j'ai toujours eu ça en moi. J'ai de l'argent au point que je ne pourrai jamais tout dépenser. Tout cela parce que j'ai eu la chance de travailler avec quelqu'un de grand, un mentor qui m'a tout enseigné. Et, je te le concède, parce que le contexte était plus facile qu'aujourd'hui.

— Mais on ne peut pas tout arrêter ! s'était alarmé Junior.

— Ne t'inquiète pas, les affaires ne s'arrêtent pas. Je passe la main.

— À qui ? À votre fils ? avait demandé son neveu sur un ton ironique.

— Non. Ce n'est qu'un adolescent et j'espère bien qu'il n'aura jamais rien à voir avec le trafic, lui avait sèchement rétorqué Youssef.

— Je vois. Vous m'avez fait venir pour m'annoncer que vous avez choisi Younes ?

— Ce n'est pas possible, tu fais une fixette sur lui ! Je te le répète, Younes a coupé les ponts avec le milieu. Il est donc inutile et il serait même très contre-productif que quelqu'un cherche encore à l'éliminer sous prétexte qu'il voit en lui un rival ! avait asséné Youssef avec autorité.

— Je suis étranger à ce qui s'est passé, avait aussitôt protesté Junior. L'homme qui a tenté de le tuer ne travaillait pas pour moi, contrairement à ce que Younes a pu vous raconter !

— Il travaillait avec Karim, non ?

— Karim le connaissait de Marseille, c'est tout ! Quelqu'un essaie de nous faire porter le chapeau.

— De toute façon, la question ne se pose plus. Comme je te l'ai expliqué, je prends ma retraite et c'est toi qui vas devenir le patron.

— Moi ?

— Oui, toi ! C'est ce que tu as toujours voulu, non ?

— Je ne sais pas quoi dire.

— Eh bien, ne dis rien ! Je vais retirer mon capital de cette affaire, tu conserveras tous les biens utiles au business et une *cash box* pour la trésorerie, celle du Luxembourg qui représente 6 millions d'euros. Tout cela sous réserve que nous nous mettions d'accord tous les deux sur un certain nombre de sujets, y compris sur l'avenir de Younes au sein de l'agence immobilière.

Bien qu'il veillât à ne rien laisser paraître, Junior était très satisfait : il allait devenir le Patron. Le Patron, c'en était fini de « Junior » ! Les choses avaient évolué si vite et tellement mieux qu'il ne l'avait imaginé ! Mais après tout, ce n'était que justice. Le réseau lui devait tout. L'eldorado blanc avec à la clé une multiplication vertigineuse des gains, la mise en place d'un circuit de blanchiment sûr et à la mesure de leur activité, une résilience accrue pour tous les segments du trafic et des concurrents tous en difficulté, certains même tétanisés par la peur. Un peu à l'image de ce vieux chibani, finalement, qui rendait à présent les armes, sans combattre, dépassé par la dynamique que lui seul, Junior, avait su impulser.

Peu importaient les biens que son oncle entendait conserver à titre personnel, le principal était qu'il le désigne comme son successeur. Une reconnaissance qui allait lui faciliter la tâche, d'autant qu'il avait en tête un nouveau projet, immense, qui bouleverserait tout le trafic : il allait réunir les plus gros producteurs et les plus grands trafiquants de cannabis pour leur proposer de constituer un véritable cartel. Les volumes et les prix seraient ainsi sous contrôle, garantissant à chacun un approvisionnement et une tarification stables à l'année. Il prévoyait de fédérer tout le monde autour de lui. Catapulté au sommet d'une entreprise dont le bénéfice potentiel annuel atteignait plus de 400 millions d'euros, il allait devenir l'égal des Colombiens. Il se rêvait déjà décidant de tout, une machine de guerre sans pitié pour ceux qui oseraient se dresser contre lui.

Dans la perspective de sceller un accord sur l'épineux problème des avoirs, son oncle avait insisté pour lister sur-le-champ avec lui les biens qui resteraient dévolus au réseau et il les avait égrainés un à un en lisant à haute voix un papier qu'il avait préparé à cet effet : la société de conteneurs basée à Casablanca avec sa succursale de Rotterdam, l'entreprise de transit sous douane de Larache, la conserverie de poissons, les entrepôts de Tanger, la société de fret routier international, les deux palangriers hauturiers et le cargo vraquier, le restaurant de la corniche, la maison de Casablanca, le Pygmalion à Paris, ainsi que les entrepôts de Tétouan et de Nador, et bien sûr tous les véhicules qui s'y rattachaient. Tout ça revenait de droit à Junior et, à ce panier déjà bien garni, Youssef ajoutait la fameuse *cash box* luxembourgeoise représentant selon lui la trésorerie actuelle du réseau.

Junior avait écouté sans broncher. Il avait néanmoins noté que l'agence immobilière de la Palmeraie et la maison de Younes, les appartements d'Essaouira, mais aussi la ferme et les terres d'Azila et de Khenifra n'entraient pas dans la succession telle qu'organisée par son oncle. Pas un mot non plus sur le statut de cette villa en Crète où le vieux se rendait régulièrement avec sa famille. Si le jeune homme s'abstenait de tout commentaire, son silence ne valait pas pour autant acceptation. Au contraire de ce que semblait croire son prédécesseur, il considérait que cette liste ne l'obligeait en rien. Personne ne l'empêcherait de tout récupérer le moment venu. En réalité, l'unique chose qui n'était pas encore tranchée dans son esprit, c'était le sort de son oncle. Mais maintenant que ce dernier lui cédait officiellement sa place, il n'y avait plus d'urgence à agir.

Pour l'instant, il n'avait qu'une seule revendication à faire valoir : Youssef devait quitter Tanger et lui laisser ce bureau. Un acte qui symboliserait aux yeux de tous, fournisseurs comme trafiquants, une passation de pouvoir librement consentie à son profit, synonyme d'une légitimité incontestable et immédiate. Avec cette exigence, la capitulation de son oncle prenait bien sûr des allures d'humiliation, pourtant ce dernier avait accédé à sa requête. Pas le choix, c'était le prix à payer pour mettre les siens à l'abri. Un moyen aussi de garder la main sur une *cash box* dont Junior ignorait l'existence et dont le montant total avoisinait plusieurs dizaines de millions d'euros. De plus, il restait à la tête d'un important portefeuille financier tutoyant les 8 millions d'euros et conservait la maison de Crète qui, sur le papier, appartenait à un trust basé à Curaçao, lui-même détenu par une société de gestion émiratie implantée à Dubaï dont il était en réalité le principal actionnaire. De quoi entamer sereinement une vie paisible de retraité.

35

En rentrant du Maroc, Junior était d'humeur très joyeuse, presque euphorique. Il allait devenir le Patron et il entendait bien célébrer son succès. Il projetait bien sûr de se rendre en Espagne pour annoncer lui-même la bonne nouvelle à Reis ; il devait aussi voir Beneveto pour s'assurer que le vieux chibani ne le roulait pas dans la farine, mais il voulait avant tout fêter sa réussite avec Sigrid. Il avait bien réfléchi. Avec une femme comme elle à ses côtés, il se sentait capable de conquérir la terre entière ! Pour officialiser les choses, il comptait donc lui proposer de venir s'installer chez lui et souhaitait lui confier la gérance du Pygmalion. Elle en ferait à coup sûr une boîte de grand renom sur la place de Paris.

Rapidement pourtant, la joie de partager son nouveau royaume avec elle avait cédé du terrain à l'inquiétude. Malgré ses coups de fil répétés et plusieurs messages, sa belle ne donnait pas signe de vie. Au début, il avait pensé qu'elle était peut-être rentrée en urgence en Norvège pour voir son père qu'il savait malade, mais cela n'expliquait pas pourquoi elle ne le rappelait pas. N'y tenant plus, il avait fini par se rendre chez elle pour tenter de comprendre le silence qu'elle lui imposait.

Après avoir sonné à sa porte plusieurs fois en vain, il était redescendu encore plus préoccupé et songeur. Et si elle l'avait tout simplement quitté pour un autre ? Est-ce qu'il avait bien fait ce qu'il fallait pour la garder ? En repassant devant les boîtes aux lettres dans le hall, il avait jeté un œil à celle de Sigrid pour vérifier ce qu'il en était de son courrier. C'est alors que la concierge était sortie de sa loge et l'avait apostrophé sur un ton inquisiteur :

— Vous cherchez quelqu'un ?

— Madame Jacobsen, mais elle n'a pas l'air d'être là, avait répondu Junior.

— Oh… Vous ne savez donc pas ? avait balbutié la femme en changeant radicalement d'expression.

— Qu'est-ce que je devrais savoir ?

— La police est venue… Madame Jacobsen est morte.

— Morte…, avait répété Junior, comme pour s'assurer qu'il avait bien entendu.

— Oui, c'était dans le journal. On l'a retrouvée dans une forêt. Ils racontent qu'on l'a poignardée et peut-être violée. Quelle époque, c'est horrible ! Du coup, les flics ont fouillé son appartement.

— Ils vous ont dit quelque chose ?

— Non, vous savez, ce ne sont pas des gens aimables ni très causants… Par contre, j'ai l'article dans ma loge si vous voulez regarder.

— Ça ira, je vous remercie.

— Vous êtes un parent ? s'était enquise la concierge.

— Plutôt un ami pour qui elle comptait beaucoup, avait-il répondu sobrement en essayant de faire bonne figure alors qu'il était submergé par l'émotion.

En sortant de l'immeuble, Junior était anéanti. C'est souvent ainsi, il suffit que quelqu'un ne soit plus là pour pleinement prendre conscience qu'on y est attaché. Il avait aussitôt téléphoné à Karim pour l'informer de ce qu'il venait d'apprendre et lui demander s'il était au courant de quelque chose. Karim était tombé des nues, mais il avait proposé de se renseigner auprès d'un de ses contacts dans la police. Et c'est ainsi que tous deux s'étaient retrouvés en début d'après-midi au bar de la rue de Washington. Comme à son habitude, Junior était venu à pied et en avance. Il était fébrile, nourrissant encore quelque espoir de revoir Sigrid saine et sauve. Quand son ami était enfin arrivé à son tour, il l'avait immédiatement pressé de questions.

— J'ai vu mon contact à la Brigade des cabarets, avait expliqué Karim sur un ton embarrassé. Les nouvelles ne sont pas bonnes.

— Viens-en au fait ! avait exigé Junior, pressentant le pire.

— Elle est bien morte.

— Non... Ce n'est pas possible ! avait soufflé Junior dans un murmure.

— Le flic m'a dit que c'est un promeneur qui a découvert son corps dans la forêt, du côté de Compiègne.

— Selon la concierge, elle aurait été violée et poignardée, c'est vrai ?

— Il ne m'a pas parlé de viol. Par contre, elle a bien été tuée d'un coup de couteau et...

Karim s'était interrompu, comme si les mots avaient du mal à sortir.

— Et quoi ?!

— Il semblerait qu'on l'ait torturée à l'aide d'une perceuse, avait lâché son ami.

Junior blêmit.

— Une perceuse !

Karim avait hoché la tête.

— Ils savent qui a fait ça ?

— Non, ils n'ont rien pour l'instant. C'est la Crim' qui a récupéré l'enquête.

— On ne va pas attendre que ces bâtards se bougent, ce sont des bons à rien. Il faut qu'on se démerde par nous-mêmes pour retrouver le salaud qui s'en est pris à elle et lui faire la peau. Je ne comprends pas qui aurait pu lui vouloir du mal…

— Tu sais, elle fréquentait toutes sortes de gens qu'on ne connaissait pas. Elle est peut-être tombée sur un malade.

— Tu penses à quelqu'un en particulier ?

— Non, mais tu vois bien… Son photographe, par exemple, m'est d'avis qu'il ne lui tirait peut-être pas que le portrait, s'était risqué Karim.

— Tu sous-entends quoi, exactement ? Qu'elle s'envoyait en l'air avec ce mec pendant qu'elle était avec moi ? s'était aussitôt emporté Junior.

— Calme-toi ! Je me demande juste quel genre de photos il faisait d'elle… C'est vrai quoi, c'est peut-être un détraqué.

— Tu sais quelque chose ?

— Bien sûr que non, je réfléchis juste à haute voix, s'était défendu son ami.

Junior l'avait sondé de ses yeux noirs.

— Et moi je crois que tu te goures complètement. Il n'y a que dans notre monde qu'on fait des trucs comme ça.

— Je ne te suis pas.

— Généralement, on torture les gens pour les faire parler et le coup de la perceuse, c'est signé Dhollandia ! Ne me dis pas que tu n'y as pas pensé !

— Si, évidemment, mais pourquoi s'en serait-il pris à Sigrid ? avait fait remarquer Karim tout en connaissant déjà la réponse.

— Pour avoir des renseignements sur toi, sur moi, sur nous ! Il y a un moment qu'il cherche qui est cet Eddy qui fout le bordel dans son business.

— Si elle a parlé, c'est la merde. Il faut le fumer sans tarder, Junior, on n'a plus le choix cette fois. Tu me donnes le feu vert ?

— Oui, mais je préfère qu'on soit sûrs de notre coup, alors avant toute chose, tu vas aller voir ce photographe. Fais-lui cracher tout ce qu'il sait et, si c'est lui, garde-le-moi au frais. Je viendrai lui couper les couilles moi-même.

— Tu peux compter sur moi. Je m'en occupe demain au plus tard.

— N'oublie pas de me ramener toutes les photos de Sigrid que tu trouveras chez lui, et les négatifs aussi.

— Très bien, mais après je gère le problème Dhollandia, on est d'accord ? avait insisté Karim.

Junior avait acquiescé, l'air sombre.

36

Le photographe habitait au-dessus de son commerce, lequel était situé sur le boulevard Exelmans dans le 16e arrondissement. Karim connaissait déjà l'endroit. Lors de ses surveillances sur Sigrid, il l'avait vue une ou deux fois se rendre à cette adresse. Il s'était même demandé ce que les gens pouvaient bien foutre chez un photographe à l'ère du tout numérique.

Avant de s'introduire dans son appartement, il avait déjà voulu s'assurer que le type était bien affairé en bas, dans sa boutique. Il était donc d'abord passé devant la vitrine et il l'avait vu. C'était un homme d'un certain âge, la soixantaine bien tassée, travaillant avec une jeune femme arborant une coupe au carré et des cheveux noir de jais. Rassuré, il s'était alors dirigé vers la porte de l'immeuble, à deux pas. Celle-ci n'étant pas codée, a priori grâce aux cabinets de médecins en tout genre situés aux premiers étages, il était entré et avait tout de suite lorgné en direction du local de la concierge, redoutant qu'on ne lui fasse barrage, mais personne n'était apparu. En revanche, sur les boîtes aux lettres, il avait eu la confirmation que l'homme logeait bien dans l'immeuble.

MONSIEUR PAUL ARMAND – PHOTOGRAPHE

N'ayant pas l'intention de traîner dans le hall et encore moins devant la loge, il s'était engagé dans l'escalier en délaissant la minuscule cage d'ascenseur dont le rideau métallique et les deux portes battantes devaient faire, il en était certain, un raffut d'enfer.

Il avait ainsi inspecté chaque palier, cherchant le nom du photographe au-dessus des sonnettes des appartements, et ce jusqu'au 5e étage. Un tapis de laine agrémenté de tringles en laiton très chic se déroulait sous ses pieds. Une élégance qui lui était tout à fait étrangère, mais qui s'avérait bien pratique pour monter en toute discrétion.

Arrivé en haut, il s'était facilement introduit dans le domicile de ce Paul Armand en utilisant un parapluie de serrurier, un outil capable de décoder toutes les serrures, y compris celles à pompes. La porte du photographe n'avait pas résisté longtemps et, pour tout dire, il avait même battu son record personnel, moins de trois minutes montre en main. Une fois le battant bien refermé, son plan était simple : il comptait attendre que le photographe se pointe chez lui, quitte à patienter jusqu'au soir.

Histoire de tromper l'ennui, Karim en avait profité pour faire un tour dans l'appartement. Tout y était parfaitement rangé et la poussière semblait y avoir été bannie. Un couloir desservait une cuisine digne de celle d'un chef étoilé, une salle à manger avec une table ovale en verre opaque et six chaises tulipes d'un blanc immaculé, un salon meublé de trois fauteuils et d'un canapé Chesterfield en cuir vieilli. Une cheminée de marbre et un miroir trumeau couronnaient le tout en imposant une touche classique et intimiste. Aux murs, il avait observé ce qui devait être des photos d'art grand format.

Le logement comprenait trois chambres, mais une seule paraissait remplir cet office, avec sa salle de bains en enfilade.

La visite de cette dernière pièce révélait que l'occupant des lieux vivait seul. Il n'y avait en effet qu'une brosse à dents près de la vasque et aucun parfum ni produits de beauté féminins à vue. Les deux autres chambres avaient quant à elles été détournées de leur usage. L'une avait été transformée en bureau, et l'autre en salle de shooting, comme le suggérait la présence de plusieurs diffuseurs de lumière et de réflecteurs sur pied, ainsi que celle d'un fond blanc sur son enrouleur. Il y avait aussi une magnifique malle en osier avec, à l'intérieur, ce qui devait servir d'accessoires pour les modèles. Des classiques de la séduction dans l'imaginaire masculin : porte-jarretelles et bas de différentes couleurs en dentelle ou en soie, bustiers, mais également colliers et laisses, menottes et même quelques sex-toys.

Cette découverte avait conduit Karim à porter plus d'attention au bureau, où il espérait dénicher des clichés de Sigrid. Il n'eut pas à chercher longtemps. De nombreuses photos d'elle nue, tantôt seule, tantôt accompagnée de la jeune femme qu'il avait entraperçue dans la boutique, étaient soigneusement rangées sur une étagère. En talons, avec ou sans string, Sigrid s'exhibait avec désinvolture ou se livrait à des jeux saphiques avec la belle employée, laquelle semblait être une adepte des sex-toys. Loin de céder à la distraction, Karim avait alors rassemblé et glissé dans un pochon tous les tirages mettant en scène Sigrid, et il y avait joint quelques souvenirs de la jolie brune qui ne le laissait pas indifférent. Dans la foulée, il avait fait main basse sur tous les négatifs qui se trouvaient à proximité. Il ferait le tri plus tard.

En retournant vers l'entrée, Karim hésitait. Pourquoi attendre ce type, finalement ? Après tout, il n'avait rien à apprendre de lui. Il était surtout venu récupérer ce que

Junior lui avait réclamé pour lui montrer qu'il avait fait le nécessaire.

Mais lui seul savait pourquoi et par qui Sigrid avait été assassinée.

Lui seul savait que, quand il l'avait poignardée, elle n'avait rien vu arriver. Elle était morte presque sur le coup, elle avait juste poussé un cri, suivi de quelques secondes de terreur silencieuse. Il l'avait tuée dans le 4 x 4 où elle avait eu l'imprudence de monter pour toucher sa part du marché. Il avait déjà tué avant ça, mais c'était la première fois qu'il avait eu le temps de voir d'aussi près la vie quitter un corps. Le souffle qui devient court, le cœur qui s'arrête et ce voile qui tombe sur les yeux, comme si des lumières s'éteignaient.

Comment une femme aussi intelligente avait-elle pu croire qu'il allait la payer et qu'ils seraient quittes ? Un jour ou l'autre, elle aurait parlé à Junior de leur petit arrangement. Comment n'avait-elle pas tout de suite compris qu'il n'accepterait jamais de vivre avec cette épée de Damoclès au-dessus de sa tête ? Comme toujours, l'argent avait joué son rôle et l'avait aveuglée. À moins qu'elle n'ait voulu aller jusqu'au bout des choses pour mieux tout raconter à Junior à son retour du Maroc. Quoi qu'il en soit, il avait eu raison de ne prendre aucun risque.

Il avait ensuite roulé jusqu'à sa cache d'Éragny. Pendant le trajet, il l'avait regardée du coin de l'œil, affalée sur son siège, le menton reposant sur sa poitrine, plus ou moins maintenue assise par sa ceinture. La scène avait des allures de thriller, d'autant qu'elle avait les yeux grands ouverts et qu'il avait laissé le couteau là où il l'avait planté de peur qu'en le retirant trop vite, le sang ne salope le siège. Malgré ça, il avait fait le trajet sans précaution particulière, estimant que la hauteur de son véhicule tout-terrain et les vitres teintées suffiraient à le protéger des regards extérieurs dans l'obscurité salvatrice de la nuit. Et il ne s'était pas trompé.

Une fois à l'abri dans le hangar, il avait enfilé un bleu de travail et une paire de gants. Puis il avait sorti le corps sans ménagement et l'avait étendu sur une bâche de plastique noir qu'il avait préalablement déployée. Après avoir récupéré et essuyé son couteau, il avait déchaussé et déshabillé Sigrid en faisant un tas de ses vêtements qu'il avait fini par bourrer dans un sac-poubelle. Il y avait ajouté tous les menus objets qu'elle avait sur elle, à commencer par son sac à main et le portefeuille contenant ses papiers d'identité et ses cartes de crédit. Il n'avait en fait conservé que l'argent liquide et, après un temps d'hésitation, un de ses deux téléphones. Un iPhone 14 flambant neuf qu'il ne lui connaissait pas. Il en avait en revanche extrait la carte SIM qu'il avait cassée et aussitôt envoyée rejoindre tout ce qu'il avait déjà jeté. Enfin, il avait mis de côté sa montre, son tour de cou et ses bagues. Il prévoyait de les disperser au cours de ses prochains déplacements, ne doutant pas qu'ils seraient conservés par leurs découvreurs, ce qui désorienterait les éventuelles recherches.

En fin de compte, ce n'est qu'en voyant la blondeur de poupée de Sigrid exposée sur ce plastique noir qu'il avait eu l'idée de la perceuse pour diriger les soupçons vers Dhollandia. Sa sinistre besogne effectuée, il avait enveloppé le corps dans la bâche ensanglantée et chargé le tout à l'arrière du pick-up. La nuit tombée, il avait roulé vers Compiègne tout en pensant à ce qui venait de se passer et, surtout, en essayant d'imaginer la suite. Il traversait la forêt quand il avait soudain décidé que ce serait là qu'il se débarrasserait de sa victime, au milieu des hautes fougères environnant un chemin non carrossable. Sur le retour, il avait fait un dernier arrêt dans les bois. Il avait sorti cette fois la bâche et le sac-poubelle qu'il avait arrosés d'essence. Après y avoir mis le feu, il était reparti en direction de Paris. La route avait été pénible, beaucoup trop de camions à son goût, et une barre sur la poitrine l'oppressait. Un passage en hâte au hangar, où il avait troqué le 4 x 4 pour sa moto, et il était rentré chez lui pour se reposer.

Il en était là de ses réflexions, prêt à quitter l'appartement du photographe, quand le bruit d'une clé dans la serrure de la porte l'avait ramené brutalement à la réalité. Pas le temps de se cacher, il s'était juste replié dans la cuisine pour se ménager un minimum d'effet de surprise et avait aussitôt sorti son Sherkan, le couteau qu'il avait utilisé pour tuer Sigrid. Le destin semblait exiger qu'un homme meure aujourd'hui, Karim n'était finalement que son exécuteur. Il attendait donc tel un serpent prêt à mordre. Mais la silhouette du photographe avait filé sans le voir en direction des chambres. Comme souvent, le destin venait de changer d'avis. Karim en avait alors profité pour s'éclipser dans son dos.

37

Les flics étaient plutôt bien renseignés, car leur raid sur la fleuristerie coïncidait avec un jour de collecte des fonds. En pénétrant dans l'arrière-boutique, les enquêteurs avaient ainsi mis la main sur un banal sac-poubelle à l'intérieur duquel se trouvaient empilés une impressionnante quantité de billets de 100 et 200 euros. Questionnés à ce sujet, le gérant et son employé avaient soutenu que ce sac ne leur appartenait pas et qu'ils ignoraient tout de son contenu. Malheureusement pour eux, la suite de la perquisition avait permis la découverte de sept compteuses à billets, de centaines de bracelets orange, verts et jaunes destinés à l'enliassement[1] et de ce qui semblait être une feuille récapitulative manuscrite sur laquelle une série d'additions était griffonnée, ainsi qu'une somme totale en bas de la page : 2,1 millions d'euros.

Les deux hommes s'étaient alors réfugiés dans le silence, se refusant à toute déclaration, mais les regards qu'ils échangeaient en disaient long sur leur accablement.

---

1. Chaque couleur de bracelet correspond à un montant de billet : gris pour 5 euros, rouge pour 10, bleu pour 20, orange pour 50, vert pour 100, jaune pour 200.

Ils s'attendaient à présent à être transférés dans des locaux de police, mais l'équipe de la commandante Delambre n'entendait pas se contenter de leur arrestation et de cette prise phénoménale, le dispositif venait de se métamorphoser en souricière. Tout le monde allait rester bien sagement sur place dans l'attente du visiteur mystère qui ne manquerait pas de se pointer pour récupérer le précieux bagage.

Pendant ce temps, Karim, qui arrivait pour s'assurer du bon déroulé de la remise des fonds, en avait réchappé de justesse. Alors qu'il marchait sans méfiance en direction de la boutique, le son d'un message radio avait jailli d'une voiture en stationnement le long du trottoir. L'empressement fébrile du conducteur à remonter sa vitre avait immédiatement confirmé ses soupçons : des flics ! Il avait ainsi poursuivi son chemin comme si de rien n'était. Enfin presque, car il avait fait le tour du pâté de maisons en prenant bien garde à ne pas trop s'approcher du commerce et, ce faisant, il avait détecté d'autres véhicules suspects. Pour lui, il ne faisait guère de doute qu'une opération se préparait ou était en cours, il devait alerter au plus vite le fleuriste.

Après avoir pris le large sur sa moto, il s'était arrêté dans un cybercafé pour le contacter sous prétexte de commander un bouquet, et une voix inconnue lui avait répondu. Il en avait conclu que la police avait déjà coffré tout le monde. Sans perdre une seconde, il avait alors informé Junior de ce qui se passait, lequel avait à son tour prévenu Beneveto afin que personne ne vienne retirer le sac à la boutique.

Massimo était à son bureau quand il avait reçu l'appel. Il avait aussitôt essayé d'aviser son émissaire du danger. En vain. Celui-ci avait éteint son téléphone, comme il le faisait à chaque opération pour éviter d'être géolocalisé. Le banquier était certain que son homme de main ne parlerait jamais, mais il était inquiet, car les circonstances laissaient à penser que la police française n'avait pas frappé au hasard. Elle pouvait avoir d'autres éléments en sa possession, et peut-être même assez pour remonter jusqu'à lui, en Suisse. Par précaution, il avait donc pris la décision de partir sous prétexte d'un voyage d'affaires inopiné.

Il avait chargé son assistant de lui réserver un billet aller-retour pour New York en première classe pour le lendemain, si possible en fin d'après-midi, et de le lui envoyer par mail. Il avait ensuite demandé à son avocat, maître Iskander Kirilenko, de venir à la banque le lendemain à 11 heures précises. Puis il avait discrètement vidé le coffre de son bureau et s'était rendu chez lui pour faire sa valise. Il y avait récupéré des passeports, des cartes de crédit, tous ses portables, son ordinateur et du cash en dollars et en euros. Après quoi il avait gagné le centre-ville de Genève avec sa voiture et s'était garé au parking couvert de la place de Cornavin. Il en était ressorti à pied et avait rejoint le croisement avec la rue de la Servette où il avait hélé un taxi.

Massimo Beneveto était ainsi sur le point de disparaître des radars de la police suisse.

38

Pour la commandante Delambre, les choses ne s'étaient pas passées exactement comme prévu. L'homme qui s'était présenté à la fleuristerie avec sa valise Rimowa avait immédiatement tiqué en constatant que l'employé qui le recevait n'était pas la personne habituelle et la tête que faisait le gérant en émergeant de son arrière-boutique n'avait rien arrangé, de sorte que, lorsque celui-ci avait déposé le sac-poubelle contenant l'argent au pied du comptoir, son vis-à-vis n'y avait pas touché. Il s'était contenté d'acheter un bouquet au hasard et il était reparti comme l'aurait fait n'importe quel client.

Après son départ, l'employé, en réalité un policier de la Financière, avait demandé au fleuriste : « C'est lui ? » Ce dernier, désemparé, avait hoché la tête sans dire un mot, confirmant qu'il s'agissait bien de celui à qui était destiné le cash. Aussi, malgré le fait qu'il soit reparti les mains vides, les flics avaient pris la décision d'intervenir et, ignorant ses protestations, avaient embarqué l'homme. Un ressortissant suisse du nom de Dragan Vukovic se disant courtier en assurances.

Les premiers instants avaient été difficiles, car il n'y avait rien de très sérieux pour raccrocher procéduralement ce type à l'affaire, d'autant que le fleuriste s'était rétracté dès qu'il avait croisé le regard du nouvel invité. Non, il n'avait jamais désigné ce client aux enquêteurs, ils avaient mal interprété son hochement de tête. Quant à monsieur Vukovic, il maintenait qu'il était entré dans la boutique pour acheter des fleurs et seulement pour ça, ce que tout un chacun pouvait constater en observant le bouquet qui trônait à côté de la valise dans le bureau de la PJ. Il avait poursuivi en affirmant qu'il ne connaissait personne dans cette fleuristerie.

Pour le reste des questions – arrivait-il de Suisse ? Où était-il domicilié ? Quelle était son adresse de résidence en France ? Pour qui travaillait-il ? Pourquoi trimballer une valise vide ? – il n'avait rien à déclarer en dehors de la présence d'un avocat, ajoutant qu'il voulait qu'on avise au plus vite le consul suisse si les policiers envisageaient de le garder. Devant un tel aplomb, quelques-uns s'étaient mis à douter, mais Delambre avait encore une carte à jouer.

En appelant Ouazzani, avec laquelle elle était toujours en contact, celle-ci s'était entendu dire qu'il pouvait s'agir du même homme que celui déjà aperçu lors des surveillances antérieures. Le temps de vérifier dans le dossier, sa consœur l'avait rappelée pour confirmer. Delambre en avait profité pour lui faire part des informations dont ils disposaient : Dragan Vukovic, soi-disant courtier en assurances, était susceptible de séjourner à l'hôtel Edouard-VII dans le quartier de l'Opéra, et était en relations avec la représentation d'une société de gestion de patrimoine genevoise implantée boulevard des Capucines. Tout avait déjà été formellement consigné par procès-verbal dans la procédure des Stups. « Bingo ! » s'était exclamée Delambre.

Il avait alors suffi d'un simple coup de fil à la réception de l'hôtel pour conforter ces éléments. « Monsieur Vukovic ne décroche pas, il a dû sortir. Voulez-vous lui laisser un message ? » s'était enquis son interlocuteur. La commandante avait le sourire, la Financière venait de retomber sur ses pieds. Il n'y avait pas d'erreur, ils tenaient la bonne personne. Restait cependant à trouver pour qui bossait ce mystérieux monsieur Vukovic.

La perquisition dans sa chambre avait apporté un début de réponse. Outre les affaires de l'intéressé, les enquêteurs avaient découvert un billet de train Genève-Paris en première classe et un portable éteint que leur suspect refusait obstinément d'allumer. Par ailleurs, l'écoute sur l'agence des Capucines indiquait qu'on l'y attendait pour une livraison de fonds. Delambre avait alors avisé le juge de l'arrestation du fleuriste et du collecteur principal ainsi que de la saisie de 2,1 millions d'euros. Elle lui avait aussi expliqué que Vukovic travaillait probablement pour la société de gestion de fortune sur laquelle les services suisses avaient commencé à investiguer.

Après s'être réjoui de cette prise, le magistrat français avait téléphoné au procureur de Genève pour l'informer des développements en France. Et il avait obtenu de celui-ci qu'il autorise dès le lendemain matin une perquisition au siège de Beneveto Frères et au domicile de son président.

À l'aube, l'intervention simultanée de deux groupes de policiers suisses était prévue, l'un dans la maison d'Hermance où habitait Massimo, et l'autre à la banque dans le quartier de Champel. Mais les deux équipes avaient fait chou blanc, Beneveto n'était nulle part.

Au départ, la situation n'avait pas inquiété. Lorsqu'ils s'étaient présentés au domicile de Massimo, les enquêteurs étaient en effet tombés sur la femme de ménage. Celle-ci leur avait déclaré qu'elle croisait rarement son patron, ce dernier partant le plus souvent bien avant qu'elle n'arrive. Ce matin-là, elle avait retrouvé une tasse et une assiette dans l'évier et le lit était défait. Selon elle, il ne manquait rien dans la maison et il n'y avait aucun dérangement particulier. À l'entendre, une journée tout à fait ordinaire.

Au siège de Beneveto Frères, le secrétariat avait quant à lui fait savoir que l'homme d'affaires avait rendez-vous avant le déjeuner avec son avocat, maître Kirilenko, lequel avait confirmé sa venue. Rassurant. Pourtant, en fin de matinée, alors que la perquisition était en cours dans l'immeuble, le ressenti des officiers n'était plus le même. Ils redoutaient désormais que l'intéressé n'ait pris la fuite, ou pire, qu'il ait été victime d'un enlèvement.

Dans l'après-midi, la tension montant d'un cran, des policiers s'étaient même rendus chez l'ex-femme de Beneveto, mais celle-ci était visiblement étrangère à tous ces événements. Elle n'avait plus eu de contact avec son ancien compagnon depuis longtemps. Selon elle, il payait en temps et en heure la pension alimentaire qu'il lui devait et n'oubliait jamais d'offrir des cadeaux à leur fils au moment des fêtes. En revanche, leur relation s'arrêtait là. Interrogée sur les endroits ou le pays où il aurait pu trouver refuge, elle avait déclaré n'en avoir aucune idée et suggéré de voir avec son assistant. En définitive, les autorités helvétiques en étaient réduites à organiser une planque sur la maison du lac tandis que tous les téléphones mis sous surveillance restaient désespérément muets. Il leur fallait l'admettre, Massimo Beneveto s'était comme volatilisé.

Le volet suisse étant au cœur du blanchiment, l'annonce de cet échec avait fait l'effet d'une douche froide à Paris. C'est donc l'esprit préoccupé et le moral en berne que la commandante Delambre s'était dirigée d'un pas décidé vers les locaux ultramodernes où opéraient les cyberenquêteurs.

Ses espoirs reposaient à présent sur la capacité de ces experts à récupérer des données inaccessibles pour le commun des mortels. Elle avait absolument besoin d'eux pour apporter des éléments de preuve et relancer ainsi son affaire. En ouvrant la porte de ce service, son inquiétude s'estompait déjà : le chef du département, le colonel Vincent Lavaux en qui elle avait toute confiance, était là.

— Dis-moi, Vincent, tu en es où de ta traque numérique ? lui avait-elle aussitôt demandé.

— J'ai des bonnes et des mauvaises nouvelles. Je commence par quoi ?

— Par les mauvaises, avait répondu Delambre sur un ton résigné.

— Les Suisses n'ont pas retrouvé l'ordinateur personnel de notre banquier et le serveur de sa société a été mis en carafe. C'est un malin, ton mec !

— Je ne suis pas sûre de comprendre...

— Pendant la perquisition, nos collègues ont eu le tort de vouloir regarder tout de suite ce que le serveur avait dans le ventre. Le problème, c'est qu'en faisant ça, ils ont posé le pied sur une mine. Ils ont déclenché une alerte qui a lancé un programme de destruction des données locales. Dès qu'ils s'en sont aperçus, ils ont coupé l'alimentation électrique pour stopper le massacre mais, comme il fallait s'y attendre, il y avait un générateur de secours. Le temps qu'ils repèrent la salle qui l'abritait dans les sous-sols et qu'ils en forcent la porte sécurisée, le programme avait quasiment achevé sa tâche. Tout, ou presque, a été effacé.

— Donc, concrètement, ça signifie que c'est foutu pour nous ?

— Pas encore. On s'est mis d'accord avec les Suisses et on a adressé une réquisition à Swisscom pour qu'ils nous communiquent la liste des connexions IP de Beneveto sur les trois derniers mois. On devrait tout recevoir d'ici demain soir.

— OK, et c'est quoi, du coup, la bonne nouvelle ? s'était enquise la commandante en soufflant de dépit.

— Je viens de te le dire, Swisscom va nous envoyer une liste de ses connexions.

— Pardon, mais ça va nous servir à quoi ?

— Il est impensable que Beneveto Frères n'ait pas un backup quelque part. Ils doivent avoir un cloud ou être client auprès d'une société qui conserve et protège leurs données au cas où ils seraient victimes d'une cyberattaque ou si un incendie détruisait leurs locaux. Toutes les boîtes ont besoin de sécuriser leur activité, et notamment de sauvegarder des doubles de leurs facturations, de leur comptabilité, de leurs fichiers clients ou encore de leurs contrats. Tu vois ce que je veux dire ?

— Toutes les entreprises font ça ?

— Pratiquement toutes. Ce qui change, c'est le rythme de transmission de ces données vers le backup. Il peut être quotidien, hebdomadaire, bimensuel. Pour Amazon par exemple, vu la masse d'argent brassée chaque jour, c'est à jet continu. J'imagine que pour la banque Beneveto, il est plutôt quotidien. Et tout ça est automatisé.

— Ça va prendre longtemps pour trouver ce backup ?

— Plusieurs jours. On va récupérer des milliers d'adresses IP, et il faudra les trier une par une. On pourra écarter assez vite tout ce qui est Google ou Facebook, mais on aura au moins une centaine de sites sans lien direct à proprement parler avec une activité bancaire. Et c'est au milieu de tout ça que je compte dénicher nos transmissions de données.

— À ce moment-là, on pourra avoir accès à tout ce que notre banquier a stocké ? avait demandé Delambre, pleine d'espoir.

— En théorie, oui.

— Pourquoi « en théorie » ?

— Ça reste compliqué… Une fois qu'on saura où est hébergé le backup, on fera le nécessaire, mais on risque de rencontrer un problème d'authentification.

— Tu veux dire qu'on aura besoin d'un mot de passe ?

— Oui, quelque chose comme ça, avait répondu le colonel en souriant. Même si je pensais plutôt à un éventuel chiffrement des données…

39

Les nouvelles qui venaient de Suisse n'étaient pas bonnes. La planque à l'aéroport sur le vol au départ de Genève pour New York n'avait rien donné. Beneveto ne s'était pas présenté à l'embarquement, un no-show non remboursable à plus de 6 000 euros… À ce prix-là, si ça ne prouvait pas grand-chose, la balance penchait malgré tout davantage en faveur d'un empêchement plus que d'une décision calculée, et la découverte de la voiture du banquier dans un parking du centre-ville avait encore ajouté au trouble.

En effet, le LAPI, le Lecteur automatisé des plaques d'immatriculation, indiquait que le véhicule stationnait déjà là avant que les magistrats français et suisses ne se parlent. Et puis il y avait ce rendez-vous pris la veille avec l'avocat. Autant d'éléments qui semblaient montrer que l'absence de Beneveto pouvait ne pas être en lien avec l'opération en cours, et qu'elle risquait même de ne pas être de son fait. La piste d'un enlèvement n'était donc pas totalement écartée. Toutefois, si on en restait à la thèse de la fuite, la proximité du parking avec la gare de Genève laissait supposer que le suspect avait pu discrètement prendre le train pour rejoindre la France, l'Italie ou n'importe quelle autre ville de Suisse. Les hypothèses étaient infinies…

Après cette nouvelle douche froide, Delambre était retournée toquer à la porte du département Cyber. Deux jours qu'elle attendait en vain un signe de vie de leur part.

— Vincent, ça n'avance plus de notre côté. Dis-moi que tu as trouvé quelque chose !

— Oui, on a trouvé le backup, avait annoncé le colonel, tout sourires. Il s'agit d'une société canadienne qui héberge les données à Vancouver. On est en contact avec eux.

— Bon Dieu, t'aurais pas pu me signaler que tu avais une touche ?

— Sauf que, comme prévu, c'est compliqué.

— Explique !

— L'hébergeur canadien dit qu'il veut bien collaborer avec nous, mais les données sont chiffrées. Beneveto a demandé la mise en place de clés asymétriques et il a whitelisté deux pays.

— Je ne comprends rien à ce que tu racontes, Vincent…

— Ça signifie que le contenu du backup n'est consultable que depuis le territoire de deux pays et de nulle part ailleurs !

— On sait lesquels ?

— Il n'y a que Beneveto qui détient cette info, mais on peut supposer que la Suisse en fait partie puisque c'est là que se situe le siège de ses affaires. Pour le second, c'est certainement un pays où il a une base, peut-être bien l'endroit où il avait prévu de se réfugier en cas de problèmes…

— Je vois. Et qu'est-ce qui te met en difficulté, concrètement ?

— Le chiffrage. C'est une cryptographie dite « au repos », ce qui implique que la clé de chiffrement comprend cent à deux cents signes aléatoires. Pour faire simple, disons que c'est comme s'il avait tout noté sur un cahier et qu'il avait chiffré les données avant de les envoyer à l'hébergeur canadien, lequel a recrypté par-dessus et lui a renvoyé l'ensemble avec la clé de chiffrement. Tu saisis le truc ? avait demandé Lavaux, inquiet devant les mimiques de Delambre.

— Désolée, j'ai du mal à suivre.

— En gros, le cahier est dans un coffre qui est dans un autre coffre. L'hébergeur peut nous aider à ouvrir le premier coffre, celui qu'il met à la disposition de son client, mais il n'est pas capable de faire de même pour le second. Et là, c'en est fini de Trudy !

— C'est qui, ce Trudy ?

La commandante commençait à s'agacer.

— Pardon… Dans notre monde, il y a Alice, Bob et Trudy. « A » ou Alice, c'est l'émetteur ; « B » ou Bob, c'est le récepteur ; et « T » ou Trudy, c'est l'intrus. Si tu préfères, dans notre cas, Alice c'est Beneveto, Bob c'est le Canadien et Trudy c'est nous qui essayons de casser leurs échanges.

— OK, merci pour la traduction. Donc, si je résume, on n'obtiendra rien de ce côté-là…

40

Alors que l'enquête de la Financière connaissait un sérieux coup d'arrêt, celle des Stups redémarrait de façon inattendue. Un petit miracle venait en effet de se produire puisque le téléphone de Casque d'or qu'on croyait définitivement disparu avait repris du service. Quelqu'un avait introduit une nouvelle carte SIM dans l'appareil, déclenchant à son insu une alerte relayée jusqu'à Ouazzani. Et celle-ci se félicitait d'avoir misé sur ce portable qu'elle avait, à raison, jugé trop beau et trop cher pour que quelqu'un n'ait pas la tentation de le conserver.

Une réquisition adressée aux opérateurs avait alors permis d'apprendre que le titulaire de la ligne était un certain Idir Jarir qui déclarait demeurer au 97, avenue Simon Bolivar à Paris. Pourtant, après une vérification faite sur place, les enquêteurs avaient découvert qu'il s'agissait en réalité d'une laverie automatique et que personne de ce nom n'avait jamais travaillé ou habité à cette adresse. L'homme qui tenait entre ses mains le boîtier de feu Casque d'or restait donc encore un inconnu. Mais la commandante n'avait pas dit son dernier mot. Elle avait aussitôt avisé la juge qui supervisait son dossier et obtenu de celle-ci une autorisation d'interception de toutes les communications passées à partir du numéro IMEI[1] de ce boîtier, quelle que soit la puce insérée, ainsi qu'une géolocalisation permanente.

Les trois jours suivants avaient été riches d'enseignements. Comme on pouvait s'y attendre, le téléphone bornait de façon erratique en région parisienne, mais il finissait toujours par se poser la nuit à Saint-Germain-en-Laye, laissant penser que son utilisateur logeait dans cette ville. En outre, il bornait régulièrement, et parfois pendant de longues heures, aux abords d'une zone industrielle à proximité d'Éragny. Possiblement un lieu de travail.

L'écoute des conversations aurait quant à elle été jugée sans aucun intérêt pour le commun des mortels tant elles étaient brèves et absconses. L'inconnu ne recevait que des appels au cours desquels différents correspondants lui annonçaient des arrivages de disques, de livres, de fleurs et même de chemises, tandis que d'autres balançaient des séries de cinq à six chiffres qui avaient des airs de tirages du loto. Pour les Stups, rodés à ce type de discussions sibyllines, le message était clair. Désormais convaincus d'être au cœur d'un trafic, ces échanges signifiaient pour eux qu'il pleuvait des livraisons de came et que l'argent coulait à flots…

Toutefois, les remontées de ces appels pour tenter d'identifier les hommes qui se cachaient derrière n'aboutissaient à rien. Il s'agissait toujours de numéros faussement attribués ; il semblait y avoir toute une flotte de téléphones balourds comme s'en dotent souvent les réseaux de trafic. Point positif, le grand nombre d'interlocuteurs révélait une

---

1. L'« International Mobile Equipment Identity » est un numéro d'immatriculation unique que chaque boîtier d'appareil téléphonique possède.

structure d'ampleur et très organisée : les Stups avaient ferré un gros poisson !

D'où venaient tous ces appareils ? Vol de fret ou revendeur complice ? Ouazzani n'entendait pas se disperser en s'interrogeant à ce propos. Chaque chose en son temps, elle verrait ça le moment venu. À cet instant, elle n'avait en effet ni les moyens ni le temps de tout embrasser.

La commandante était ainsi passée directement à une phase opérationnelle. Elle avait mis en place une planque dans la rue du domicile supposé de l'inconnu, et une autre à l'entrée de la zone industrielle d'Éragny. Deux dispositifs identiques constitués chacun de cinq hommes utilisant deux véhicules et un sous-marin. Elle avait par ailleurs confié à son adjoint la tâche ingrate, mais primordiale de suivre les opérations depuis la salle de commandement du service et de communiquer en temps réel les informations qui pouvaient résulter des interceptions téléphoniques et de la géolocalisation.

Au matin du deuxième jour de surveillance, après avoir quitté son appartement à Achères, Ouazzani avait fait un détour par Saint-Germain, là où ses gars planquaient. Il s'agissait d'une rue à sens unique plutôt étroite et bordée de platanes qui desservait des maisons de ville et deux petits immeubles d'habitation récents. En l'empruntant, elle avait pu voir les voitures banalisées de son groupe qui stationnaient à chaque extrémité tandis que les enquêteurs avaient placé le sous-marin à peu près au milieu. Elle devinait les siens installés dans l'attente, observant les gens et les véhicules qui les frôlaient presque parfois, animés par l'espoir que la radio leur transmette un renseignement qui leur permettrait d'identifier enfin formellement leur cible.

La commandante avait ensuite repris la route en direction d'Éragny, où se trouvait l'autre partie de son dispositif. Elle était en train d'y arriver quand son adjoint avait annoncé depuis la salle d'état-major que la cible venait de se mettre en mouvement, précisant peu après qu'elle semblait très mobile et allait bientôt sortir des limites de la commune de Saint-Germain.

— Qu'est-ce que tu entends par « très mobile » ? avait demandé Ouazzani à la radio.

— Il se déplace vite. Vu l'heure et la circulation, je pencherais pour une moto.

Cet échange avait aussitôt fait réagir l'un des effectifs en chouffe, embarrassé de n'avoir rien pu signaler.

— Je ne sais pas si c'est en rapport, mais j'ai vu sortir une moto d'un parking.

— C'était quand ? avait questionné l'adjoint.

— Il y a quelques minutes à peine.

— Ça peut correspondre.

— Elle ressemble à quoi, cette moto ? s'était enquise leur supérieure.

— Une grosse Yamaha et le type a un casque rouge. Le parking dépend d'un petit immeuble récent, très chic. On va essayer de relever tous les noms sur les boîtes aux lettres.

— Chope aussi le nom du syndic, avait alors demandé le PC.

— C'est noté, on s'en occupe.

La commandante, qui était arrivée entre-temps à Éragny, était restée aux côtés des siens, histoire d'être là si la cible venait sur eux. Et elle avait bien fait. Une dizaine de minutes ne s'étaient pas écoulées qu'un motard portant un casque rouge se présentait à l'entrée du Parc d'activités des Bellevues, immédiatement signalé par la première voiture qui se tenait en amont au 16, allée Rosa Luxembourg.

Sans être tout à fait sûre qu'il s'agissait bien de leur cible, Ouazzani s'était cependant risquée à le suivre à travers le dédale des voies qui serpentaient entre les immeubles de bureau et les hangars du site, et elle l'avait entraperçu juste avant qu'il ne s'engouffre dans l'un d'eux avec sa moto et qu'un grand rideau métallique ne se referme derrière lui.

Après quelques minutes d'attente dans un silence radio total, la salle opérationnelle avait confirmé que le téléphone ne bougeait plus et qu'il était bien stationné dans le périmètre. L'esprit en effervescence, Ouazzani et ses hommes s'étaient rapprochés du hangar, bientôt rejoints par l'équipe de Saint-Germain à qui elle avait demandé de venir en renfort. Arriver si près de l'homme mystère – en espérant que ce soit bien lui – constituait un exploit, mais savoir ce qui se passait dans ce bâtiment était une autre histoire. En tout cas, y pénétrer en comptant sur un quelconque effet de surprise était inenvisageable dans la situation présente. Le plus raisonnable était donc de patienter jusqu'à ce qu'il en ressorte, même si cela pouvait prendre du temps.

Son adjoint, inquiet, l'avait alors contactée pour lui suggérer de se faire assister par la BRI ou le RAID, mais la commandante avait écarté cette possibilité au prétexte que la procédure exigeait d'obtenir l'accord préalable de la direction. En réalité, Ouazzani n'avait aucune envie d'un autre service à ses côtés. Une présence étrangère lui aurait interdit toute négociation avec l'inconnu alors que son but était avant tout d'obtenir de celui-ci des renseignements sur le téléphone en sa possession, quitte à le laisser repartir libre s'il lui donnait des informations à même de résoudre le meurtre de Casque d'or. Par ailleurs, elle s'était rassurée en se disant que cinq véhicules et dix officiers suffiraient largement pour venir à bout d'un type qui allait avoir la surprise de sa vie !

Alors qu'ils s'équipaient de leurs gilets pare-balles et pour certains de fusils à pompe, elle avait malgré tout réuni ses hommes pour rappeler les consignes de sécurité, mais aussi pour énoncer des recommandations plus spécifiques : extinction de toutes les radios et des portables personnels, silence absolu jusqu'à ce que la cible ressorte et aucun message vers l'extérieur avant la fin complète de l'opération. Tous avaient acquiescé, confiants en leur supérieure qu'ils voyaient encore une fois comme une véritable cheffe de guerre à l'action.

Après ça, elle avait passé un coup de fil à son adjoint pour lui expliquer de vive voix la situation et l'action qu'elle allait mener.

— Fais gaffe, c'est un hangar tout en longueur, pas un garage. Sur Google, ça a l'air grand, on pourrait y caser plusieurs camions ! l'avait-il avertie.

— Ça va le faire, et puis on n'arrête pas Mesrine non plus ! avait-elle botté en touche.

Les cinq voitures de la PJ étaient alors venues se garer le plus discrètement possible devant l'entrée du bâtiment de façon à constituer un cordon infranchissable pour une moto. Les policiers s'étaient ensuite déployés derrière leurs véhicules pour qu'ils fassent, si besoin, office de boucliers tandis que la commandante et un des enquêteurs de son groupe s'étaient positionnés au plus près du rideau métallique, sur le côté, pour pouvoir intervenir dès que la cible serait sur le point de quitter les lieux.

Moins de quinze minutes plus tard, le moteur de la cylindrée se faisait entendre. Celle-ci se rapprochait à vitesse réduite. Ouazzani avait fait signe au reste du dispositif et, presque aussitôt, le volet automatisé avait commencé à se lever, faisant apparaître une roue et des jambes, puis un phare et un abdomen barré par une sacoche en bandoulière, puis un type casqué de rouge et l'immensité d'un hangar d'au moins mille mètres carrés.

Contrairement à ce qu'avait imaginé Ouazzani, bien que surpris par l'armada qui lui faisait face, le motard ne s'était pas laissé impressionner. Il avait fait demi-tour dare-dare et regagné à pleins gaz le fond du bâtiment où se trouvait un 4 x 4 dont la taille détonnait par rapport aux deux berlines garées à côté. Et pendant que Ouazzani et son collègue s'aventuraient dans sa direction, armes à la main, l'inconnu avait prestement troqué sa moto contre le tout-terrain qu'il avait fait démarrer dans un bruit d'enfer. La situation avait pris une tournure inattendue, sans aucunement entamer la détermination des deux camps. La commandante continuait en effet d'approcher d'un pas sûr tandis que, face à elle, l'homme au volant du 4 x 4 donnait de menaçants coups d'accélérateur.

À cette distance, Ouazzani devinait le conducteur plus qu'elle ne le voyait. Son attention était fixée sur le casque rouge qu'il avait gardé vissé sur la tête, sans doute dans le but de dissimuler son visage. Consciente du danger, elle avait mis en joue le véhicule tout en continuant à avancer. Leur cible roulait désormais vers eux et prenait peu à peu de la vitesse. En le voyant ainsi lancé tel un buffle en furie, l'officier avait jeté un regard inquiet à sa cheffe en lui criant : « Il va nous passer dessus et défoncer toutes nos voitures ! »

Restant délibérément sur la trajectoire du monstre qui progressait, Ouazzani avait alors lâché ses deux premiers coups sur le pare-brise, côté passager. Un ultime avertissement. Le conducteur s'était aussitôt planqué sous le volant, mais sans ralentir, ne laissant plus de doute sur sa volonté d'aller à l'affrontement. Les deux policiers avaient alors tiré à plusieurs reprises avant d'esquiver au tout dernier moment la charge du tout-terrain. À cet instant, entre le moteur de l'engin en surrégime et les coups de feu successifs, le bruit qui provenait du hangar était assourdissant et le dispositif à l'extérieur réduit à attendre la suite avec angoisse. Personne ne fut déçu.

Le 4 x 4 jaillit du bâtiment et percuta les voitures de police sans même chercher à les éviter et, en une fraction de seconde, il avait perforé le barrage censé être infranchissable. Comme sûr de son invincibilité, alors qu'il aurait pu emprunter la route, le pick-up avait continué tout droit, était monté sur le talus en gazon pour défoncer le grillage qui entourait la propriété, dévastant tout sur son passage. La clôture couchée, il commençait à prendre de la distance et les enquêteurs pensaient avoir définitivement perdu la partie quand, soudain, il s'était immobilisé.

Tandis que ses effectifs restaient figés, sidérés par ce qui venait de se passer, Ouazzani s'était précipitée avec appréhension vers le véhicule pour en extraire le conducteur. Au regard des nombreux impacts sur le pare-brise et sur les portières avant, elle redoutait le pire… Entre-temps, les chocs successifs avaient déclenché tous les airbags, donnant l'impression qu'un gros champignon blanc avait envahi la cabine, et l'inquiétude avait grimpé d'un cran à la vue du sang rouge vif qui les maculait. En s'approchant davantage encore, la commandante avait alors remarqué la présence d'un énorme plot en béton encastré dans le pare-chocs avant, un obstacle que l'homme n'avait pas dû voir et qui l'avait stoppé net en plein élan.

Il s'agissait maintenant de lui porter secours, mais les airbags n'étaient qu'à demi dégonflés et la ceinture de sécurité bloquée. Ainsi, le libérer de l'habitacle s'avérait très difficile, d'autant que la policière devait intervenir perchée sur l'étroit marchepied de l'imposant véhicule.

L'homme ne donnant pas signe de vie, la commandante décida dans un premier temps de lui retirer son casque afin qu'il puisse respirer correctement s'il était toujours vivant. Et il l'était ! Groggy certes, mais vivant, avec une très vilaine blessure au bras droit, au point qu'un bout d'os avait transpercé ses chairs et le tissu de sa veste. Quand l'homme avait fini par entrouvrir les yeux sans dire un mot, pas même pour se plaindre, Ouazzani, autant par colère que pour masquer son anxiété, n'avait pas pu s'empêcher de l'assaillir de reproches et de questions.

— T'es con ou quoi ?!

— …

— Tu t'appelles comment ?

— …

— Tu es muet ?

— …

— Oh, réveille-toi ! On va pas y passer la nuit !

— …

Pendant qu'elle s'acharnait à vouloir tirer quelque chose de lui, un officier était monté dans le 4 x 4 par la porte côté passager. Soudain, il avait brandi un sac banane trouvé sur le tapis de sol.

— On saura bientôt son nom, avait-il annoncé.

— Tu percutes que tu as cherché à nous tuer ? Tu peux me dire pourquoi ?! continuait de vociférer la cheffe de groupe.

— Moi, je sais pourquoi ! avait réagi l'enquêteur en extrayant avec précaution un Glock 9 mm du sac.

— C'est pour ça que tu t'es arraché comme un sauvage ? avait hurlé de plus belle la policière.

— Je vous présente monsieur Karim Amara, avait claironné son subalterne en exhibant cette fois une carte de séjour dont la photo correspondait bien au visage du type qu'ils avaient devant eux.

Ouazzani ne décolérait pas.

— Tu es qui, exactement, Idir Jarir ou Karim Amara ? Hein, tu peux me répondre ?!

— Il faut m'emmener à l'hôpital…, avait soufflé l'homme, qui semblait reprendre ses esprits.

Les deux flics échangèrent aussitôt un regard complice pour exprimer leur satisfaction de le voir encore en vie et à demi conscient.

— Tu manques pas de culot ! D'abord, tu vas nous répondre gentiment. Qui t'a donné ce téléphone ? avait questionné la policière en lui montrant le portable qu'elle venait de récupérer dans le vide-poches latéral du 4 x 4.

— Tout ça pour un téléphone ? avait murmuré le type.

— Tu n'as pas bien compris ! Je te pose une dernière fois la question : d'où vient-il ?

— Qu'est-ce que ça peut te foutre !

— Comment tu t'appelles ?

— Karim.

— Karim comment ?

— Tu as mes papiers, bordel ! Je suis pas en état, là.

— Écoute, Karim ou je ne sais qui, j'en ai rien à carrer de toi. Si tu veux qu'on te soigne, dis-moi de qui tu tiens cet iPhone.

— Va te faire mettre…

Elle lui avait souri. En répondant ainsi, l'homme venait de lui confirmer qu'il appartenait bien au monde des gens qu'elle pourchassait. Il n'y avait pas d'erreur.

— Tu as tort de me parler comme ça, avait-elle expliqué d'une voix plus posée.

— Et qu'est-ce que tu vas faire, hein ?!

— Rien du tout, justement.

Elle avait attendu de lire la peur dans les yeux du type pour asséner :

— Tu vas rester là où tu es, assis dans ton sang, à te vider comme une bête.

— Mais putain, je vais y rester avec un bras en vrac comme ça !

— Tu fais bien d'en parler. Je te l'annonce, parce que tu ne le sais pas encore : tu es mort dans l'accident... C'est moi qui établis le PV et je viens de te retrouver sans vie au volant.

Puis, se tournant vers ses gars, elle avait balancé : « Il est mort ! » sans qu'aucun des policiers autour ne fasse la moindre remarque, pas même celui qui était tout à côté d'eux dans l'habitacle en train de fouiller la boîte à gants et qui les entendait pourtant discuter.

— Arrêtez vos conneries, vous devez appeler les secours, dit le blessé d'une voix faible. C'est dégueulasse ce que vous faites, vous n'avez pas le droit !

— Le droit ? De quel droit tu parles ? Tu le respectes, le droit, toi ? J'en ai marre des connards dans ton genre !

C'est alors que le suspect s'était mis à la fixer, comme s'il faisait un effort surhumain, et elle avait redouté qu'il ne perde connaissance. Mais, au contraire, il avait esquissé un semblant de sourire.

— Ça y est, je te reconnais ! Tu es la flic à la Mondéo. Elle te refilait des renseignements.

— D'où tu sors ça ?

— Je sais tout...

— Il va falloir m'en dire plus, avait grondé Ouazzani.

— Emmène-moi à l'hôpital, on verra après, avait rétorqué Karim.

— Tu n'es pas en position de négocier, s'était agacée la commandante.

— C'est moi qui t'ai donné le go fast de Dhollandia.

Ouazzani était abasourdie par ce qu'elle entendait.

— Sigrid, c'est de moi qu'elle tenait l'info ! avait insisté le suspect.

— Eddy ? C'est toi, le Eddy ?

— Quel rapport ? avait bredouillé l'homme.

Il semblait pris à cet instant d'un spasme douloureux que la policière avait ignoré.

— Je t'ai posé une question ! avait-elle poursuivi.

— Oui, ça se pourrait…

— C'est donc toi, le « souci ».

— Je ne comprends pas ce que vous dites, je ne comprends rien à votre histoire.

— Sigrid m'avait confié que s'il y avait un souci, il faudrait que je retrouve un certain Eddy. Je crois que c'est fait.

— Ça a toujours été une salope !

— C'est toi qui l'as tuée ?

— Je veux un avocat, avait gémi le blessé. Je ne te dirai plus rien.

— Je te conseille de ne pas aggraver ton cas.

— Appelez un médecin avant qu'il ne soit trop tard, bordel !

— On ne bougera pas tant que tu ne seras pas plus coopératif, et si tu crèves, ce n'est pas un problème. J'assume. Personne ne te regrettera.

— J'avoue tout ce que tu veux, mais sois réglo, emmène-moi tout de suite à l'hôpital.

— Je vais te poser une dernière question. Ne te trompe pas, sinon tu crèves ici. Elle a été tuée comment ?

— Comment quoi ?

— Avec une arme à feu ?

— Oui…

— Tu mens, putain ! Va mourir ! avait éructé Ouazzani, à nouveau hors d'elle, en se relevant comme pour l'abandonner à son sort.

— D'un coup de couteau, elle a été tuée d'un coup de couteau ! Ça te va, maintenant ?! s'était aussitôt repris le blessé.

— Tu n'oublies rien ?

— …

— Et la perceuse ?

— Ce n'est pas moi…

— Alors qui est-ce ? Explique-toi !

— Tout ça, c'est à cause de Dhollandia, avait balbutié Karim d'une voix très faible avant de perdre connaissance.

41

Communiqué de presse du Parquet de Versailles

Lors d'une opération menée dans le cadre de la lutte contre le trafic de stupéfiants, la police judiciaire est intervenue hier en fin de matinée dans le Parc d'activités des Bellevues situé sur la commune d'Éragny, pour procéder à l'arrestation d'un dangereux malfaiteur.

Ce dernier ayant délibérément foncé sur les forces de l'ordre avec son véhicule, une fusillade s'est ensuivie au cours de laquelle le suspect a été grièvement blessé. Son pronostic vital est engagé.

L'individu est très défavorablement connu des services. Il a été impliqué dans plusieurs règlements de comptes sur la région de l'Étang de Berre et de Marignane.

Des fusils d'assaut, des armes de poing, quarante kilos de cocaïne et environ deux tonnes de cannabis ont été découverts dans un hangar, ainsi qu'une moto et deux véhicules volés.

L'enquête se poursuit.

Cette affaire, rapportée en boucle par les chaînes d'information en continu, ne pouvait échapper à Dhollandia.

Il y avait immédiatement vu la confirmation de ce qu'il soupçonnait depuis un moment. Ce merdeux de Junior était bel et bien derrière tous ses ennuis. Une colère intérieure froide et destructrice l'avait alors envahi.

Le sort de Junior était scellé. Il n'avait que trop tardé.

42

Youssef et sa famille avaient finalement fait le choix de s'établir à Malte. Ils y avaient acquis une grande villa située sur les hauteurs de l'île, dans le quartier chic de Madliena, et obtenu, en partie grâce à cet investissement sur les terres maltaises, des passeports locaux[1]. Les enfants avaient aussitôt entamé leur scolarité dans une école privée réputée pour la qualité de son enseignement. De nombreuses personnalités de tous horizons y avaient fait leurs études, une promesse d'avenir qui n'avait pas laissé Youssef indifférent.

Anissa avait également trouvé ses marques. Elle travaillait désormais pour le Centre européen pour la préparation aux situations d'urgence humanitaire et sanitaire d'Istanbul, une entité dépendant de l'Organisation mondiale de la santé qui l'amenait à des déplacements réguliers à l'étranger. Elle était rayonnante, plus fière et belle que jamais.

---

1. Avec la mise en place de l'Individual Investor Program (IIP), le passeport maltais peut être obtenu, entre autres conditions, dès lors qu'on investit à un certain niveau dans l'immobilier du pays et que l'on dépose une somme minimum en banque.

Et elle avait su, encore une fois, lui prouver son intelligence et sa finesse. Malte étant synonyme d'un nouveau départ, elle avait tenu à mettre les choses au point avec Youssef. Il ne pouvait pas y avoir de secret entre eux. Elle lui avait alors révélé que, sans en connaître les détails, elle n'ignorait pas la nature réelle des activités de Hicham. Elle disait avoir tout découvert à la suite de l'accident qui avait coûté la vie à sa mère et à son jeune frère en surprenant une conversation sans équivoque entre son père et son oncle. Il en ressortait clairement que, sous couvert de fruits et légumes, sa famille vivait du commerce du cannabis qu'elle exportait vers l'Europe. Encore sous le coup de l'émotion du drame qui les avait frappés, les deux hommes s'étaient même laissés aller à évoquer une grave dispute avec un Hollandais. Bien que ne saisissant pas tout à fait le lien entre ce différend et l'accident, elle avait compris que l'entourage de son père était divisé sur la façon de régler ce problème. Ce jour-là, Younes, le frère cadet de sa mère, avait insisté pour qu'ils en restent là, seule manière selon lui de protéger durablement les siens. « Tu ne pourras pas éternellement tenir le mal à distance », avait-il prévenu avant d'annoncer qu'il envisageait lui-même de se retirer des affaires et de quitter Tanger. Elle se rappelait aussi très bien l'objection de son père qui estimait avoir encore les moyens de se faire respecter.

Elle ignorait au final quelle décision fut prise, car elle n'avait plus jamais entendu parler de rien à ce sujet, mais remarqué cependant que son père avait changé ses habitudes. En dehors de la famille, il ne recevait plus personne chez eux. Tout se passait désormais au bureau ou dans un café que tenait un de ses amis de longue date, et il se faisait accompagner partout par un chauffeur qui jouait aussi les gardes du corps. Par ailleurs, il s'était subitement lancé dans l'immobilier en ouvrant une agence à Marrakech et, à sa tête, il avait placé Younes.

Pour tenter de glaner encore des informations de temps en temps, Anissa avait alors imposé à Hicham qu'elle puisse venir en journée à son bureau pour lui faire sa piqûre quotidienne d'insuline. Et ce stratagème pensé pour veiller sur son père avait sans doute été béni par Dieu, car cela lui permit de croiser le chemin de Youssef…

— Notre rencontre n'était donc pas un hasard ? avait-il aussitôt réagi.

— Si, bien sûr que si ! Je ne savais pas que nous allions nous voir, s'était-elle défendue.

— Pourquoi moi ? Je me suis souvent posé la question, avait-il poursuivi.

— Mon père parlait de toi. J'ai tout de suite compris qui tu étais, j'avais l'impression de te connaître. Et mon père m'avait dit qu'aborder les filles constituait une véritable épreuve pour toi…, avait-elle ajouté avec malice.

— Il exagérait, avait feint de se défendre Youssef.

— Je ne crois pas : ce jour-là, quand je t'ai regardé, j'ai bien cru que tu allais te transformer en statue !

Ils avaient ri de bon cœur à ce souvenir et Youssef avait repris, un peu ému :

— Ton père te parlait vraiment de moi ?

— Ça lui arrivait. Tu sais qu'il avait beaucoup d'affection pour toi. Il estimait que tu n'étais pas comme tous les autres. En fait, il chantait tellement tes louanges que j'ai fini par lui demander si tu étais célibataire.

— Tu as fait ça ? Tu es folle ! s'était aussitôt exclamé Youssef.

— Je dirais plutôt impertinente. Je voulais savoir si ce n'était pas encore une de ses manœuvres pour me marier !

— Et alors ?

— Non, il n'avait rien planifié de tel. L'idée lui est venue plus tard, quand il nous a vus ensemble.

— Tu n'as jamais évoqué avec lui le fait que tu étais au courant de ses activités ?

— Non. Comme tu l'imagines, je désapprouvais cette situation. J'étais très embarrassée, et apeurée aussi, mais je ne voulais surtout pas ajouter à ses difficultés. Même s'il s'efforçait de le cacher, la mort de ma mère et de mon frère a été un séisme. J'ai pensé qu'il ne s'en relèverait pas. Il était très mélancolique. Je l'ai même surpris une fois pleurant devant une photo de famille. Il disait qu'il s'en voulait. Quand je lui ai demandé pourquoi, il m'a répondu qu'il n'aurait pas dû les laisser partir seuls.

— Il ne t'a jamais parlé de l'accident lui-même ? avait alors questionné Youssef d'une voix douce.

— Jamais. C'était un sujet tabou.

— Je comprends.

— À cette époque, ses affaires n'allaient pas bien non plus. Certains de ses associés l'avaient abandonné, ses protections aussi. Il y avait notamment ce type de la douane qu'il connaissait pourtant depuis très longtemps. Il venait souvent à la maison et je croyais qu'ils étaient amis mais, un soir, alors qu'on ne l'attendait pas du tout, il est passé pour lui annoncer de but en blanc qu'il ne souhaitait plus collaborer avec lui. Ça l'a beaucoup affecté.

Youssef était touché par les confidences d'Anissa. Et il se sentait d'autant plus impressionné par celui qui avait été son mentor qu'il saisissait aujourd'hui à quel point son chemin avait été semé de drames et de solitude.

— Dès que tu as commencé à travailler avec lui, il a changé. C'était comme si la vie était revenue et je t'en serai toujours reconnaissante. J'aimais mon père, je n'avais plus que lui. Il a été bon avec moi. Il aurait pu être un grand homme s'il n'avait pas été un trafiquant. Il me manque terriblement, avait murmuré Anissa, les yeux pleins de larmes.

— À moi aussi. Je l'admirais… Si j'avais pu donner une autre existence à mes parents, j'aurais voulu que mon père soit comme lui.

Après quelques secondes de silence durant lesquelles chacun s'était remémoré ses souvenirs tout en essayant de contenir ses émotions, Youssef avait demandé :

— Et toi, pourquoi t'es-tu intéressée à moi ?

— Parce qu'il disait que tu n'étais pas comme les autres…

— Juste pour ça ? s'était-il étonné en souriant.

— Non, bien sûr que non ! Tu es très beau, Youssef, et il y a chez toi cette pointe de mélancolie qui te rend ténébreux et très attirant. Il n'empêche que mon père avait vu juste, la vie n'est pas qu'une question d'argent pour toi. Tu ne m'as jamais trop parlé de Bni Drar, mais je pense que c'est la cause de ton mal-être et aussi l'origine de cette force qui te pousse à faire tout ce que tu fais.

— Tu as donc toujours su ce que je faisais pour Hicham ?

— Oui, et quand on m'a raconté qu'il t'emmenait partout avec lui, j'ai compris qu'il allait te passer le relais. J'étais contente qu'il arrête, et en même temps je lui en voulais de t'avoir choisi.

— Tu étais jalouse ?

— On ne jalouse pas les gens qu'on aime. J'étais surtout effrayée, mais lucide aussi. On ne change pas les choses en un claquement de doigts, il faut du temps. Ma hantise, c'était qu'il vous arrive malheur à l'un ou à l'autre…

— Tu étais sûre que je m'éloignerais de tout ça un jour ? c'est ça ?

— Oui. Quand on a pris l'habitude d'avoir de l'argent, autant d'argent, à un moment ça ne suffit plus à rendre heureux. Mon père le savait. Je suis contente que tu te sois retiré pour nous mettre à l'abri des démons qui tournent autour de notre famille depuis des années.

— Tu savais donc tout...

— Presque... Comme toutes les femmes, avait-elle répondu en lui souriant tendrement.

À Malte, Youssef s'était ainsi mis à mener la paisible vie d'un retraité, ou plutôt celle d'un rentier, en veillant à se tenir à l'écart des affaires. Petit à petit, il commençait à se faire à son rôle de père au foyer et son existence semblait désormais toute tracée, à la limite de l'ennui. Pourtant, il ne regrettait pas son choix. Il était même fier d'avoir réussi le tour de force de s'extraire de cette dynamique que personne ne pouvait contrôler.

Toutefois, il se sentait un peu déraciné. La télévision constituait à présent son seul lien avec sa terre natale et son passé. Grâce à Al Aoula, la grande chaîne généraliste marocaine, et Arryadia, la chaîne des sports, il arrivait tant bien que mal à surmonter le mal du pays. Et, surtout, il avait découvert Younes Bouab à travers la série *Cannabis*, un thriller sur le trafic de drogue entre le Maroc, l'Espagne et la France qui l'amusait beaucoup.

Oui, sa rencontre avec le Patron avait été décisive. Hicham l'avait traité comme un fils, lui ayant tout appris, tant sur les hommes que sur le business, et permis de s'élever socialement. Sans oublier sa bénédiction pour qu'il épouse sa fille, laquelle avait en quelque sorte poursuivi son œuvre en le tirant toujours vers le haut, vers un monde meilleur. Mais, malgré tout ce bonheur affiché, Youssef restait anxieux. Il continuait de craindre les effets de l'affrontement mortifère qui, selon lui, n'allait pas manquer de se produire entre Junior et Dhollandia. Il imaginait les conséquences possibles pour lui et sa famille.

La nuit venue, il repensait aussi à Bni Drar. Avait-il eu raison de quitter ce lieu ? Sans doute.

La vie là-bas aurait fait de lui un homme sans avenir, pauvre parmi les pauvres. Il n'avait pas pu accepter son sort comme l'avaient fait ses parents. Il avait voulu violer cette frontière qui sépare les pauvres des riches. Il avait cherché par tous les moyens à gagner de l'argent. Après tout, pourquoi devrait-on toujours subir ?

Aujourd'hui qu'il avait bien assez d'argent pour se reconstruire ailleurs, il allait respecter les règles, cette fois. Il devait oublier les gommes de Nador et le désir d'ailleurs qui était né en lui en les voyant s'élancer sur l'immensité bleue.

Il avait atteint ce rivage d'en face qui l'avait fait tant rêver.

43

Comme prévu, le conflit entre Junior et Dhollandia avait fini par remonter aux oreilles des Colombiens. Travaillant avec les deux hommes, João Reis mesurait parfaitement l'alternative logistique intéressante que représentait le réseau de Junior, mais il devait aussi prendre en compte le sérieux et l'importance de l'organisation de Dhollandia en matière de distribution sur le vieux continent. Serpiente se trouvait en somme dans une position délicate, et il était d'autant plus mécontent qu'il avait bien assez de produits pour fournir tout le monde ! Il savait que ces disputes entre chefs étaient très mauvaises pour les affaires. Il avait donc décidé de tenter de raisonner les deux camps. Il espérait calmer le jeu, voire mettre un terme à la querelle.

Junior avait été le premier à accepter de le recevoir. La rencontre se déroula chez lui à Paris. Quand Reis parvint au cinquième étage, alors que le sicaire qui l'accompagnait restait à monter la garde au pied de l'immeuble, un des hommes chargés de la protection de Junior s'était risqué à vouloir le fouiller, mais son hôte aussitôt intervint pour faire cesser cet affront. Ensuite, à peine s'étaient-ils assis que Junior se lançait dans une violente diatribe contre Dhollandia, accusant ce dernier d'avoir fait torturer et assassiner sa femme pendant qu'il était parti au Maroc. Il le soupçonnait aussi d'être derrière l'arrestation de Karim.

Reis l'avait écouté avec attention, acquiesçant adroitement de temps à autre pour lui signifier qu'il comprenait parfaitement son point de vue et qu'il ne lui était pas hostile. Puis, d'une voix posée, il lui avait fait remarquer que si Dhollandia avait vraiment voulu s'en prendre à lui, il aurait plutôt patienté jusqu'à son retour de l'étranger pour le faire abattre sans autre forme de procès. Il poursuivit en arguant que la tristesse et le désir de représailles pouvaient être de mauvais conseillers et l'invita à attendre d'en savoir plus sur le meurtre de Sigrid avant d'agir.

Mais Junior, toujours à cran, n'en avait pas démordu, décrétant que Dhollandia était le coupable et qu'il devait rendre justice à Sigrid. « J'entends sa voix dans mes rêves, elle réclame vengeance », avait-il ajouté sur un ton mystique que Reis ne lui connaissait pas. *Comme si les morts avaient à donner des ordres aux vivants*, s'était dit le Vénézuélien tout en se gardant de le reprendre.

— Je suis sûr qu'on peut encore trouver un arrangement.

— Quel arrangement ?! s'était braqué le Marocain.

— Je ne crois pas au fait que Dhollandia ait assassiné ta femme, pas plus que tu aies volé quoi que ce soit.

Junior restant silencieux, Reis avait continué :

— Je vais demander à notre conseil en France d'éclaircir cette affaire de meurtre. Commençons par là, déjà !

— Et s'il s'avère que c'est bien le Hollandais qui l'a tuée ? avait répliqué Junior.

— Dans ce cas, tu auras les mains libres et même mon appui. En attendant, accordez-vous une trêve.

— Je ne sais pas, murmura Junior en guise de réponse.

— Promets-moi au moins d'y réfléchir et fais-moi savoir ta décision le plus vite possible, conclut le Vénézuélien en se levant pour prendre congé.

La mine sombre, son hôte l'avait raccompagné jusque sur le palier où les deux hommes s'étaient fait une longue accolade. Reis n'était pas mécontent de cette première entrevue, mais il avait à peine descendu trois marches que Junior l'avait apostrophé, ruinant tous ses espoirs.

— Je suis déterminé à aller jusqu'au bout !

— Deux jours, je te demande de patienter deux jours, avait néanmoins insisté le Vénézuélien, sans cacher sa déception.

— Comme tu veux, avait lâché Junior, laconique.

Aller au bout ! Mais merde, au bout de quoi ? ressassait le Vénézuélien en descendant l'escalier. Il n'y avait qu'une dimension sacrificielle pour expliquer un tel aveuglement !

Bon Dieu, tout le monde savait que le Hollandais était un psychopathe, qu'il avait survécu à tous les conflits et qu'il se foutait royalement des dommages collatéraux au point qu'on pouvait se demander si faire couler le sang ne lui procurait du plaisir. *L'amour, c'est vraiment le bordel assuré à tout point de vue, surtout dans les affaires.*

Sa rencontre avec le second protagoniste se révéla bien différente. Il avait trouvé un Dhollandia dopé à l'adrénaline, tels les sicaires avant un flingage. Rien de bon, mais rien d'étonnant non plus. Ce type venait de la rue, il s'était fait tout seul. Il n'était le neveu ou le fils de personne, il n'avait pas de comptes à rendre.

Lorsque Reis avait évoqué avec lui le meurtre de la femme de Junior, le Hollandais avait paru surpris par cette information, puis il avait balayé cette histoire d'un revers de la main. Une fable inventée de toutes pièces, un contre-feu pour masquer le carottage de son entrepôt en Espagne, voilà ce que c'était et rien d'autre !

Reis s'était alors enquis des preuves contre Junior dans cette affaire.

— On m'a carotté deux tonnes de shit et quarante kilos de cocaïne à Benidorm. Tous ceux que nous avons interrogés sur la Costa del Sol nous ont dit que c'était une équipe venue de France qui avait fait le coup…

— Un peu court pour en tirer des conclusions, s'était empressé de commenter le Vénézuélien.

— Laisse-moi finir, avait rétorqué Dhollandia, le regard belliqueux. Quand la police a arrêté Karim dans sa cache en région parisienne, elle a saisi exactement les mêmes quantités que celles qu'on m'a volées.

— Comment peux-tu être sûr que c'est ta marchandise ? Tout le monde fait du stock, et les quantités dont tu parles ne sont pas astronomiques.

— Oui, sauf que je sigle l'enrobage du cannabis. Mes produits viennent exclusivement de Ketama. Les pains sont conditionnés à ma demande avec un logo.

— Un logo ?

— Une pieuvre, avait confirmé Dhollandia, un sourire en coin.

— Et c'est ce qu'on a retrouvé dans ce hangar ?

— Il semblerait bien.

— Je vois. Et tu as d'autres éléments ?

— Le mec qui mène la danse contre moi est surnommé Eddy. Quand j'ai interrogé Junior pour savoir s'il connaissait un Eddy, il a nié sans hésiter alors que c'est le surnom d'un des siens. Un type de Marignane qui traîne avec toute une équipe de foutraques qui lui ressemblent.

— Et donc ?

— S'il l'a couvert, c'est qu'ils agissent de concert. J'ai laissé sa chance à Junior, il ne l'a pas saisie.

— Ça reste léger pour déclencher ce qui pourrait devenir une guerre, avait fait remarquer le Vénézuélien, voulant ainsi en appeler à sa responsabilité.

— Ne t'inquiète pas, il n'y aura pas de guerre. Il n'y aura bientôt plus de combattants !

— C'est censé me rassurer ? Et si tu te trompais ?

Le Hollandais l'avait alors considéré d'un œil mauvais.

— Tu veux prendre parti pour Junior ?

— Certainement pas. Je cherche juste à savoir ce qui se joue entre vous. Par ailleurs, je n'aime pas le ton sur lequel tu me parles, avait réagi son interlocuteur sans perdre son calme.

— Écoute quand même mon conseil : ne t'en mêle pas !

— Tu es en train de perdre tout sens de la mesure, avait alors déclaré Reis. Tu oublies que je suis la voix et le visage d'une organisation sans laquelle tu ne serais rien et que tu ne devrais pas défier.

— N'essaie pas de me la faire à l'envers, tu connais aussi bien que moi la chanson ! lui avait rétorqué Dhollandia. On se bat d'abord pour se faire une place, mais il faut continuer à se battre pour la garder… C'est sans fin. Il ne faut pas laisser passer le moindre affront !

Reis s'en retournait donc en Espagne sans avoir eu le fin mot de l'histoire, ce qui du reste n'avait aucune importance : son monde était régi par la loi du plus fort et non par la bonne foi ou un quelconque sens de la justice. Il était d'ailleurs sans illusions sur le fond. Dhollandia était tout à fait capable d'avoir fait tuer cette femme, et Junior d'avoir comploté et volé ce dernier.

La seule chose qu'il retenait de ces entrevues, c'était que ces deux hommes aveuglés par la colère étaient désormais habités par la mort. Ils en appelaient à elle comme d'autres invoquent le Démon ou prient Dieu. Et pour avoir déjà vécu ce genre de situation, il ne faisait aucun doute pour lui que personne ne pourrait les ramener à la raison. Ses semblables étaient si prévisibles qu'ils en étaient désespérants. En somme, il ne s'agissait pas de savoir *comment* cela allait finir. Avec un cocktail aussi explosif, il y avait peu de suspense. Non, la seule question qui taraudait Reis, c'était de savoir *combien de temps* tout cela allait prendre.

Une guerre entre deux organisations pouvait perdurer parfois des années et devenir ainsi une plaie pour les affaires en attirant plus que de raison l'attention des services de police. Prendre parti ? L'idée lui avait traversé l'esprit. Il aurait pu faire monter son équipe d'Espagne ou en parler à ses amis napolitains afin qu'ils interviennent rapidement. Mais qui choisir entre l'ambitieux logisticien ou la puissante pieuvre ? L'un comme l'autre, il les avait vus grandir dans le trafic et ils en étaient arrivés là en grande partie grâce à lui.

De cœur, son soutien aurait plutôt été à Junior qui lui avait enlevé une épine du pied à l'époque où il cherchait un transporteur pour remonter la came depuis l'Afrique. D'un autre côté, l'organisation de Dhollandia avait fait ses preuves en matière de distribution. C'était même une des plus performantes d'Europe. Le problème, c'est que la belle assurance du Hollandais devenait de l'arrogance, souvent à la limite de l'offense. Ce Sajjad avait oublié qui lui avait donné sa chance. La situation actuelle aurait donc pu être l'occasion de reprendre les choses en main, mais les instructions de Caracas étaient claires : il devait se ranger dans le camp de Dhollandia. Son interlocuteur au pays lui avait même précisé que les ordres venaient d'Ottoniel en personne. La consigne du grand chef n'avait pas surpris Reis. Depuis quelques années, Dhollandia avait judicieusement placé un de ses fidèles dans le premier cercle du cartel. Reis avait accepté, mais il entendait bien faire les choses à sa manière : il allait laisser ces deux hommes s'affronter, sans intervenir, tout en se disant qu'un jour il serait en position de changer les règles du jeu.

En attendant, sur son siège dans l'avion, le Vénézuélien avait poussé un profond soupir et murmuré : *Aquí viene la muerte*[1].

1. En espagnol : « Voilà la mort qui vient. »

44

Junior avait beaucoup de mal à se remettre de la mort de Sigrid. Il portait un regard désabusé sur la vie en général et sur la sienne en particulier. Il n'était plus le même homme, et il ne deviendrait probablement pas celui qu'il s'était imaginé. Même son entourage avait du mal à le reconnaître tant il paraissait affecté. Il était distant, taciturne et, pour les affaires, il s'en remettait souvent aux autres.

De toute façon, quel que soit le segment, tout le business était au ralenti ou à l'arrêt. Côté argent, c'en était fini du réseau Beneveto et il avait fallu en revenir aux bonnes vieilles techniques avec tous les soucis que cela engendrait. Côté résine, un grand nombre de clients commençaient à se détourner de lui et à faire appel à d'autres transporteurs et fournisseurs. La concurrence n'avait jamais été aussi rude et la maîtrise de l'approvisionnement des lieux de vente était à présent un combat quotidien.

Ne doutant pas que Dhollandia allait essayer de lui faire la peau, Junior était en permanence protégé par une garde rapprochée, un binôme qu'il avait fait venir de l'étang de Berre. Question règlement de comptes, Kader et Djamel avaient cet avantage que personne n'avait rien à leur apprendre. Ainsi, lorsqu'il s'était présenté à son nouveau patron, Djamel avait aussitôt expliqué comment il voyait les choses : limiter au maximum les déplacements, ne jamais sortir seul, ne plus faire de balades à pied et porter en permanence un gilet pare-balles en extérieur. Il avait ajouté sur un ton grave que les motos et les scooters devaient être systématiquement vus comme des périls imminents.

Junior l'avait écouté d'une oreille attentive mais, dans un sursaut d'orgueil, il avait fini par lui dire qu'il n'accepterait jamais de vivre terré comme un rat et qu'il ne renoncerait pas à ses habitudes. Devant cette insouciance, feinte ou assumée, Djamel avait secoué la tête d'un air désapprobateur et rétorqué froidement : « Ça va devenir très dangereux dehors, et certaines habitudes peuvent s'avérer mortelles. » En réalité, même si ce Djamel assurait sa mission avec le plus grand sérieux, Junior était convaincu en son for intérieur qu'il tomberait sous les balles de Dhollandia… Sauf s'il parvenait à le liquider avant, ce qui était bien dans ses plans.

En quelques jours, sa vie avait basculé. Elle ne lui avait jamais paru aussi difficile. Il restait hanté par la disparition de Sigrid. Bien plus que son corps et sa beauté, c'est sa présence qui lui manquait. Comment avait-il pu être arrogant au point de clamer que l'amour n'existait pas ? Il savait qu'il devait cesser de penser à sa belle, mais il n'y arrivait pas. Pourquoi s'en être pris à elle ? Pourquoi l'avoir torturée ? Oui, elle avait compris qu'il trafiquait, mais elle n'avait rien à révéler. Elle ne connaissait aucun détail de ses affaires.

Et puis, une autre question le minait. Y avait-il un lien entre son meurtre et l'arrestation de son ami ? Sigrid ignorait tout de l'entrepôt d'Éragny, sans compter que Karim et elle ne se fréquentaient pas et ne se parlaient pratiquement jamais. En somme, rien ne collait. Pourtant, sans qu'il saisisse pourquoi, Junior pressentait quelque chose. Peut-être parce que personne ne s'expliquait l'arrestation de Karim. D'ailleurs, d'après les échanges qu'il avait avec l'avocat de ce dernier, l'intéressé lui-même disait ne pas comprendre comment la police était remontée jusqu'à lui et au hangar.

Junior restait à présent le plus clair de son temps enfermé chez lui, parfois plusieurs jours consécutifs, les rideaux tirés. Non pas par mesure de sécurité, mais parce que le cœur n'y était plus. Il ressassait tous ces événements... Seule concession à la vie : le bar de la rue de Washington qu'il voyait comme un retour vers ce passé fait de moments heureux, d'insouciance et de projets. « À condition de ne pas s'exposer en terrasse », avait aussitôt décrété Djamel.

Il venait souvent y dîner le mercredi soir pour couper la semaine et se mettait à la table qui lui était désormais réservée dans le fond tandis que ses deux cerbères, posés près de la porte, surveillaient les alentours et contrôlaient les accès. Dès qu'un client entrait, l'un d'eux jetait un œil en direction du bar et le serveur leur faisait un signe de tête pour leur indiquer qu'il s'agissait d'un habitué. Dans le cas contraire, Djamel ou Kader se levait et allait s'asseoir entre Junior et l'inconnu, prêt à s'interposer au premier signe d'hostilité. Du fond de la salle où il était installé, Junior, quant à lui, ne pouvait s'empêcher de suspecter en permanence toutes les personnes qui pénétraient dans l'établissement d'être des sicaires de Dhollandia. Il scrutait alors leurs visages et, quand il croisait par hasard le regard de l'une d'elles, il croyait y voir le reflet de la Mort se délectant de sa peur. Jusqu'à ce mercredi où un livreur Uber Eats avait franchi le seuil avec un sac à la main et en gardant son casque vissé sur la tête.

Tout le monde avait immédiatement pressenti le danger et le froncement de sourcils du serveur était venu ajouter à l'inquiétude. Djamel avait été s'accouder au bar et Kader s'était planté devant la table de Junior, montrant ainsi qu'il faudrait lui passer sur le corps avant d'accéder à son patron. Chacun s'attendait au pire quand l'intrus avait finalement demandé au barman où se trouvait « la galerie Washington ». Crispé, l'employé lui avait indiqué la direction avec force gestes, en lui précisant que le nom exact du lieu était « galerie Berri-Washington ». Le livreur était reparti dans la foulée sous le regard inquisiteur de Djamel qui se tourna vers Junior avec un air de réprobation comme pour lui rappeler que ses habitudes pouvaient être mortelles...

À la fin du repas, Junior avait émis le souhait de rentrer à pied comme il le faisait parfois, arguant du fait que la rue Frédéric Bastiat où il habitait était toute proche. Mais, après l'épisode qu'ils venaient de vivre, Djamel n'avait rien voulu entendre et il avait imposé d'autorité un retour en voiture. Kader s'était donc installé au volant du véhicule qui était stationné en vue de l'établissement. Junior et Djamel marchaient sur ses pas et s'étaient aussitôt engouffrés dans la berline. Au bout de la rue de Washington, ils avaient pris à droite, rue d'Artois, coupé la rue de Berri et pris encore à droite pour enquiller la rue Fréderic Bastiat. Durant ce court trajet, Junior en avait profité pour interroger Djamel :

— Vous avancez, sur Dhollandia ?

— Oui, on va faire ça quand il sort du Beyrouth, avait répondu Djamel sans se retourner.

— Karim avait prévu de le faire à un feu rouge. Il disait que c'était le moins risqué.

— Sauf qu'on a appris que sa Mercedes était blindée, intervint Kader en regardant Junior dans le rétroviseur.

— Mais alors, comment faire dans ce cas ?

— Sur le trottoir, avant qu'il monte dans sa bagnole.

— Quand il verra une moto et deux mecs qui attendent, il va tout de suite comprendre ! avait objecté Junior, contrarié.

— C'est pour cette raison que je serai à pied et que j'irai seul à sa rencontre, avait alors déclaré Djamel sur un ton calme.

— Tout seul avec un pistolet automatique, tu n'as aucune chance, s'était aussitôt agacé le jeune patron. Les deux mecs qui l'accompagnent sont armés et ils ne doivent pas être manchots ! Et si tu comptes approcher de Dhollandia avec un fusil ou une Kalachnikov sous le bras, tu te feras abattre encore plus vite !

— Je vais utiliser deux Ingrams[1], et la moto ne fera son apparition que quand j'en aurai fini.

— D'où sortent ces flingues ?

— Je suis monté du Sud avec, avait répondu Djamel.

— Tu t'en es déjà servi ?

— Oui, deux fois.

— Je vois. Et c'est pour quand ?

— Vendredi soir, le jour où il se rend au Beyrouth. Une habitude qui va lui être fatale, avait péroré Djamel en souriant.

— On va pouvoir revivre, avait soufflé Junior, soulagé.

Ils étaient chanceux. En arrivant aux abords de l'immeuble, le conducteur d'un véhicule de livraison se trouvait en pleine manœuvre pour libérer la place qu'il occupait. Ils s'arrêtèrent donc à bonne distance pour le laisser sortir et s'y garer à leur tour. La camionnette avait mis du

1. Un Ingram est un mini-pistolet-mitrailleur américain pouvant tirer plus de trente cartouches en moins de deux secondes, et dont la longueur du canon est seulement de vingt-cinq centimètres.

temps pour s'extirper de là et Kader tempêtait à haute voix contre les Parisiens et leur fâcheuse manie de se coller aux véhicules déjà en stationnement. Indifférent à cette exaspération, Djamel était, quant à lui, tout occupé à parcourir du regard les trottoirs à la recherche d'une moto ou d'éventuels piétons, en vain car à cette heure la petite rue était déserte.

La camionnette ayant enfin libéré la place, Kader avait commencé à manœuvrer quand l'utilitaire, qui avait déjà pourtant parcouru une vingtaine de mètres, pila et fit une rapide marche arrière. La porte latérale s'était alors ouverte pour libérer un commando de deux hommes cagoulés armés de Kalachnikov qui avaient aussitôt tiré en continu sur eux. Touchés à plusieurs reprises à la tête, au cou et au thorax, Kader et Djamel avaient été instantanément tués malgré leurs gilets pare-balles et leurs corps sans vie n'étaient plus maintenus que par leurs ceintures de sécurité. À l'arrière, Junior avait le visage et le cuir chevelu criblés d'éclats de verre et il bataillait pour limiter l'hémorragie causée par une balle qui l'avait transpercé à la hauteur de l'omoplate gauche. À cet instant, il regrettait amèrement de ne pas porter un gilet comme l'avait pourtant exigé Djamel.

En dépit de la douleur brûlante qui irradiait dans tout son corps et du sang qui réduisait de plus en plus son champ de vision, il eut la sensation de pouvoir encore échapper à la mort, car les deux encagoulés semblaient ne pas oser s'approcher. Avec toute l'énergie qui lui restait, il avait ainsi réussi à entrouvrir sa portière pour se laisser tomber sur le bas-côté. Il avait ensuite rampé jusqu'à l'arrière du véhicule, parvenant même à s'adosser contre le pare-chocs. Mais il aurait été bien incapable d'en faire plus. Ses jambes refusaient de le porter. L'espoir demeurait pourtant, car la voiture d'un quidam venait de s'engager dans la rue et arrivait dans leur direction. Il avait alors entendu l'utilitaire des assassins repartir. *Dernier avertissement*, avait-il pensé.

— Ça va pas, mec ? avait demandé la silhouette qui se penchait vers lui.

— Non, avait soufflé Junior.

— Je crois que ça ne va pas s'arranger, lui avait alors dit l'homme.

En reconnaissant la voix rauque, un frisson le parcourut immédiatement et Junior demanda :

— C'est toi ?

— En personne, avait répondu Dhollandia.

— Dis-moi juste : pourquoi Sigrid ? avait imploré Junior en tendant une main ensanglantée.

— Ce n'est pas à moi qu'il faut poser cette question. Tu régleras ça avec Eddy quand il te rejoindra…

45

Ce soir-là n'était pas un soir ordinaire. Delambre et Ouazzani s'étaient retrouvées loin du bureau, au Rosebud, près de Montparnasse. Une des cantines de Ouazzani. Attablées, leurs visages trahissaient la fatigue et une immense lassitude qu'elles n'essayaient plus de dissimuler. Elles étaient là pour picoler et discuter, entre amertume et angoisse. Besoin de se réunir entre femmes, besoin de se dire qu'elles n'étaient pas seules, besoin d'amitié pour échapper à l'univers criminel qui voulait les happer.

Tout en sirotant leurs verres, elles avaient refait le monde pour finir évidemment par parler boulot. Ces deux-là se ressemblaient plus qu'il n'y paraissait. L'argent ne guidait pas leurs choix et nul ne pouvait les soupçonner de chercher la gloire ou une quelconque reconnaissance à travers les affaires qu'elles conduisaient. Elles menaient des vies de patachon, sans mec ni enfant, et il ne leur restait de stabilité que le souvenir de leurs parents. Dans le fond, elles continuaient de se battre juste pour être fidèles à la représentation qu'elles se faisaient du monde et d'elles-mêmes.

L'occasion aussi de constater qu'on ne sort jamais tout à fait indemne des enquêtes. Elles vous abîment toujours, elles érodent votre confiance en l'autre et vous font douter de la hiérarchie, de la justice et même de l'humanité. Insidieusement, elles vous minent de l'intérieur par les scènes de violence qu'elles vous infligent et par l'image sordide qu'elles vous renvoient à travers les lieux de détention. On ne s'habitue jamais au laid, même en passant toute une vie à côtoyer l'horreur sous toutes ses formes.

Et il y avait la mort. En faisant le choix de ce métier, toutes les deux savaient qu'elles allaient la rencontrer, acceptant même tacitement qu'elle devienne leur compagne, mais personne ne leur avait expliqué qu'elle se montrerait à elles sous son véritable visage, impitoyable comme c'est sa nature profonde. La mort ne respecte rien, ni l'âge ni les trêves. Quelle hérésie que de la voir telle une délivrance alors qu'elle ne suit que son propre agenda ! Elle ignore les souffrances qu'elle engendre et peu lui importe que ceux qui restent ne s'en remettent jamais.

En réalité, rien ne les avait préparées à ça, et certainement pas cette société qui tente de faire croire que la mort n'existe plus. On ne leur avait pas dit non plus que tous ces cadavres, qu'il s'agisse de victimes ou de malfaiteurs, refuseraient de les laisser en paix… surtout la nuit.

Alors, avec cette violence qui surgissait de partout au quotidien, elles sentaient bien que ce fardeau commençait à peser lourd, trop lourd sur leurs épaules, au point que certains autour d'elles ne trouvaient plus d'autre issue que de mettre fin à leur vie. Le métier qui tuait silencieusement. Et elles enrageaient toutes les deux en se remémorant les propos haineux, les « Suicidez-vous ! » scandés à l'adresse des leurs.

À la quatrième Frozen Margarita, Delambre et Ouazzani avaient dépassé le stade des considérations générales sur le boulot de flic. Elles en étaient plutôt aux confessions…

— Comment tu vas depuis la mort de ton informatrice ?

— Mal, concéda Ouazzani.

— Je suis désolée qu'on n'ait pas réussi à choper ce Dhollandia, dit Delambre, se voulant réconfortante.

Ouazzani avait soupiré.

— C'est comme ça. Ce qui me fout en rogne, par contre, c'est la hiérarchie. Le ministre et le directeur se demandent ce que j'ai foutu avec mon indic, comment j'ai pu en arriver là.

— C'est malheureusement toujours plus ou moins comme ça.

— Et ils étaient où, eux, pendant tout ce temps ! Ils faisaient quoi, à ton avis, pendant qu'on se démerdait toutes seules ?

— Je n'en sais rien.

— Eh bien moi, j'ai mon idée ! Ils étaient confortablement installés sur leur canapé devant la télé. Peut-être même qu'ils regardaient *Les Experts* en croyant que c'est ça notre travail !

— Tu exagères ! s'était exclamée Delambre en riant.

— Tu as raison, en fait ils étaient au plumard avec leurs maîtresses ! avait poursuivi Ouazzani en pouffant de rire à son tour.

— Moi, je les imagine plutôt en train de déguster un verre de bon vin avec de très chers amis distingués, avait lancé Delambre en mimant la scène.

— En tout cas, c'est facile de trouver à redire sur tout quand tu n'es jamais en première ligne…

— Il ne faut pas voir les choses comme ça, avait essayé de tempérer Delambre.

— J'adorerais vivre dans l'illusion en étant convaincue que les gens d'en haut ont à cœur l'intérêt général, et le nôtre en particulier. Mais c'est normal, d'après toi, qu'ils nous envoient au casse-pipe dans les quartiers ou dans les manifs ? *La guerre à la drogue ?!* Mon cul, oui ! Regarde ce Dhollandia, tous les coups lui sont permis, et nous, on nous enserre dans un corset de règles et de paperasserie qui finira par nous étouffer. On ne joue pas à armes égales. Les dés sont truqués et je fatigue de tout ça.

— La Crim' est sur l'affaire, je suis sûre qu'ils vont trouver qui a fait ça.

— Je n'y crois pas. La vérité, c'est que tout le monde se fout de cette femme parce que c'était une indic. C'est comme si ce statut la disqualifiait pour prétendre à ce qu'on lui rende justice.

— Tu te trompes, c'est juste qu'ils n'ont pas encore d'élément exploitable.

— Je pense surtout que personne ne veut assumer d'un point de vue moral qu'on collabore avec des criminels.

Sa consœur avait gardé le silence. La petite graine du doute germait en elle. Elle savait, dans le fond, que Ouazzani n'avait pas complètement tort. Et celle-ci, d'ailleurs, n'avait pas terminé de vider son sac.

— Tu disais que les enquêtes avaient un impact sur l'esprit, mais les sentiments morflent aussi. Casque d'or était plus qu'une informatrice pour moi. Depuis le temps qu'on travaillait ensemble, je la considérais presque comme une amie. À force, elle faisait pour ainsi dire partie de ma vie, avait confessé Ouazzani.

— Il faut que tu prennes du recul, Tania. Tu ne dois pas mélanger le boulot et la vie privée.

— Sauf que je n'ai pas de vie privée ! C'est ça, notre réalité. Tu te tapes toute la merde du monde, tu risques ta peau, on t'appelle à n'importe quelle heure de la nuit, tu joues les psys avec les indics, on te demande de t'asseoir sur tes congés, les gens te souhaitent de crever et te crachent à la gueule et, à la fin, on te reproche de ne pas prendre de recul. Non, sérieux ?!

— C'est indispensable si tu veux survivre, avait sobrement répondu Delambre.

— Avec Casque d'or, on se ressemblait. Des égarées, voilà ce qu'on était ! Elle chez les voyous, et moi dans la police. Je peux te jurer que son crime ne restera pas impuni. Jamais !

— Je te comprends, mais il faut laisser faire la Crim', sinon tu vas t'attirer beaucoup d'ennuis.

— M'attirer des ennuis..., avait-elle répété avec ironie. Ça se voit que tu ne sais pas ce que c'est que les Stups.

— Non, c'est vrai, avait acquiescé Delambre.

— Aux Stups, on ne joue pas la démission silencieuse. On est le tout dernier carré avec les BAC et on a appris à vivre la tête sur le billot en permanence. On sait bien que tout le monde va nous lâcher à la moindre difficulté, la hiérarchie comme les juges. Ils nous envoient au front, mais ils ont déjà convenu entre eux de nous sacrifier si les choses tournent mal. À vrai dire, je ne sais pas ce qui nous fait tenir.

— On a besoin de gens comme toi, avait glissé Delambre en posant sa main sur l'épaule de Ouazzani pour lui montrer son empathie.

— Je vais te dire la vérité, je crois que je ne suis plus utile à quoi que ce soit. Je suis devenue une femme cynique qui protège un ordre auquel elle ne croit plus. Cette époque est placée sous le signe du mépris et du fric. On voit sans arrêt des infirmières, des profs ou des mères galérer et, à côté de ça, des meufs qui montrent leurs culs sur les réseaux gagnent cinq fois plus que nous deux réunies. Et je ne te parle pas de tous ces mecs qui imaginent échapper à leur destin en vendant de la came, de ceux qui jugent normal de le revendiquer sur les plateaux télé ou encore de ceux qui tuent pour se faire respecter. C'est pas un monde de conneries ça ?

— Si, bien sûr…

— Et le pire dans tout ça, tu vois, c'est que je deviens comme ceux que je poursuis ! Pas pour les mêmes raisons évidemment, mais je ne suis plus les règles moi non plus !

— Je ne sais pas quoi te dire, avait répondu Delambre, embarrassée devant cette détresse.

Ouazzani s'était tu un instant, avant de reprendre :

— Il n'y a rien à dire et on a bien assez parlé de moi. Parle-moi plutôt de toi !

Delambre avait eu un sourire en coin amusé.

— Tu es heureuse ?

— Non, mais je m'en donne l'air ! avait-elle répondu sans une once d'hésitation.

— Tu as trouvé tes marques à la Financière ?

— Plus ou moins… Je dois admettre que je m'attendais à ce que ce soit plus simple. Et puis, le terrain me manque.

— Pourquoi tu es venue t'enterrer dans cette brigade, alors ? avait demandé Ouazzani en fronçant les sourcils.

— Pour plein de raisons personnelles. Il faut que je te fasse une confidence.

— Chouette, la Dame de Fer va me faire une confidence ! s'était exclamée Ouazzani, ravie.

— Par le passé, j'ai tué un homme lors d'un vol à main armée.

— Quand on est un voyou ou un flic, on s'expose à une mort violente. Je pense que je ne t'apprends rien.

— Sans doute, mais je ne m'en suis pas remise. Ce type me hante toujours. Certains prétendent qu'on nous accorde un permis de tuer et que le prix à payer, c'est l'acceptation d'être soi-même tué.

— C'est ce qu'on dit.

— Mais il y a un autre prix dont on doit s'acquitter et dont on ne parle jamais. Il faut vivre ensuite avec cette mort, la mort de l'autre… As-tu pris la bonne décision dans ce court laps de temps ?

— Je suppose que tu étais en état de légitime défense, non ?

— Oui, mais la famille a quand même essayé de me poursuivre en justice.

— Ça ne m'étonne pas. Les voyous et leurs familles se plaignent toujours de la violence de la police, mais ils n'assument jamais la leur.

— Et il y a aussi eu une campagne de presse contre moi et la brigade… Et puis, ce n'est pas à toi que je vais expliquer que le fait d'être une femme n'arrange rien. Bref, j'en ai bavé.

— J'en suis désolée pour toi… En tout cas, nous formons une belle équipe, toutes les deux ! D'ailleurs, si on reparlait de notre dossier… Tu te rappelles que le directeur voulait qu'on travaille ensemble ?

— En ce qui me concerne, avait rebondi Delambre, je dois t'avouer que l'enquête est compromise par la disparition de Beneveto et l'impossibilité d'accéder à certains documents pourtant essentiels. On tourne au ralenti et il se pourrait même que tout s'arrête là pour nous.

— Si ça peut te remonter le moral, c'est pareil pour moi. Nous sommes au point mort. Mais je n'ai pas envie de lâcher le morceau !

— Je ne vois pas très bien ce que nous pourrions faire de plus, avait soupiré sa consœur.

— J'ai mon idée, mais j'ai besoin que tu me fasses confiance.

— Je t'écoute…

— Tu m'as dit que l'action et le terrain te manquaient. Eh bien, je vais t'en donner, de l'action ! avait alors annoncé Ouazzani en hochant légèrement la tête. On va faire un flash !

— C'est quoi ce truc ? avait aussitôt demandé Delambre, intriguée.

— On approche ce Dhollandia, on lui commande de la came et on le serre en flagrant délit au moment de la livraison.

— Tu rêves, ça ne marchera jamais ! Il faut des années pour gagner la confiance d'un type comme ça !

— Sauf si tu lui montres un paquet de cash. Un énorme paquet de fric, des liasses et des liasses de billets. C'est ça, la magie du flash ! Crois-moi, il sera ébloui par tout ce pognon, au point de commettre une erreur, celle de nous faire confiance un instant.

— Avant, il faudrait déjà l'approcher…, avait objecté Delambre.

— Ne te sous-estime pas.

La commandante avait ouvert grands les yeux.

— Tu n'y penses pas…

— Si ! Mais on va avoir besoin de te relooker.

— À ce point ? s'était amusée la jeune femme.

— Ah, ça oui ! s'était exclamée sa collègue dans un éclat de rire. Tu as déjà fait du théâtre, sinon ?

46

Musique assourdissante, lumières agressives, odeurs de parfums, femmes courtes vêtues, œillades insistantes, rires surjoués… Tout un monde interlope alcoolisé se trémoussait sur la piste de danse du Beyrouth, une des boîtes de nuit les plus en vue de Paris.

Au milieu de cette agitation, le carré VIP se démarquait. Un espace dont les frontières étaient matérialisées par des cloisons de miroirs, lesquels étaient en réalité des vitres sans tain. Celles-ci avaient ce double avantage qu'elles permettaient à ceux qui étaient admis en ce lieu de tout voir sans être vus, et qu'elles attiraient nombre de danseuses qui venaient se regarder danser, s'exhibant ainsi devant ceux qu'elles savaient être de l'autre côté des glaces. Avec son isolation phonique, l'endroit était presque calme et l'ambiance très différente du reste de l'établissement. Sur chaque table trônaient des bouteilles de champagne ou de whisky. La clientèle y était plus âgée et les hommes largement majoritaires. Ici, pas de bar, mais des serveurs et des serveuses affichant un sourire permanent. Il y avait aussi un coin fumoir avec de confortables fauteuils clubs et d'énormes extracteurs d'air au plafond.

Dès son arrivée à Paris, Dhollandia avait adopté ce carré VIP. Une sorte d'aquarium qui lui offrait la possibilité d'observer l'humanité de manière quasi clinique, du moins sa part la plus intéressante à ses yeux, celle en errance, celle qui s'en remet au hasard et qui est tentée par les interdits au point de se risquer dans cette boîte de nuit à la réputation sulfureuse. Car le Beyrouth était communément vu comme un lieu mal fréquenté, un lieu de débauche pour les uns, un repaire de bobos drogués pour les autres, et un nid à voyous pour les flics. Ces derniers n'avaient d'ailleurs pas tout à fait tort, car c'était bien là que Dhollandia, comme d'autres, traitait parfois ses affaires. Il appréciait en effet ce cadre, cette passerelle entre deux mondes, celui du commun des mortels asservis aux lois et celui des affranchis auquel il appartenait. Une place presque de même nature qu'un de ces lieux de prière qui relient le monde des hommes à celui de Dieu.

Dieu… Au fond de lui, Sajjad admirait ceux dont l'existence était marquée par cette recherche d'idéal où l'acceptance de la pauvreté et l'abnégation vont de pair. Il restait encore troublé par ses amis d'Utrecht qui s'étaient tournés vers l'Éternel. Des amis qu'il n'avait pas suivis. Pas de raison de se mentir, il n'avait jamais eu la foi. Son seul et unique credo avait toujours été l'argent. Faire du fric, un maximum de fric, pour pouvoir mener sa vie comme il l'entendait.

Ce soir, il attendait Moussa qu'il voulait remercier d'avoir monté l'opération de la rue Frédéric Bastiat. Les soucis étaient finis et le business allait repartir de plus belle. En y pensant, il y avait longtemps qu'il n'avait pas remis les pieds au Maroc. Un petit voyage pourrait être l'occasion de rediscuter avec les producteurs, et peut-être même de reprendre le réseau de Junior…

En jetant un œil autour de lui, Dhollandia avait reconnu, aux emplacements habituels, les frères Setec qui semblaient envoûtés par une grande blonde qui se trémoussait en se collant aux miroirs, ainsi que Damina Fabiani accompagnée d'une de ses escort-girls qu'elle comptait certainement louer à prix d'or. Il l'avait saluée quand leurs regards s'étaient croisés. Et puis il y avait aussi les feujs du 16e, les frères Leroy qu'on disait à la tête d'un réseau de trafic de voitures ; et bien entendu les éternels bobos, ce journaliste sportif qu'on voyait souvent à la télé, deux footballeurs flanqués d'une pute avec des seins énormes et deux hommes d'affaires en goguette qui s'extasiaient d'être là. Rien de très nouveau ni de très excitant. Jusqu'à ce qu'il remarque une femme sublime qui avait éclipsé le reste de la salle.

Une cascade de cheveux auburn, un visage très fin, un maquillage quasi invisible, elle était élégamment habillée d'une robe bleue, étroite, qui moulait une poitrine généreuse et des fesses parfaites, ses longues jambes rehaussées par des chaussures à talons hauts. Le piquant d'une Latine et la douceur d'une Nordique, le genre de beauté à laquelle Dhollandia n'était pas habitué, le genre de femme qu'on veut posséder presque plus pour se pavaner à son bras comme un trophée que pour en abuser. Mais la belle n'était pas là pour se montrer. Attablée dans le carré VIP, elle ne semblait prêter aucune attention à ce qui l'entourait. Elle attendait visiblement quelqu'un, et il avait eu l'impression que cette attente l'indisposait. Il en avait d'ailleurs eu confirmation quand il l'avait vue se lever et se diriger vers le fumoir avec un soupir.

Dans la seconde, Dhollandia avait pris sa décision : il allait fumer lui aussi. Le garde du corps assis à ses côtés s'apprêtait à faire mouvement pour l'accompagner, mais il lui avait aussitôt fait signe de ne pas bouger. Quand il avait franchi à son tour la porte coulissante qui marquait la frontière entre la salle et le fumoir, elle était déjà assise, jambes croisées, et elle s'apprêtait à allumer une cigarette. Il s'était approché.

— Puis-je m'installer un instant à côté de vous ?

— Si vous voulez, avait répondu la belle sur un ton distant.

— Vous attendez quelqu'un ?

— Oui, mais en quoi cela vous intéresse ?

— Il est chanceux, s'était contenté de dire Dhollandia, un peu gauche.

— Il est surtout en retard.

— Permettez-moi de me présenter, je m'appelle Sajjad.

— Moi, c'est Olivia, avait lâché la femme d'une voix neutre.

— Enchanté, Olivia. Je dois vous avouer que je vous trouve extrêmement séduisante.

— Vous me prenez pour une de ces filles ? s'était-elle offusquée en indiquant du menton la piste de danse.

— Oh, non ! Non, pas du tout ! Je suis vraiment désolé si je vous ai offensée. En fait, je suis de passage à Paris et je ne maîtrise pas bien les usages d'ici.

— Vous n'êtes pas français ? avait-elle alors demandé.

— Non, je suis néerlandais. D'origine marocaine..., avait-il ajouté dans la foulée en notant son étonnement. Vous connaissez les Pays-Bas ?

— Un peu.

— Je suis d'Utrecht. J'ai une entreprise là-bas, et je suis en France pour affaires. Et vous, que faites-vous ?

— Je travaille pour une société au Canada. Je suis venue à Paris pour essayer de régler un différend avec un client, ou plutôt un fournisseur.

— Une Canadienne ! s'était exclamé Dhollandia, incapable de s'empêcher de la dévorer des yeux. Dans quel domaine s'inscrit votre société ?

— Il s'agit en réalité plutôt d'une usine, avait-elle répondu.

— Une usine ?! J'ai du mal à vous imaginer dans une usine.

Elle avait souri à ce qui lui paraissait être un compliment, puis elle avait poursuivi :

— Nous fabriquons des produits chimiques et des composants pharmaceutiques que nous commercialisons dans le monde entier. Du white-spirit, de l'éther, des dérivés de pétrole...

— De l'éther... En quelles quantités ? avait demandé le Hollandais en pensant à ses amis colombiens qu'il savait en quête permanente de ce produit.

— Nous le vendons en fûts de deux cents litres. Ensuite, la quantité est à la discrétion du client.

— Et vous avez un problème avec l'un d'eux ? s'était enquis Dhollandia en s'attardant sur la poitrine de son interlocutrice.

— Oui, et justement le voilà, avait-elle déclaré alors qu'un grand brun entrait dans le carré VIP.

— Bien, je vais vous laisser, dit Dhollandia en soupirant pour marquer sa déception.

— Non, restez. Au contraire, avoir un homme à mes côtés me sera peut-être même utile. Mon client est dans l'import-export et il est néerlandais comme vous. Je vais vous le présenter, avait énoncé la jeune femme, dont le sourire avait dévoilé des fossettes irrésistibles.

L'empreinte du doigt de Dieu, s'était dit Sajjad, définitivement sous le charme.

— Il habite à Paris ? l'avait-il questionnée pour se donner une contenance.

— Non, il vit à Rotterdam.

— Alors pourquoi organiser un rendez-vous à Paris ?

— Je n'ai pas voulu aller sur son terrain, avait alors expliqué son interlocutrice avec une légère inflexion dans la voix que Dhollandia avait interprétée comme du stress.

L'homme, grand et aussi mince qu'une lame de couteau, était coiffé d'un catogan et avait un regard de rapace. *Pas l'air facile, le gaillard*, avait songé le Hollandais sans être impressionné. En tout cas, il se demandait ce que pouvait bien faire cette bourgeoise qui le faisait fantasmer avec un type qui avait tout d'un loubard. Arrivé à leur hauteur, celui-ci s'était invité à leur table et la femme avait aussitôt fait les présentations avec ce Steven dont Dhollandia entendait bien vérifier le côté néerlandais pour mesurer la véracité de l'histoire que la belle inconnue venait de lui servir. Mais l'homme au catogan ne lui en avait pas laissé l'opportunité et s'était adressé à lui en néerlandais avant même qu'il ne prononce un mot.

— Vous êtes nouveau, vous travaillez pour elle ?

— On dirait bien.

— Je n'ai plus de produit disponible, elle doit attendre. Sinon, qu'elle se trouve un autre fournisseur !

— Dites-le-lui vous-même ! avait rétorqué Dhollandia.

— Je ne comprends pas pourquoi elle a voulu ce rendez-vous, elle me fait perdre mon temps ! s'était agacé son interlocuteur avant de se tourner brusquement vers la belle et de rebasculer au français. Il travaille pour vous ?

— Oui, avait répondu Olivia, sur un ton mystérieux.

— Pourquoi l'avoir fait venir aujourd'hui ?

— Il m'accompagne partout.

— Vous avez peur de moi ?

— Avec lui, non.

— Il sait de quoi on parle ?

— S'il est là, c'est que oui. Et si vous pouviez éviter les bavardages en néerlandais, j'apprécierais !

— Olivia, je suis ici parce que vous avez insisté, mais ça ne change rien au problème. Je n'ai plus de marchandise disponible. En revanche, je reçois un nouvel arrivage dans trois semaines.

— Ce n'est pas ce qu'a compris mon patron. Il m'a remis l'argent pour vous payer en exigeant qu'on débloque immédiatement cette situation.

— Bordel, je vous répète que nous n'avons plus rien en ce moment ! avait éclaté l'homme au catogan. C'est quoi, les mots que vous ne comprenez pas !

— Le passeur est là à attendre depuis cinq jours. Ça ne peut plus durer !

— J'ai d'autres produits, si vous voulez…

— Vous êtes sûr de vouloir proposer cela à mon patron ? C'est un Italien, il pourrait mal le prendre, s'était risquée la belle.

— J'en ai rien à foutre et je n'aime pas qu'on me menace !

— Du calme ! avait tonné Dhollandia, mécontent de se retrouver à jouer les médiateurs alors qu'il avait une furieuse envie d'éclater la gueule de ce connard qui osait vociférer ainsi.

— Je crois que je perds mon temps avec vous, avait alors lancé l'homme.

— Et moi, je crois que vous avez servi quelqu'un d'autre à notre place ! avait rétorqué Olivia.

— Eh bien, si vous n'êtes pas satisfaits, cherchez-vous un autre fournisseur ! Je n'ai pas de comptes à vous rendre, avait-il dit en quittant la table.

Le calme revenu, la belle avait allumé une nouvelle cigarette. Sajjad, quant à lui, avait sorti un cigare et commandé deux fines champagnes.

— Pas facile, votre client. En plus, il est malpoli, il part sans nous saluer, avait-il essayé de plaisanter.

— Je suis vraiment dans la merde, avait soupiré la jeune femme.

— Par ma faute ?

— Non, vous n'y êtes pour rien. Vous m'avez plutôt bien aidée, je vous en remercie.

— Si vous m'en dites plus, je pourrai peut-être faire davantage.

— Je ne pense pas.

— Essayons toujours, vous voulez bien ?

— On livre certains produits à un de ses amis qui est propriétaire de salons de massage aux Pays-Bas…

— Quel genre de produits ?

— De l'huile de sassafras, des choses comme ça…, avait-elle répondu avec un temps d'hésitation.

— Beaucoup ?

— Pas mal, oui.

— « Des choses comme ça », ça signifie que vous livrez d'autres produits ?

— Oui, ça arrive.

— Du BMK ou du PMK[1], je suppose ? Ça se fait beaucoup dans mon pays, s'était alors risqué Dhollandia. Vous savez, vous pouvez me faire confiance. Je suis un peu de la partie, j'achète moi-même toutes sortes de substances…

— De la phénacétine, parfois.

— Pour le coupage de la cocaïne, avait murmuré le Hollandais avec un sourire en coin. Et quel est le problème avec ce type ?

— Il est censé nous fournir en contrepartie de la cocaïne qu'on refourgue à des Italiens de Toronto.

— Au clan Botroni ?

1. Il s'agit de précurseurs chimiques utilisés pour la fabrication des amphétamines pour l'un, et de l'ecstasy pour l'autre.

— Vous connaissez les Botroni ?! avait frémi la femme, devenue blême.

— Qu'est-ce que vous imaginez, que je vends des cornes de gazelles ? s'était amusé Dhollandia.

— Non, mais je suis surprise.

— Dans un lieu comme le Beyrouth, tout est possible, ma chère ! D'ailleurs, je crois que je peux vous aider.

— C'est-à-dire ?

— Je compte parmi mes amis quelqu'un qui pourrait vous fournir ce que vous cherchez…

— Quand ?

— Quand vous voudrez.

— Et combien ça me coûterait ?

— Partons sur le même prix que celui que vous aviez dealé avec le gugusse qui était là tout à l'heure.

— Nous avons besoin de plusieurs kilos, avait-elle précisé.

— Combien ?

— Dix…

— Ça ne pose pas de problème, avait répondu Dhollandia, toujours souriant. Commençons déjà par cinq kilos. Vous me paierez au moment de la livraison et, après cette opération, vous aurez les quantités que vous voulez. Mon contact est même en mesure d'acheminer la marchandise au Canada directement depuis l'Amérique du Sud.

— Surtout pas, c'est justement ce que mes employeurs souhaitent éviter. Il y a beaucoup moins de contrôles sur les importations qui viennent d'Europe et nous avons des amis à l'aéroport. Pour l'instant, mon urgence, c'est le passeur. Ça fait plusieurs jours qu'il attend à Paris.

— Oui, j'ai cru comprendre… Je peux vous fournir dans les vingt-quatre heures, mais à deux conditions. D'abord, les premières fois, je ne livre qu'à l'hôtel PLM, boulevard Saint-Jacques.

— Pourquoi ? avait-elle demandé en haussant les sourcils.

— Pour des questions de logistique et de proximité du stock. Louez-y une suite.

— Une suite ?

— Oui, les Botroni ont les moyens et c'est plus pratique. Vous contrôlerez la qualité sur place, et moi je compterai l'argent. On ne va pas faire ça tous les deux coincés dans une petite chambre sur le lit.

— D'accord, avait acquiescé Olivia.

— Ensuite, quand vous en aurez fini, chacun de nous repartira de son côté avec ce qui lui appartient.

— Si les tests sont satisfaisants, avait tenu à préciser Olivia.

— Vous ne serez pas déçue, elle est pure à plus de 90 %.

— Vous avez parlé de deux conditions, quelle est la seconde ?

— Après cette transaction, vous accepterez de dîner avec moi. Nous pourrons ainsi discuter de notre coopération future, avait-il déclaré, tout sourires.

La jeune femme avait minaudé, jouant l'étonnement face à cette requête audacieuse, avant d'accepter en le gratifiant d'un sourire.

— Voici pour m'appeler une fois que vous serez installée à l'hôtel, avait alors dit Sajjad en lui tendant une boîte d'allumettes sur laquelle il venait d'écrire un numéro de téléphone. Ne traînez pas. Je ne sais pas combien de temps je serai à Paris.

— Je vais réserver dès demain matin, avait-elle assuré.

— Parfait. Malheureusement, il est temps pour moi de vous abandonner, avait conclu Dhollandia en se levant.

Moussa était arrivé.

47

Aussitôt Dhollandia et ses gorilles partis du carré VIP, Delambre, alias Olivia, avait appelé Ouazzani.

— Je crois que ça s'est bien passé.

— Bien passé ?! Tu veux dire que tu lui as tapé dans l'œil, oui ! Il n'y a plus qu'à le ferrer, maintenant, on le tient ! s'était exclamée Ouazzani, enthousiaste. Et je ne sais pas si tu as vu, mais il portait une veste Kenzo, une chemise en soie, des chaussures Berluti et une montre Hublot : ce type est blindé de thunes !

— Je n'ai pas fait attention, je suis moins rodée que vous à ce stress…

— T'inquiète pas, on est là pour t'épauler, l'avait rassurée sa collègue.

— C'est votre Steven qui a eu le temps d'observer tout ça ?

— Oui, c'est un pro de l'infiltration, il a l'œil partout.

— En tout cas, je ne sais pas d'où vous le sortez, mais il fait peur lui aussi !

— On a déjà réservé à l'hôtel, avait poursuivi Ouazzani. Le mieux serait que tu ne rentres pas chez toi et que tu y ailles directement…

— Tu penses qu'il peut me faire surveiller ?

— Je ne crois pas, mais il ne faut pas prendre de risque.

— C'est bizarre qu'il me demande d'aller à cet hôtel, non ?

— On a vérifié, c'est un établissement très correct. On a retenu une chambre pas loin de ta suite pour tes anges gardiens.

— Vous ne perdez pas de temps, dis donc ! avait fait remarquer Delambre, admirative.

— Le responsable de la sécurité est un collègue à la retraite, ça simplifie les choses, avait expliqué Ouazzani.

Delambre avait acquiescé, rassurée. Puis, après un instant de réflexion, elle avait demandé :

— Écoute, Tania, je me doute que tu ne vas pas adorer l'idée, mais j'aimerais quand même récupérer quelques affaires avant de m'enterrer là-bas...

— D'accord. Dans ce cas, commande un taxi en sortant et on sera derrière pour s'assurer que tout est propre.

Pendant ce temps, Moussa était au volant de la Mercedes qui ramenait Dhollandia à son domicile. Depuis que ce dernier lui avait annoncé qu'ils allaient livrer cinq kilos de cocaïne à une inconnue rencontrée au Beyrouth, il n'avait pas décroché un mot, comme il le faisait chaque fois qu'il voulait signifier sa désapprobation.

— Bon, tu peux arrêter de faire la gueule et me dire ce qui ne va pas ? avait fini par demander Sajjad alors qu'ils franchissaient le pont Mirabeau.

— Tu crois vraiment que c'est une bonne idée ce deal ? avait aussitôt répliqué son fidèle lieutenant.

— Non, c'est une loufoquerie.

— Alors pourquoi tu fais ça ?!

— Parce qu'elle me plaît. Tu m'entends ? Elle me plaît ! Tu aurais vu ses seins, ses jambes, son visage... C'est un canon. Et puis elle est classe, elle doit être super-diplômée, elle est… juste incroyable. Je n'ai jamais baisé avec ce genre de femme !

— On dirait un adolescent, avait bougonné Moussa.

— Moussa, on est sortis des emmerdes. Maintenant, j'ai envie de vivre et il m'en faut toujours plus pour me sentir vivant ! Qu'est-ce que tu ne comprends pas là-dedans ?

— Ce n'est pas le genre qu'il te faut, c'est tout.

— Parce que, toi, tu t'y connais en femmes ? avait rétorqué Dhollandia, amusé. Je te rappelle que la dernière que tu as ramenée chez toi s'est tirée avec ta montre et ton fric.

Moussa avait balayé cette réplique de la main.

— Elle est comme toutes les filles BCBG de son espèce, avait répondu son ami sans quitter la route des yeux. Elles sont coincées au lit et super-chiantes dans la vie.

— Vas-y, bro[1], développe ! avait réclamé Dhollandia, de plus en plus amusé.

— Elle va t'expliquer que tu manges mal, que tu bois trop, que tu fumes trop, que tu sors trop, qu'il y a trop de désordre dans ton appart, que tes copains sont cons, qu'on n'invite pas une stripteaseuse en guise de cadeau d'anniversaire… Tu vois ce que je veux dire ?

— Tu n'étais pas content que je fasse venir la stripteaseuse ?! l'avait taquiné Sajjad.

— Ne fais pas semblant de ne pas capter. Pour une nana comme ça, tu es « trop » en tout.

— Tu te trompes, cette femme est plus dingue que tu ne le penses. Tu te rends compte, elle arrive de l'autre bout du monde pour discuter avec un loubard qui l'aurait découpée au cutter si je n'avais pas été là, elle refile des produits de coupage à la terre entière et elle connaît les frères Botroni !

1. Bro, diminutif de brother, frérot.

— Peut-être une mythomane…

— Non, j'ai vu son fournisseur. Un bel enfoiré, d'ailleurs. Le profil de ces connards qui nous font chier et qui s'étonnent de finir au fond d'un trou.

— Tu vas vraiment la livrer, alors ? avait insisté Moussa.

— Et comment ! Préviens ta copine aux gros seins qu'on aura besoin d'elle dans les jours qui viennent.

— Si on fait ça au PLM, c'est que tu n'as pas confiance…

— Si, mais je fais attention. Tu ne vas quand même pas me le reprocher, si ?

— Je ne suis pas sûr que Jemma travaille cette semaine, avait éludé son lieutenant.

— Il le faudra. Quand ta copine veut se faire une ligne, elle sait à quelle porte toquer. Alors tu lui expliques qu'il y a un prix à payer et que l'addition, c'est aujourd'hui qu'elle la règle !

— Et si on se fait arnaquer ? Si cette femme ne paie pas ? Si elle essaie juste de te chourer la marchandise ?

— Elle paiera, ne t'en fais pas. Sinon…

— Sinon quoi ?

— Tu feras le nécessaire.

— Bon, dans ce cas…

Un sourire sardonique était apparu sur le visage de Dhollandia. Puis, d'humeur joyeuse, il avait lancé à son ami :

— Allez, fais demi-tour !

— Comment ça ? Qu'est-ce qui t'arrive ?

— Au lieu de rentrer, on va aller voir les filles et se saouler chez Cathy. C'est moi qui régale, tu as oublié qu'on a quelque chose à fêter !

— Ah voilà, tu redeviens enfin raisonnable ! s'était écrié Moussa en riant avant de pousser la musique à fond.

48

Situé dans le 14e arrondissement de Paris, le PLM Marriott Rive Gauche est un hôtel quatre étoiles offrant des prestations haut de gamme et un management modèle. Aujourd'hui pourtant, certains membres du personnel se montraient moins souriants et plus gauches qu'à l'habitude. Et pour cause, la police judiciaire avait investi les lieux et quelques officiers avaient même revêtu l'uniforme de la maison pour mieux se fondre parmi les employés. Qu'il s'agisse des concierges à l'accueil derrière leur bat-flanc, des bagagistes ou des voituriers devant la porte d'entrée, il y avait un flic caché parmi eux. Et il en était de même pour la clientèle qui stationnait dans le hall, dont ce couple sur la banquette qui semblait attendre son taxi, cet homme à la recherche d'un cadeau dans la boutique de l'établissement, ou cette dame qui sirotait son café en feuilletant nonchalamment un magazine.

Dans les coulisses, on comptait encore plus de monde, mais cette fois sans que personne n'ait à jouer un rôle quelconque. Au premier étage, une petite salle de conférences transformée en PC opérationnel et, dans la salle de contrôle vidéo, un enquêteur qui avait pris place au côté de l'agent de sécurité chargé de vérifier les images des caméras de l'hôtel. Par ailleurs, chaque appel téléphonique était épié et, pour compléter le tout, plusieurs voitures avaient été positionnées à l'extérieur, aux deux extrémités du boulevard Saint-Jacques. Les équipages avaient reçu pour consigne de signaler l'arrivée de l'objectif et de lui barrer la route au retour si besoin.

Ouazzani se voulait confiante, devant autant de moyens. Si le Hollandais pointait son nez, il était foutu. Le compte à rebours était lancé.

9 heures

Confortablement installée dans sa suite, Florence Delambre, ou plutôt Olivia, venait de composer le numéro que Dhollandia lui avait confié la veille, mais ce dernier tardait à répondre. Ce n'est qu'à la quatrième tentative qu'il avait enfin décroché.

— Bonjour, Sajjad, c'est Olivia. Vous vous souvenez de moi ?

Le Hollandais avait acquiescé d'une voix pâteuse, l'esprit visiblement très embrumé. Elle l'avait donc aidé à fixer ses idées.

— Nous nous sommes rencontrés au Beyrouth, hier soir.

— Oui, bien sûr, avait marmonné Dhollandia.

— Ça tient toujours pour ce dont nous avons parlé ? avait-elle demandé avec une pointe d'inquiétude.

— Évidemment. Où êtes-vous ?

— Je suis au PLM et j'y ai pris une suite comme vous le souhaitiez, mais je ne peux y rester que deux nuits.

— Vous avez l'argent avec vous ?

— Il vous attend au coffre de l'hôtel.

— Le coffre de l'hôtel ? s'était étonné Sajjad. Vous n'avez pas confiance ?

— Si, mais je fais les choses dans les règles. C'est une grosse somme, je ne veux pas me faire braquer dans ma chambre. Il ne vous a pas échappé que j'étais seule ici.

— Il faut quand même un endroit où je peux vérifier la somme avant de lâcher la marchandise, avait objecté le Hollandais.

— Nous irons à la salle des coffres ensemble. Le préposé à cette tâche nous y conduira avant de nous y laisser seuls, comme dans n'importe quelle salle des coffres. Vous en profiterez pour compter votre argent, et moi pour contrôler le produit. Puis, quand nous aurons fini, il reviendra nous ouvrir et nous remonterons chacun avec notre dû.

Son interlocuteur avait validé ce scénario en bâillant. Sa nonchalance crispait la commandante, mais elle avait poursuivi mine de rien.

— On se retrouve dans le hall ?

— Ouais, si vous voulez.

— Vers quelle heure ? avait demandé Olivia.

— Pas avant le début d'après-midi, il faut que je me réveille !

Aussitôt après avoir raccroché, Delambre avait contacté Ouazzani. Celle-ci avait suivi l'échange depuis le PC opérationnel improvisé où elle avait établi ses quartiers.

— Ça suit son cours, c'est parfait, avait lancé Tania avec excitation.

— Je trouve que c'est un peu trop facile. Tu crois qu'il va vraiment se pointer comme ça pour me livrer la came ?

— Oui, mais ne t'inquiète pas, je suis là. Quoi qu'il fasse, il y a un plan B, un plan C, un plan D… Je connais par cœur ce genre de lascar, il ne pourra pas nous niquer.

— Il avait l'air complètement ensuqué.

— C'est clair ! Je ne sais pas ce qu'il a sniffé hier soir, mais il va lui falloir du temps pour émerger ! avait confirmé Ouazzani.

— Bon, du coup, je descends grignoter un truc.

— D'accord, je préviens les gars que tu sors de la chambre. Celui qui est à ton étage t'accompagnera. Souviens-toi que tu ne dois jamais aller et venir toute seule dans l'hôtel. Et surtout, n'oublie pas ton portable au cas où l'autre foutraque aurait besoin de te joindre.

10 heures

Après son petit déjeuner, Delambre s'apprêtait à prendre l'ascenseur pour regagner sa suite. Avant même que les portes ne s'ouvrent, un client-policier l'avait rejointe et ils gravirent les étages jusqu'au 7e sans échanger un mot ni le moindre regard.

En haut, ils avaient croisé une femme de chambre qui poussait son chariot en aluminium débordant de caissons de linge propre et de produits d'accueil, et un gros type pressé avec une sale gueule et une cravate bleue dans un costume qui taillait trop petit. Suivie de près par son ange gardien, la commandante s'était dirigée sans détour vers sa porte et, arrivée devant, celui-ci avait poursuivi son chemin sur quelques mètres avant de pénétrer dans une chambre voisine.

Aussitôt le battant refermé, Delambre avait téléphoné au PC pour confirmer qu'elle était remontée sans encombre. De son côté, le garde du corps qui avait pris l'ascenseur avec elle avait signalé le gros type pressé aperçu dans le couloir. Immédiatement, ses collègues l'avaient rassuré, l'homme qu'il décrivait venait de s'installer dans la salle de restauration. « Encore un qui a failli rater l'heure du petit déjeuner ! » avait fait remarquer l'opérateur radio.

11 heures

On s'approchait du créneau évoqué pour la transaction. Tout le monde était prêt. Chaque client qui entrait était attentivement observé, car il était probable que Dhollandia serait précédé par un de ses sbires. Et, de fait, un type avait éveillé les soupçons. Un homme de taille moyenne, cheveux châtains, environ trente-cinq ans, assez baraqué, costume-chemise sans cravate. Il regardait partout. Il avait passé une tête dans le salon, s'asseyant un instant dans le hall à côté du couple qui faisait toujours mine d'attendre un taxi, puis s'était relevé pour aller jeter un œil dans la boutique, sans faire d'achat, était sorti un court moment sur le trottoir où il avait semblé scruter la rue, avant de rentrer à nouveau dans l'hôtel. Il s'était alors directement dirigé vers le salon pour s'y installer en commandant un café.

Interrogé par la commandante Ouazzani, le dispositif déployé à l'extérieur précisait que le suspect était arrivé en taxi quinze minutes auparavant, seul et a priori sans bagage. « Il n'a rien amené, je confirme », avait certifié un policier à la radio. Dans le local technique, on l'observait de près, on zoomait même en gros plan sur son visage grâce à la caméra de surveillance qui couvrait l'endroit. L'opérateur avait ainsi signalé que l'homme paraissait nerveux et qu'il ne quittait plus le hall des yeux. « Ce n'est pas un client. Il attend certainement quelqu'un, ou il est là pour repérer les lieux », avait lancé Ouazzani pour s'assurer que ses effectifs restaient bien mobilisés.

Soudain, une jeune femme qui venait de faire son entrée dans l'établissement avait rejoint leur cible. Une brune très chic, en talons, chemisier blanc, et avec, comme seul accessoire, un petit sac à main. Ils s'étaient fait la bise avant de s'asseoir l'un en face de l'autre. Ils semblaient entamer une conversation quand la femme avait glissé sa main sous la table pour lui caresser la cuisse. Bien que gêné, le type en avait redemandé. Elle avait donc changé de place pour s'installer tout à côté de lui et avait satisfait monsieur de la main droite tout en faisant signe au serveur de la main gauche pour qu'il vienne prendre sa commande. Dans la salle de contrôle, les policiers s'étaient regardés, amusés, en pensant au message précédent de leur supérieure. Finalement, l'un d'eux s'était résolu à annoncer : « C'est une michetonneuse, on peut laisser tomber », avant d'ajouter : « Et je crois bien que c'est une virtuose ! »

12 heures

Delambre s'était transformée en Olivia en commençant par s'équiper d'un microémetteur qu'elle avait fixé avec un adhésif double face sous son sein droit, comme déjà la veille pour se rendre au Beyrouth. Elle avait profité d'être nue pour s'observer dans la glace, fière de son corps. Elle n'avait jamais connu ce manque d'assurance que beaucoup de femmes ont vis-à-vis de leur physique. Là, dans cette suite, elle se rappelait en souriant que son premier mec disait d'elle qu'elle était balancée comme une Chrysler. Dans le fond, malgré toutes les difficultés inhérentes à sa condition, elle était très heureuse et comblée d'être une femme. Encore plus à cet instant où elle se retrouvait au cœur d'une opération hors normes.

13 heures

Très en beauté, Olivia avait pris ses quartiers dans l'espace salon de l'hôtel où elle avait opté pour un fauteuil en cuir couleur tabac. De là, elle pouvait voir et être vue depuis le hall. Elle avait posé son téléphone devant elle sur la table basse en verre. Un peu anxieuse, elle espérait bien que Dhollandia s'annoncerait avant d'arriver, même s'il était plus probable qu'il fasse son apparition sans crier gare.

La tâche du dispositif était claire, mais délicate. Peu importait que l'objectif vienne seul ou accompagné, il fallait s'assurer qu'il avait bien amené la marchandise. Il avait ainsi été convenu que la présence d'un sac entre ses mains suffirait à lancer son interpellation. Faute de sac, chacun devrait au contraire s'abstenir de toute intervention et le laisser aller au contact de l'infiltrée. Celle-ci étant sonorisée, il s'agirait ensuite d'improviser au fil de l'eau en fonction des informations recueillies. Tout ça sous la direction de Ouazzani.

14 h 30

Olivia, toujours installée dans le salon, s'était fait servir un club sandwich en guise de déjeuner. Elle consultait régulièrement son téléphone pour se donner une contenance quand celui-ci avait enfin sonné. « C'est Dhollandia qui appelle ! » avait-elle annoncé à voix haute à l'intention de ses collègues avant de répondre.

— Je vais avoir du retard, avertissait le Hollandais, dont la voix indiquait qu'il était maintenant bien réveillé.

— Rien de grave ? avait demandé Olivia.

— J'avais des trucs à régler… Je vous rejoins dans votre chambre ? avait-il tenté.

— Non, dans le hall, comme convenu.

— Après, peut-être ?

— Pourquoi pas, mais les affaires d'abord. J'ai appris avec l'expérience qu'il ne faut pas tout mélanger, l'avait-elle recadré.

— Va pour le hall ! Je suis là dans quinze à vingt minutes si tout va bien côté circulation.

15 h 30

Fatiguée d'attendre et un rien dépitée, Olivia avait annoncé qu'elle remontait dans sa suite. Son garde du corps l'avait aussitôt suivie jusqu'à l'ascenseur. Alors qu'ils se trouvaient déjà dans la cabine, un type à la mine patibulaire s'était précipité, bloquant in extremis la fermeture des portes pour pouvoir y prendre place. Un léger frisson avait parcouru le corps d'Olivia, d'autant que l'homme la fixait, comme s'il la connaissait. Elle lui avait alors volontairement tourné le dos tout en se servant du miroir de l'ascenseur pour ne pas le perdre de vue. Elle avait continué à sentir son regard pesant dans son dos, et se rendit compte qu'il l'observait en utilisant lui aussi le reflet du miroir.

Ramenant son sac à main devant elle, elle y avait plongé la main pour saisir la crosse de son révolver Smith et Wesson modèle 10, une arme personnelle très discrète dont elle ne se séparait jamais. Le flic à ses côtés, également tendu comme un arc, se tenait prêt à bondir sur l'intrus. Dans ce lieu clos d'à peine six mètres carrés, chacun s'épiait. Puis, subitement, l'inconnu s'était inquiété de l'étage et avait pressé le bouton du 5e où il était descendu en adressant au passage un grand sourire au policier qui jouait les anges gardiens, de toute évidence très satisfait d'avoir pu se rincer l'œil à loisir.

Une fois la porte de sa suite refermée derrière elle, Olivia était instantanément redevenue Delambre, se délestant de ses stilettos, et avait contacté Ouazzani pour lui dire que tout allait bien. Ensuite, elle s'était dirigée vers le mini-bar pour se servir un verre en soufflant avant de vérifier encore une fois son téléphone. Elle espérait y trouver un message qu'elle aurait raté pendant qu'elle remontait, mais il n'en était rien. Tout était calme, trop calme.

Elle s'apprêtait à rejoindre la salle de bains son verre à la main, quand elle aperçut sur la table basse une magnifique boîte orangée avec un ruban et un nœud décoratif assortis. Une boîte dont l'apparence semblait indiquer qu'il pouvait s'agir de longues fleurs comme des iris ou des lys. Par précaution, elle aurait dû appeler ses collègues à la rescousse, pourtant la curiosité l'emporta sur la prudence. Elle avait retiré le ruban et fait lentement glisser le couvercle avant de se figer : cinq pains solides de taille égale et entourés d'un film plastique transparent à travers lequel on devinait un logo en relief en forme de pieuvre étaient posés là, côte à côte.

Elle n'était plus en sécurité.

Elle se dirigea aussitôt vers le meuble de l'entrée où elle avait récupéré le Smith et Wesson resté dans son sac avant de faire le tour de sa suite. Elle avait commencé par vérifier les fenêtres, toutes fermées, puis regardé sous le lit et même inspecté les placards et la salle de bains... Personne. Mais il n'empêchait que Dhollandia était bien passé par là. Elle s'était alors empressée de téléphoner à Ouazzani.

— On est dans la merde !

— Comment ça ? avait répondu sa consœur.

— Il m'a livré la came…

— Non ?!

— Si, cinq kilos. Ils sont devant moi.

— Mais comment c'est possible ! Tu as vu quelqu'un ?

— Non, que dalle ! Il a dû faire ça pendant que j'étais en bas.

— OK, j'arrive. Surtout ne touche à rien, ne fous pas tes doigts partout !

Ouazzani avait déboulé quelques minutes plus tard avec des gants en latex bleus et une mallette. En faisant très attention, elle avait ouvert l'un des emballages plastique et doucement gratté le bloc qu'elle venait de dénuder, récupérant ainsi un peu de poudre. Le test aux produits chimiques avait immédiatement viré au rose carmin, indiquant par là même qu'il s'agissait de cocaïne d'une grande pureté. Les deux femmes avaient échangé un regard qui en disait long sur leur embarras. Sans prononcer un mot, Ouazzani avait appelé le PC installé au premier étage.

— C'est Ouazzani…

— Oui, qu'est-ce qui se passe ? Tu es partie comme un bolide, on n'a pas compris.

— Dhollandia a fait livrer la marchandise pendant qu'on l'attendait dans le hall.

— Putain… Là, on est vraiment dans la merde, s'était exclamé son adjoint.

— On n'a rien vu sur les images des caméras, mais il n'y a eu aucune communication suspecte non plus ?

— Non, rien en lien avec notre affaire.

Ouazzani avait raccroché, contrariée, et avait téléphoné au policier en chouffe dans la chambre voisine, à qui elle avait dressé un rapide tableau de la situation.

— Tu n'as rien remarqué, toi ?

— Non, rien du tout, avait répondu l'enquêteur.

— Tu étais où, bordel, quand Delambre était en bas ?

— Je suis descendu et remonté avec elle comme tu l'avais ordonné. Entre-temps, je me suis arrêté à la boutique acheter un magazine et j'ai patienté à proximité, s'était défendu le policier.

— Et tu n'as rien vu, rien entendu ?

— Non, je suis désolé.

Consciente que son subalterne n'était pas responsable de leur déconvenue, elle s'était radoucie et avait rappelé son adjoint au PC.

— Demande à l'opérateur vidéo de revérifier la suite d'Olivia.

— C'est déjà fait.

— Et alors ?

— Personne n'est entré à part la femme de ménage.

— Tu es sûr ?

— Certain.

— Et c'était bien une femme de ménage ?

— Affirmatif, le directeur de la sécurité de l'hôtel est à mes côtés et il l'a reconnue sur les images. Elle fait partie du personnel depuis presque un an.

— Elle a amené quelque chose ?

— A priori non, mais tu sais, avec leur chariot, c'est difficile à dire.

— Elle est passée vers quelle heure ?

— La bande indique qu'il était 14 h 40.

— Et elle est toujours en service, là ?

— Non. En fait, ce n'était pas son jour.

— Ce n'était pas son jour ?!

— Non, elle a probablement dépanné une de ses collègues. À ce qu'il paraît, c'est assez courant.

— Ne cherche plus, c'est elle qui a livré la came ! avait alors affirmé Ouazzani, la mine sombre.

— On a son adresse, tu veux qu'on aille l'interpeller ?

— On verra ça plus tard... Comment s'appelle cette femme ?

— Jemma Madani.

— On la connaît ?

— Non, elle n'est jamais apparue dans notre affaire.

49

Même si Ouazzani et son chef de service avaient plaidé pour qu'il attende au moins jusqu'au lendemain, le directeur de la police judiciaire avait estimé qu'il devait immédiatement aviser le directeur général de la tournure des événements, d'autant qu'il n'entendait pas porter le chapeau dans cette affaire. Sans surprise, son appel eut pour effet de mettre son supérieur en rogne et, l'après-midi même, ce dernier organisait une réunion de crise dans son bureau.

Une demi-douzaine de hauts gradés aux profils très différents, mais dont le point commun était qu'ils faisaient tous la gueule, avaient ainsi pris place autour d'une table. Outre le directeur général, le directeur de la police judiciaire, le chef des Stups, le chef du service spécial d'assistance technique en charge des infiltrations et le chef de la Brigade antigang étaient présents. Et à peine installés le grand patron prenait déjà la parole…

— Nous sommes là pour trouver une solution à l'impasse dans laquelle nous ont conduits les Stups. Je vous résume la situation telle qu'on me l'a rapportée. Une livraison de cocaïne a eu lieu dans Paris dans le cadre d'une mission d'infiltration menée plus ou moins conjointement avec le service d'assistance technique ici représenté par le commissaire Maurice Delogre. Pour différentes raisons dont nous ne débattrons pas, cette opération ne s'est pas déroulée comme prévu, c'est le moins qu'on puisse dire. Elle a en effet permis d'identifier un trafiquant basé sur Paris, mais je constate qu'elle ne s'est pas conclue par son arrestation. Qui plus est, cinq kilogrammes de cocaïne ont été livrés à notre agent sous couverture et le trafiquant attend désormais le paiement de sa came. Je ne fais pas erreur ?

Dans la salle, l'ambiance était électrique et chacun s'était bien gardé de répondre, de peur d'aggraver la mauvaise humeur du grand patron. Celui-ci avait donc repris son monologue :

— Bien… Devant ce silence assourdissant, je poursuis. La vie de l'infiltré est maintenant en jeu, car le gugusse auquel on a affaire serait un type dangereux, si j'en crois le directeur de la police judiciaire. Du coup, notre agent est cloîtré dans un hôtel où il occupe une suite, rien que ça ! Et l'Antigang a été appelé en renfort pour sécuriser les lieux, ce qui ne peut durer sur le long terme. À ce stade, il semblerait que la seule option dans un premier temps soit de payer, ce qui me donne la désagréable impression d'être mis à l'amende par un voyou. Si nous étions contraints d'en arriver là, je serais amené à sucrer tous les frais d'enquête et de surveillance des Stups pour le dernier quadrimestre. Je vous laisse imaginer les emmerdes qui en découleraient avec notre personnel et nos amis syndicalistes. Sans compter que se pose aussi la question de la came qui a été livrée. Nous sommes tout de même en possession de cinq kilos qu'on va devoir détruire en catimini. De toute évidence, cette affaire est bien partie pour être le fiasco de l'année !

Théâtral, le directeur général s'était octroyé une courte pause, histoire que chacun prenne la mesure de sa contrariété. Puis il avait continué :

— Au regard de la situation, j'ai convenu avec le directeur de la police judiciaire qu'il n'était pas utile de faire remonter tout ce bordel jusqu'au ministre dans l'immédiat. Je vous rappelle que nous sommes en période électorale et que tout le monde est à cran. Je verrai donc à l'aviser au moment opportun, qu'il ne pense pas non plus qu'on lui a fait un enfant dans le dos, d'autant qu'il croit déjà dur comme fer que nous sommes infiltrés par l'opposition. Mais ne vous faites aucune illusion, s'il apprend ce qui se passe avant qu'on ait réagi, il nous lâchera dans la nanoseconde, sans même chercher à comprendre ou à nous entendre. Je ne vous ferai pas l'affront de vous expliquer que ces messieurs d'en haut n'aiment pas les problèmes, et encore moins être éclaboussés de quelque manière que ce soit. La police ne leur importe que quand ils en ont besoin. Je vous demande à tous par conséquent de bien fermer votre plomb et d'éviter les confidences inconsidérées. Avez-vous des questions ?

À cet instant, Delogre s'était manifesté. Tout en lui donnant la parole, le grand patron lui avait enjoint d'être bref.

— Comme vous l'avez souligné, monsieur le directeur général, mon service a été sollicité. En revanche, il ne devait s'agir que d'un simple coup d'achat, pas d'une infiltration. Je maintiens qu'on nous a mis devant le fait accompli. Nous n'opérons jamais de cette façon. D'ordinaire, il y a des réunions préalables, un triptyque à remplir, un examen en comité technique et, si l'opération est validée, nous utilisons nos propres agents pour l'exécuter. Dans cette affaire, les procédures n'ont pas été respectées !

— Un triptyque, des réunions et un comité technique, comme vous y allez... Pourquoi pas une réunion interministérielle tant que vous y êtes ! Et vous viendrez ensuite vous plaindre auprès de moi de la bureaucratie. Par ailleurs, il me revient que ce sont vos hommes qui se sont démerdés pour les locations de l'hôtel et des voitures, sans parler des sonorisations. On dit même que l'un d'entre eux a joué les voyous et a été rencontrer ce Hollandais pour renforcer la légende de l'infiltré. Je me trompe ?

— Non, monsieur le directeur général, avait admis Delogre, embarrassé.

— En conséquence, avait poursuivi son supérieur, on part du principe qu'il s'agissait d'une opération d'infiltration *avec* un coup d'achat, sauf à considérer que vous avez failli dans votre commandement. Qu'en pensez-vous, Delogre ?

— Je n'ai pas de commentaire, monsieur le directeur général.

— Parfait. On n'entend pas le chef des Stups… Boucher, pas de question, pas de suggestion ?

— Non, monsieur le directeur général. Je voudrais juste préciser que j'avais au préalable discuté de cette mission avec le substitut du procureur qui suit habituellement nos affaires. Je me suis ensuite déplacé jusqu'au palais pour lui annoncer que celle-ci avait pris une tournure imprévisible et que nous étions contraints de prendre des décisions dans l'urgence. Dans ce genre d'opération, tout ne se passe pas toujours comme on le souhaite ou comme on l'a planifié. On est sur le fil du rasoir en permanence…

— Vous avez un papier qui l'atteste ? Un témoin de ces entretiens ? l'avait interrompu le directeur sur un ton sarcastique.

— Non…, avait répondu le chef des Stups, un peu déconcerté.

— Alors vous connaissez la suite ! Vous avez mal expliqué votre dossier au magistrat ou vous ne lui avez pas tout dit. Pire, peut-être même avez-vous essayé de le tromper ou de lui mentir. De toute façon, il était surchargé de travail, et puis il vous faisait confiance, trop confiance. On ne peut jamais faire confiance à la police… Mon pauvre, le salaud dans cette histoire, ce sera toujours vous. J'ai vraiment besoin de vous faire un dessin ?!

— Non, c'est inutile. Je regrette la tournure de cette affaire.

— Vous regrettez ? Ça ne suffira pas à sauver votre tête si tout ce merdier s'ébruite en l'état.

— Je comprends, avait acquiescé Boucher en fixant son supérieur avec aplomb.

— En conclusion, je vous laisse vingt-quatre heures pour trouver une solution par vous-mêmes. Passé ce délai, chacun assumera ses responsabilités. Messieurs, je ne vous raccompagne pas !

50

— Sajjad, c'est Olivia.

— Olivia ! Je croyais que tu m'avais oublié, avait lancé Dhollandia sur un ton de reproche.

— Certainement pas ! Je n'ai pas pu appeler avant, j'ai eu un imprévu…

— Une difficulté ? Si c'est encore ton Steven, dis-le-moi, je vais régler ça.

— Non, rien d'important. En tout cas, je voulais te donner ce que je te dois puisque j'ai bien reçu la marchandise.

— En voilà une bonne nouvelle.

— Je te l'apporte où ?

— Tu n'es plus à l'hôtel, n'est-ce pas ?

— Tu es bien renseigné, mais comme tu as visiblement tes entrées dans cet établissement, je ne suis pas étonnée, avait répondu Olivia sans se démonter. Je dois être à la gare de Lyon en fin d'après-midi, veux-tu qu'on se retrouve ensuite par là-bas, à la terrasse d'une brasserie ou dans un restaurant ?

— Ce n'est pas très pratique…

— J'ai mis l'argent dans un attaché-case. On boit un café, tu vérifies vite fait si le compte y est, et après on fête ça ensemble !

— Faisons comme ça, avait aussitôt approuvé Dhollandia, appâté par ce qui lui semblait être une belle promesse.

— À 19 h 30 Aux Cadrans, tu vois où c'est ? La brasserie boulevard Diderot…

— J'y serai.

À la terrasse, Delambre, ou plutôt Olivia, attendait Sajjad. En regardant déambuler les piétons, elle se demandait qui étaient tous ces gens, derrière leurs masques. On ne sait jamais exactement qui on a en face de soi. Chaque être humain est une énigme. En réalité, tout le monde essaie plus ou moins de cacher sa nature profonde, à commencer par elle à cet instant.

Elle l'ignorait, mais Dhollandia se tenait à quelques centaines de mètres d'elle, sur le point de la rejoindre. Il était venu, avec l'envie de revoir cette femme sur laquelle il ne cessait de fantasmer. C'était rare de rencontrer quelqu'un qui ne soit pas uniquement motivé par l'argent. En acceptant d'entrée de coucher avec lui, les choses auraient été beaucoup plus simples et elle aurait pu empocher davantage de fric, mais elle ne voulait pas tout mélanger. C'était nouveau pour lui, un poil dérangeant.

Dans le fond, il ne connaissait pas les femmes, ou plutôt seulement une catégorie d'entre elles. C'est la raison pour laquelle il se sentait perdu. En y réfléchissant bien, puisqu'elle ne voulait pas tout mélanger, il devait en faire de même. Comment aurait-il agi afin de récupérer l'argent d'une transaction des mains d'un mec ? La réponse était évidente, il ne se serait jamais déplacé en personne. Il aurait délégué un de ses gars, et c'était exactement ce qu'il allait faire en lui envoyant Moussa. Tant pis pour sa frustration, il la gérerait.

Delambre venait de commander un café quand un type s'était dressé devant elle. Elle l'avait tout de suite remis. Il était avec Dhollandia au Beyrouth.

— C'est Sajjad qui m'envoie, avait dit l'homme en guise de présentation.

— Ce n'est pas ce qui était convenu, avait aussitôt fait remarquer Olivia, sur la défensive.

— Je vous ai expliqué que je venais de la part de Sajjad, s'était offusqué son interlocuteur.

— Peut-être, mais je ne vous connais pas et c'est lui que j'attendais.

— Alors qu'est-ce qu'on fait ?

— Moi ? Rien ! avait rétorqué Olivia, butée.

— Vous voulez qu'on l'appelle pour qu'il confirme ? avait suggéré son vis-à-vis, agacé.

— Oui, avait-elle répondu sans hésitation.

Delambre s'était pourtant mise à douter en son for intérieur, craignant que Dhollandia n'ait détecté quelque chose de suspect ou que les hommes de Ouazzani n'aient fait la même connerie que les siens quand ils planquaient sur la fleuristerie, déçue aussi que son charme n'ait pas opéré au point de faire venir le Hollandais en personne jusqu'à elle. Pendant qu'elle luttait contre ses émotions et ses appréhensions, le type avait sorti son téléphone. Et, à l'autre bout du fil, la voix grave de Sajjad s'était aussitôt fait entendre.

— Il est avec moi, remets-lui le paquet, avait-il dit sobrement.

— On ne devait pas se voir ? avait demandé Olivia.

— Je me suis rallié à ta devise, ne pas tout mélanger. Remets-lui ce que tu sais, je te recontacterai après.

— Je pensais que tu avais envie qu'on se voie tout de suite, avait-elle feint en minaudant.

— Tu es le diable…

— Tu me flattes, lui avait répondu Delambre, plus Olivia que jamais.

En rendant son portable à l'homme toujours planté devant elle, la flic était encore plus tendue que précédemment. Il allait maintenant falloir faire passer la pilule qui s'annonçait… en souriant et avec assurance.

— Dans ce cas, voilà la clé, avait-elle lancé en lui confiant l'objet.

— La clé ? Quelle clé ?!

— Vous ne croyez quand même pas que je me trimballe avec une somme pareille dans la rue, au risque de me faire dépouiller par le premier venu ! Enfin, ne vous excitez pas, c'est une clé de la consigne qui est juste derrière vous, avait-elle expliqué en montrant la gare de l'autre côté de la rue. Le numéro de casier est inscrit sur la clé, le 315. C'est dans une mallette. Vous verrez que le compte y est.

— Donnez-moi cette clé, mais je ne suis pas sûr que votre façon de faire va être appréciée, avait dit l'homme en la fusillant du regard.

— Il n'y aura aucun problème.

— On verra.

Sur les nerfs, Moussa lui avait ensuite aboyé de ne pas bouger, puis il avait traversé la chaussée d'un pas rapide en direction de la gare.

En chemin, il avait téléphoné à Dhollandia pour lui raconter l'épisode de la consigne. Comme il s'y attendait, ce dernier n'avait pas du tout aimé, mais il y voyait néanmoins la manifestation d'une méfiance qu'il jugeait toute professionnelle.

— Récupère le fric et surtout ne te le fais pas chourer. Je m'expliquerai avec elle après, avait déclaré le Hollandais, toujours impassible.

— Et je reviens tout seul à pied avec le cash ? avait alors demandé Moussa. Si un mec me braque et se tire avec la mallette, elle se croira quitte !

— C'est bon, on se ramène avec la bagnole. On te chope à la sortie, au dépose-minute.

En arrivant vers les consignes, Moussa était passablement énervé, mais il avait pris le temps de vérifier qu'il n'y avait rien d'anormal aux alentours. Rassuré, il avait ouvert la porte du casier 315 et attrapé la mallette qui se trouvait bien à l'intérieur. Ne voulant pas traîner dans ce lieu qu'il suspectait d'être sous vidéosurveillance, il s'était aussitôt orienté vers le dépose-minute.

Une fois assis à côté du chauffeur, il s'était retourné vers son ami pour lui passer la mallette.

— C'est bon, garde-la avec toi. Tu as compté ?

— Non, je…

— Qu'est-ce que tu attends ?

— Ici ? s'était étonné Moussa en faisant un signe de tête en direction de leur chauffeur.

— Qu'est-ce qui t'arrive ? Il était avec nous quand on a liquidé l'autre trou du cul devant chez lui, et maintenant tu as peur qu'il voie du fric dans une valise ?!

— Si c'est bon pour toi, ça l'est pour moi…

— J'espère bien ! avait rétorqué Dhollandia.

Celui-ci savourait le pouvoir qu'il exerçait sur son entourage et ne s'en cachait pas. Tout sourires, il avait observé son subalterne s'exécuter. Jusqu'à ce qu'il l'entende jurer.

— Il y a un code ! Cette conne a mis un code et elle ne me l'a pas donné ! Putain de gonzesse ! Décidément, je n'aime pas cette femme, Sajjad !

— Et depuis quand tu n'es plus capable de forcer une serrure ?

— Je n'ai rien sur moi pour le faire, s'était défendu Moussa.

— C'est bon, je vais l'appeler, avait dit le Hollandais en portant son téléphone à l'oreille.

Mais après deux tentatives infructueuses, le ton avait changé.

— Bordel, elle répond pas ! À chaque fois, je tombe sur sa messagerie. Tout ce micmac, ça sent l'embrouille !

D'un coup, la belle Olivia venait de perdre tout son charme. Moussa avait raison, cette bourgeoise, aussi sublime soit-elle, commençait à le gonfler.

— Tape un demi-tour, on va la chercher, qu'elle s'explique, avait soudain ordonné Dhollandia au chauffeur.

— Maintenant ? C'est interdit, lui avait objecté ce dernier. La voie dans l'autre sens, c'est juste pour les bus.

— Qu'est-ce que tu ne comprends pas ? Si je te dis de faire demi-tour, tu t'exécutes ! avait hurlé de plus belle le Hollandais.

— Tu as intérêt à faire ce qu'il te demande, il est capable de te flinguer quand il est dans cet état, avait alors chuchoté Moussa au chauffeur.

La Mercedes avait aussitôt braqué à gauche et remontait le boulevard en roulant dans le couloir de bus lorsqu'elle avait dû s'arrêter à un feu rouge. C'est à cet instant que plusieurs voitures, qui s'étaient subrepticement faufilées dans son sillage, se portèrent à sa hauteur et la bloquèrent. Dans la seconde, leurs occupants en avaient jailli, certains armés.

Le chauffeur de la berline était tétanisé. Moussa s'était empressé de ranger son flingue dans la boîte à gants et de déposer la mallette sur le tapis de sol en la dissimulant avec ses pieds, le tout en jurant contre ces guignols qui osaient jouer les cow-boys pour une simple histoire de couloir de bus. À l'arrière, Dhollandia cherchait à comprendre, redoutant une dernière ruse du clan de Junior pour l'abattre, jusqu'à ce qu'il voie les brassards fluorescents orangés et les gyrophares sur les toits des véhicules. Il s'était alors lui aussi prestement délesté de son pistolet en le glissant sous le siège de Moussa et était resté impassible. Lorsqu'un homme avait toqué à sa vitre en lui faisant signe d'ouvrir sa portière, il s'était exécuté d'un air tranquille.

— Contrôle douanier, avait commencé l'homme en ajustant son brassard. Sortez du véhicule !

Les deux compagnons de Dhollandia lui avaient jeté un bref coup d'œil.

— Bon allez, on sort, les gars, avait tranché le Hollandais. Et on reste calmes.

C'est ainsi qu'ils avaient fini chacun sous bonne garde dans une voiture administrative, en route pour Ivry-sur-Seine, le siège de la direction nationale des enquêtes douanières. Assis à l'arrière d'une Peugeot, encadré par deux fonctionnaires, Moussa avait été le premier à être emmené. Pendant le trajet, le type qui avait pris la place sur le siège passager avant s'était retourné pour lui parler.

— La mallette qu'on a trouvée dans la Mercedes est à vous ?

— Non.

— Elle est à qui ?

— Pas à moi.

— Elle était pourtant à vos pieds.

— Je ne l'avais pas vue, avait lâché Moussa, d'une mauvaise foi évidente.

— En arrivant, on va procéder à un relevé d'empreintes, avait alors annoncé le douanier avec un rien de gourmandise.

— J'en ai rien à battre.

— Vous l'avez récupérée à la consigne de la gare ?

— Pas du tout !

— On regardera ensemble les vidéosurveillances. Je suis sûr que vous allez vous reconnaître.

— Vous cherchez quoi, exactement ? avait fini par demander Moussa en serrant les dents.

— C'est dommage de ne pas vouloir s'expliquer, on risque de croire que vous essayez de cacher quelque chose de grave..., avait éludé le douanier.

— C'est bon, la mallette est à moi ! avait fini par déclarer Moussa, changeant ainsi radicalement de stratégie.

— La mallette est donc à vous ?

— Oui, je viens de vous le dire ! Elle est à moi !

— Pourquoi ne pas l'avoir admis tout de suite ?

— Parce que je ne sais pas ce que vous me voulez et je ne comprends pas quels genres de contrôles font des douaniers dans les rues de Paris.

— La DNRED a le pouvoir d'intervenir et de mener des investigations sur tout le territoire.

— Et c'est quoi au juste, la DNRED ?

— La Direction nationale du renseignement et des enquêtes douanières.

— Mais de quoi vous me parlez, là ?! avait grondé Moussa en fronçant les sourcils.

— On verra ça en arrivant au bureau. En attendant, vous pouvez me dire ce que contient votre mallette ?

— De l'argent.

— Combien ?

— Je ne sais pas exactement, environ 300.

— 300 euros ?

— 300 000 !

— D'où vient cet argent ?

— Je joue au poker, ce sont mes gains.

— C'est une belle somme, avait noté le fonctionnaire, dubitatif.

— Depuis que je suis à Paris, je joue toutes les nuits ou presque, avait affirmé Moussa sans trembler.

— Des gens pourront l'attester ?

— Bien sûr ! Il me faut juste un peu de temps pour que je me rappelle avec qui j'ai joué. Ça tourne beaucoup aux tables et je ne suis pas physionomiste.

— Tes amis et toi, vous habitez tous les trois à Paris ?

— Moi, je suis d'Utrecht, je ne suis que de passage ici.

— Et les deux autres, ils font quoi ?

— Je ne sais pas. Je ne les connais pas vraiment.

— Le pistolet, il est à qui ? avait alors demandé le fonctionnaire du tac au tac.

— Quel pistolet ? avait à son tour questionné Moussa en jouant la surprise.

— Celui qu'on a récupéré dans la boîte à gants.

— Ce n'est pas à moi ! Il devait y être déjà quand je suis monté.

— Vous savez qu'on va faire comme pour la mallette, on va relever les empreintes dessus, avait averti le douanier en le fixant du regard.

— Il n'y a que la valise qui est à moi et rien d'autre, avait crânement déclaré Moussa.

Une fois arrivés à destination, on lui enleva les menottes et on l'installa dans un petit bureau où il s'était retrouvé en face du même fonctionnaire flanqué d'un de ses collègues. Entre eux, trônait la fameuse mallette.

— Voulez-vous un café ? avait proposé le douanier dans le but de détendre l'atmosphère.

Moussa avait refusé, buté.

— Dans ce cas, commençons. Cette mallette est donc à vous ?

— Oui, je vous l'ai déjà dit dans la voiture.

— Pouvez-vous l'ouvrir afin que nous en vérifiions ensemble le contenu ? avait exigé le fonctionnaire en poussant l'objet vers son interlocuteur.

— Non.

— Vous ne voulez pas ? s'était étonné le douanier.

— Je ne me rappelle plus le code ! Ça ne vous arrive jamais ?

— Du coup, on va être obligés de la forcer.

— Vous me rembourserez ?

— Vous avez la facture ? s'était enquis le douanier sans se départir de son calme malgré les bravades de son suspect.

— C'est bon ! Je plaisantais.

— Donc, nous sommes d'accord, je force les serrures ?

— Faites ce que vous avez à faire !

Sans surprise, il n'avait fallu que quelques minutes et un tournevis plat pour que le bagage livre son secret.

— De l'argent, vous m'avez dit ? avait demandé le fonctionnaire qui ouvrait des yeux ronds face à sa découverte.

— Oui, mes gains au poker ! avait confirmé Moussa, presque véhément maintenant.

— Vraiment ?

Le douanier avait retourné d'un coup la mallette pour que Moussa en découvre à son tour le contenu. En voyant les cinq pains de cocaïne soigneusement rangés à l'intérieur, la gorge de celui-ci s'était nouée et un immense malaise l'avait envahi. Incapable de prononcer le moindre mot, et encore plus d'inventer quoi que ce soit qui aurait pu constituer l'amorce d'une stratégie de défense, il restait prostré. Son cerveau était comme un logiciel en déni de service. Trop d'émotions, trop de gravité, trop d'informations. Tout se mélangeait, au point qu'il avait perdu toute capacité à analyser les événements. Soudain, la colère l'avait submergé, une colère froide et intérieure qu'il allait essayer de canaliser.

— Pouvez-vous m'expliquer de quoi il s'agit ? avait repris l'homme qui se tenait devant lui.

— Non, je ne comprends pas.

— C'est bien votre valise pourtant ?

— Oui, mais ce qui est dedans n'est pas à moi. Quelqu'un a dû le mettre pendant que je l'avais laissée à la consigne.

— Qui aurait pu faire ça ? avait demandé le douanier, peu convaincu.

— Je n'en sais rien.

— Et pourquoi aurait-on fait ça ?

— Je vous dis que je n'en sais rien ! s'était énervé Moussa.

Impassible, le fonctionnaire avait alors fouillé dans un de ses tiroirs et en avait sorti une boîte de tests. Après avoir enfilé des gants en latex, il avait prélevé une infime quantité de poudre sur le seul pain dont l'emballage paraissait légèrement endommagé. Puis il avait déposé les particules blanches dans une coupelle en plastique, versé dessus trois gouttes d'un produit chimique provenant d'une dosette semblable à celle qu'on utilise pour les collyres, et plongé une bandelette dans le mélange qui avait immédiatement viré au rose carmin.

— Le test à la cocaïne est positif, avait-il déclaré en regardant Moussa droit dans les yeux.

À l'étage supérieur, l'interrogatoire de Dhollandia était en cours. Compte tenu de son gabarit et de la menace physique qu'il pouvait représenter, les deux douaniers qui lui faisaient face avaient préféré le laisser menotté.

— À qui appartient la mallette que nous avons trouvée dans la voiture ? avait demandé l'un d'eux.

— Elle n'est pas à moi.

— Savez-vous à qui elle est ?

— Non.

— Savez-vous ce qu'elle contient ?

— Pas du tout.

— Bon, alors parlons plutôt du pistolet, était intervenu le second fonctionnaire.

— Ce n'est pas à moi non plus, avait promptement réagi le Hollandais.

— Cette arme était sous le siège passager avant. On peut donc supposer que c'est le passager avant ou vous-même, assis derrière lui, qui l'a glissée à cet endroit…

— Je vous dis que cette arme n'est pas à moi.

— On est en train de relever les empreintes dessus. Vous êtes sûr qu'on ne va pas y découvrir les vôtres ? avait insisté le douanier.

— Si c'est le cas, c'est que je l'ai touchée à mon insu, avait concédé Dhollandia, espérant ainsi couper court à cette discussion.

— On ne trouvera donc vos empreintes que sur la carcasse du pistolet…, avait pourtant rebondi son vis-à-vis. Pas sur le chargeur qui est inséré dans la crosse ni sur les cartouches alimentant ce chargeur. Et il n'y aura rien non plus sur la cartouche engagée dans le canon, sur la queue de détente ni sur aucune pièce de l'arme quand on la démontera pour savoir qui l'a vraiment tripotée. C'est bien ça ?

— Je veux un avocat, je n'ai plus rien à vous dire, avait alors déclaré Dhollandia avant de se murer dans le silence.

Plus tard, dans la perspective de l'échange qu'il aurait avec le procureur, le chef de la DNRED s'était fait adresser une note qui résumait l'affaire :

Suite à un appel anonyme reçu par le service vers 13 heures signalant que des trafiquants opéraient dans Paris en utilisant un casier de consigne de la gare de Lyon, le numéro 315, la DNRED a mis en place un dispositif de surveillance pour vérifier la véracité de ces informations et effectuer éventuellement un contrôle sur les personnes qui retireraient ou déposeraient quelque chose à cet endroit.

À 19 h 35, un homme, venu à pied, s'est présenté sur les lieux, visiblement très méfiant, et a ouvert ladite consigne avec une clé qu'il avait en sa possession. Il y a récupéré une mallette en cuir beige et est aussitôt reparti avec. Puis, alors que les agents de la douane s'apprêtaient à l'interpeller, l'individu est soudainement monté à bord d'une Mercedes immatriculée aux Pays-Bas avec, à son bord, deux autres personnes. Le temps que le dispositif se reforme, le véhicule et ses occupants n'ont pu être interceptés qu'à la hauteur de la place de la Bastille.

Les trois hommes sont détenteurs de passeports néerlandais. Il s'agit des nommés :

— Moussa Alqueel (celui qui a récupéré la mallette à la gare)

— Sajjad Sagghi (le passager arrière)

— Kassem Sfar (le chauffeur)

Lors de ce contrôle, trois téléphones, deux pistolets automatiques de marque Glock, calibre 9 mm et une mallette renfermant cinq kilos de cocaïne ont été découverts. Aucun des suspects ne reconnaît être le propriétaire ou le gardien de la drogue ni des armes.

Monsieur Moussa Alqueel prétend que quelqu'un aurait déposé cette drogue à son insu durant la période où sa mallette était en consigne. Il soutient qu'on lui aurait volé l'argent initialement contenu dedans, à savoir 300 000 euros. Un montant correspondant, selon ses dires, à des gains au poker, sans qu'il puisse pour autant donner les noms des personnes avec lesquelles il aurait pu jouer.

Un visionnage plus large des bandes issues des caméras de surveillance de la gare a permis d'apercevoir à 12 h 15, ce même jour, un homme encapuchonné, habillé tout de noir, placer la mallette dans la consigne où elle est restée en l'état jusqu'à 19 h 35, heure à laquelle monsieur Moussa Alqueel la récupère. La qualité des images et la tenue vestimentaire de l'individu à la capuche nous empêchent de dire s'il s'agit ou non d'un des trois interpellés. Concernant la clé de consigne, monsieur Alqueel affirme ne plus se souvenir dans quelles conditions il est entré en sa possession.

Durant la perquisition au domicile parisien de monsieur Sajjad Saggbi, square Béla Bartók dans le 15e arrondissement, nous avons constaté qu'il y hébergeait messieurs Alqueel et Sfar, et sans doute un troisième homme (absent au moment de l'intervention). La fouille des lieux a conduit à la saisie de cent grammes de cocaïne, quatre cents grammes d'herbe et quinze pilules d'ecstasy. Monsieur Saggbi a déclaré ne pas s'expliquer la présence de ces produits chez lui, tout en rappelant qu'il y reçoit beaucoup de gens. Il reconnaît cependant être un usager habituel de ces substances, tout comme ses hôtes.

Il a également été découvert dans un des tiroirs du meuble de salon trois cents billets de 200 euros conditionnés en quinze liasses de vingt billets, soit une somme de 60 000 euros, et une flotte de neuf portables prépayés néerlandais et belges. Monsieur Saggbi soutient que cet argent et ces objets ne lui appartiennent pas et que quelqu'un a dû les oublier dans son appartement.

Enfin, dans la pièce occupée par monsieur Kassem Sfar, il a été trouvé un pistolet automatique 9 mm de marque Glock ainsi que deux boîtes de cinquante cartouches de calibre 7,62, type Kalachnikov. À ce stade, monsieur Sfar se refuse catégoriquement à toute déclaration.

Les vérifications en cours ou celles à venir sont les suivantes :

— Antécédents des mis en cause ;

— Expertise sur les billets saisis (traces de cocaïne, éventuels ADN) ;

— *Analyse des éléments de téléphonie (trois téléphones saisis sur les suspects et neuf autres lors de la perquisition) ;*

— *Expertise balistique des pistolets saisis ;*

— *Expertise du laboratoire national des drogues qui pourrait permettre de savoir si les cent grammes de cocaïne saisis lors de la perquisition proviennent ou non du même lot que les cinq kilogrammes découverts dans la voiture.*

51

Affecté depuis peu à la police judiciaire de Genève, Henri Tanner était considéré comme un bleu par ses collègues qui le reléguaient à ce titre à des tâches d'appui, et notamment aux recherches dans les fichiers et à la consultation des archives. Doté d'une intelligence fine et d'un grand sens de la psychologie humaine, le jeune officier avait décidé de ne rien brusquer et s'en tenait aux missions qu'on lui confiait en attendant mieux.

Tandis que l'exploitation des éléments recueillis au siège de Beneveto Frères avait été réservée aux spécialistes de la Financière et de l'Informatique, celle des pièces découvertes au domicile du banquier avait été laissée au commun des enquêteurs en raison de leur faible intérêt supposé. C'est ainsi que Tanner s'était vu confier l'exploitation du modeste calendrier mural de la cuisine. Un simple os à ronger, mais l'intéressé s'était mis en tête d'en tirer à tout prix quelque chose pour faire ses preuves.

Malheureusement, toutes les indications étaient sans lien avec le blanchiment d'argent. Seuls des rendez-vous de la vie domestique y figuraient : « anniversaire », « cinéma », « plombier », « dentiste », « pneus neige », « piscine »… des mentions lapidaires avec, au mieux, des initiales pour certaines fêtes. Mais malgré le scepticisme de ses collègues, l'enquêteur genevois persistait à dire que tout cela pouvait aider à mieux cerner la personnalité du fugitif et contribuer ainsi à affiner les recherches.

Après être passé par les cases garagiste, jardinerie et piscine sous le regard amusé de son équipe, il en était arrivé à la mention « dentiste ». Cette dernière apparaissait quatre fois sur le mois de février, ce qui l'avait conduit à interroger l'assurance maladie et à obtenir le nom du praticien qui avait prodigué les soins durant cette période. Questionné à ce propos, celui-ci se rappelait parfaitement ce patient qui s'était cassé une dent en faisant du bobsleigh. Il avait en mémoire un homme très sympathique. Il se souvenait qu'ils avaient parlé ensemble d'Innsbruck et que Beneveto lui avait recommandé le domaine d'Olympia SkiWorld où il disait avoir ses habitudes.

Aussitôt, la police autrichienne avait pris le relais et retrouvé l'hôtel où le fugitif était venu à de nombreuses reprises ces trois dernières années durant les saisons d'hiver. Plus intéressant, la réservation de ces séjours avait toujours été effectuée par une agence située vers le parc de Malagnou à Genève, non loin du siège de Beneveto Frères… Chaperonné par un collègue plus expérimenté, le jeune enquêteur s'était alors rendu sur place dans l'optique de retracer tous les voyages privés du banquier, et peut-être même de découvrir l'endroit où il était susceptible de s'être réfugié. Le désappointement avait été à la mesure de l'espoir, car l'adresse était en réalité celle d'une société de domiciliation commerciale[1].

Autant par ténacité que pour ne pas perdre la face, Tanner avait néanmoins insisté pour voir le directeur de ladite société, lequel lui avait communiqué une copie du contrat concernant la société Cimbali, qui se présentait comme une compagnie de tourisme en ligne. Le document stipulait que la boîte de domiciliation se chargeait de la réception, du tri et de la réexpédition du courrier. Ce dernier point avait naturellement retenu l'attention de Tanner, car il était synonyme d'une nouvelle adresse et donc d'un nouveau fil à tirer. S'était ensuivie une série de questions auxquelles leur interlocuteur avait accepté de répondre de bonne grâce.

— Vous connaissez les dirigeants de Cimbali ? s'était enquis Tanner tout en continuant à parcourir le document qu'on venait de lui remettre.

— Non. On ne voit personne.

— Vous leur mettez à disposition un bureau ?

— Nous le faisons quand le client le demande, mais Cimbali ne nous a pas sollicités en ce sens.

---

1. Toute entreprise doit obligatoirement avoir un siège social. Pour satisfaire à cette obligation, les dirigeants ont plusieurs options : choisir le domicile personnel d'un représentant légal, louer des locaux par le biais d'un bail commercial, se faire héberger par une pépinière d'entreprises ou s'adresser à une société commerciale de domiciliation. Dans ce dernier cas, la société de domiciliation sert en quelque sorte de boîte aux lettres pour l'entreprise qui a choisi de recourir à ses services. La domiciliation commerciale d'entreprises à Genève est un métier peu réglementé. Elle ne requiert que la mise en place d'un contrat écrit entre la société de domiciliation et l'entreprise domiciliée fixant expressément la durée de la domiciliation et les obligations incombant à chacun, le domiciliataire et le domicilié.

— Quelqu'un est déjà venu vous interroger ou se plaindre à leur sujet ?

— Non, jamais.

— Et depuis combien de temps font-ils appel à vos services ?

— Depuis trois ans, et ils renouvellent tous les ans.

— Vous avez bien rencontré quelqu'un tout au début, non ?

— Ce n'est pas nécessaire dans le cadre d'une domiciliation en ligne. Tous les échanges se font par mails. Il suffit que l'intéressé nous communique un scan de son passeport et qu'il justifie d'une adresse, surtout s'il veut qu'on lui réexpédie son courrier, avait expliqué le directeur.

— Et dans le cas présent ?

— Comme mentionné dans le contrat, le patron de cette société, monsieur Tommaso Léonetti, nous a transmis une copie de son passeport en cours de validité et une quittance d'électricité de moins de trois mois à son nom.

— Il habite où ? avait alors demandé l'enquêteur.

— À Buchs. C'est tout près de la frontière avec le Lichtenstein.

— Je pourrais avoir une copie du passeport qu'il vous a envoyé ?

— Pas de problème, tout est numérisé, je vais vous imprimer ça tout de suite, avait répondu le directeur en recherchant le document dans son ordinateur.

— Vous avez eu des échanges récents avec ce client ?

— Non, nous en avons toujours eu très peu. Notre travail avec lui se résume plus ou moins à transférer le courrier à l'adresse de Buchs.

— Quel genre de courrier ?

— Que de banales factures. EkWater pour l'électricité, Ilek pour le gaz, Robalbe pour l'eau…

— Rien d'autre ?

— Parfois un courrier bancaire.

— Vous sauriez m'en dire plus ?

— Pas vraiment, on n'ouvre pas le courrier et on le lit encore moins. En revanche, il me semble que le logo d'ING figurait sur l'enveloppe.

— Merci pour ce détail. Et pour en revenir aux factures d'eau et d'électricité, elles correspondent à quoi selon vous ?

— Je suppose qu'il s'agit du siège à Buchs.

— Comment ça ?

— Le bien de Buchs doit être le lieu d'activité de l'agence Cimbali ou la maison de monsieur Léonetti, peut-être les deux à la fois, avait répondu son interlocuteur avant de se lever et de se diriger vers l'imprimante d'où une feuille était en train de sortir.

L'homme avait ensuite tendu la copie du passeport à Tanner, qui s'était empressé de regarder quelle tête pouvait avoir ce Léonetti. L'enquêteur avait d'abord blêmi, puis esquissé un sourire qu'il avait vite chassé. Il avait rapidement salué le directeur et quitté les lieux, prenant ainsi de court son collègue.

Dans la voiture qui les ramenait au service, celui-ci s'était agacé.

— Qu'est-ce qui t'a pris de partir comme ça ? Ça ne se fait pas !

— On est tout près ! avait annoncé Tanner en peinant à dissimuler son excitation.

— Tout près de quoi ? avait bougonné son compagnon.

— De Beneveto ! Sur le passeport de Léonetti, la photo, c'est celle de Beneveto. Ils ne sont qu'une seule et même personne. Est-ce que tu prends la mesure de ce qu'on vient de trouver ?

En arrivant au bureau, le jeune officier raconta immédiatement toute l'histoire à son supérieur, qui lui demanda de le suivre chez le Major. Celui-ci, après les avoir écoutés, appela à son tour sur-le-champ le procureur. Outre que ses collègues ne regardaient plus Tanner de la même manière, l'espoir revenait dans le camp de la police suisse. « On le tient peut-être », avait lâché le Major en souriant.

Les enquêteurs considéraient en effet que la maison de Buchs n'était pas une simple résidence, mais plutôt un endroit que Beneveto voulait discret, voire secret, et donc susceptible de lui servir de planque. Sinon, pourquoi utiliser un faux nom ? Une équipe, dont Tanner faisait partie, s'était alors aussitôt rendue sur place.

La vie à Buchs tranchait radicalement avec celle de Genève. La commune ne comptait que 12 000 habitants et on n'y parlait qu'allemand, ou presque. Sa gare avait la particularité d'être une gare frontière entre la Suisse, l'Autriche et le Lichtenstein, et on y croisait de nombreux réfugiés afghans arrivés par l'Autriche. La maison de Léonetti, elle, avait des airs de chalet et faisait penser à un lieu de retraite. Il s'agissait d'une demeure assez isolée, car située en dehors du centre-ville et en bordure de forêt. Quant à savoir si quelqu'un l'occupait, les policiers ne pouvaient le dire sauf à aller taper à la porte, ce qui était tout à fait prématuré à ce stade.

L'enquête de proximité des premiers jours avait permis de progresser. Il en était ressorti que monsieur Léonetti était un homme particulièrement discret : personne ne l'avait vu depuis l'acquisition de cette propriété. De l'avis de tous, le visiteur le plus régulier, ou en tout cas le plus visible, était une jeune femme prénommée Lisbeth. Tous les témoignages coïncidaient : elle venait régulièrement, mais ne restait jamais très longtemps. Un ou deux jours tout au plus. Elle arrivait par le train, se faisait conduire en taxi jusqu'à la maison et utilisait pendant ses séjours une moto tout-terrain remisée dans le garage de la maison. Les voisins les plus proches se souvenaient d'elle en train de fumer, assise sur le banc devant la maison, comme prenant une pause. Du bruit de sa moto aussi, quand elle se rendait au centre-ville pour faire des courses ou acheter des cigarettes.

Un des voisins se rappelant par ailleurs l'emménagement des nouveaux propriétaires, Tanner avait tenu à prendre sa déposition lui-même.

— Le premier jour, ils n'étaient que deux. Une jeune femme et un homme un peu plus âgé. Ils avaient une sorte de van et ils ont passé la matinée à décharger des cartons. Il y en avait pas mal.

— Pas de meubles ? avait demandé l'officier.

— Je n'en ai pas vu, mais rien d'anormal à ça, la maison a été vendue en l'état avec tous ses meubles.

— Et les cartons, vous savez de quoi il pouvait s'agir ?

— Beaucoup d'informatique vu les logos Samsung, Huawei, Dell qui ont défilé… Il y avait une grande télé aussi. Je me suis fait la réflexion qu'il y en avait pour de l'argent.

— Vous leur avez parlé ? avait continué de questionner Tanner.

— Oui, je me suis présenté en leur disant que j'étais leur voisin le plus proche. Je leur ai proposé un coup de main, mais ils m'ont répondu très gentiment qu'ils n'en avaient pas besoin.

— C'est tout ?

— Pas grand-chose de plus. La femme s'est présentée en me disant qu'elle s'appelait Lisbeth. Elle m'a expliqué que l'homme qui l'accompagnait était son frère, et que c'était leur père qui avait acheté la maison, et puis voilà !

— Vous ne vous souvenez pas de la plaque du véhicule par hasard ?

— C'était une plaque de Genève, mais je n'ai pas noté le numéro…

— Quand est-ce que vous les avez vus pour la dernière fois ?

— Le père, je ne l'ai jamais vu. Il doit quand même venir, car il y a de temps en temps une voiture, une grosse Audi, qui stationne devant l'entrée. Par contre, elle, je l'ai croisée à plusieurs reprises. Le mois passé, par exemple, on s'est salués chez Books in Buchs.

— Une librairie ?

— Oui, et chez Biosk aussi. Une boutique bio en ville.

— À quoi ressemble cette femme ?

— Moins de trente ans, mince, cheveux coupés à la garçonne, un piercing dans un sourcil. Elle est un peu… comment dire… un peu punk. Mais très gentille, très souriante. Elle parle très bien allemand.

— Et le frère ?

— Dans mon souvenir, un type de trente-cinq ans environ, peut-être quarante, plutôt athlétique. Un taiseux pas très avenant.

— Reconnaissez-vous cet homme ? avait alors demandé Tanner en présentant, plein d'espoir, la photo de Beneveto.

— Non, ça ne me dit rien, avait répondu le voisin.

— Vous êtes sûr ? avait insisté l'officier, dont la déception se lisait sur le visage.

— Certain.

— Et cet homme ? avait poursuivi le policier en montrant cette fois la photo de Dragan Vukovic, le mec à la valise arrêté par les Français dans la fleuristerie.

— Oui, ça ressemble davantage. Ça pourrait être lui.

— Vous avez déjà aperçu d'autres personnes avec eux ?

— Le lendemain ou le surlendemain de l'emménagement, ils ont été rejoints par deux types venus eux aussi avec du matériel. Ils sont restés sur place plusieurs jours à tout installer. C'étaient des jeunes comme la femme.

— Ils logeaient où, eux ?

— Dans la maison. En même temps, c'était le plus simple. En hiver, avec la neige, ce n'est pas toujours facile de monter jusqu'ici. Il faut parfois attendre un moment pour que la route soit dégagée.

Tanner notait les informations au fur et à mesure sur un petit calepin.

— Je vois. Et avez-vous noté une activité particulière ces derniers temps ?

— Comme quoi ?

— Je ne sais pas, une voiture ou des lumières allumées, par exemple.

— Vous savez, c'est une maison très bizarre. Elle est connectée, elle vit sa vie !

— Comment ça « elle vit sa vie » ?! s'était étonné Tanner.

— Tout est automatisé. Les volets, le chauffage, la lumière… Du coup, même si vous voyez un volet s'ouvrir, ça ne signifie pas grand-chose.

— Comment êtes-vous au courant de tout ça ? avait alors questionné l'officier, interloqué.

— Je leur avais proposé de garder un œil sur la maison quand elle était inoccupée, histoire de décourager les cambrioleurs, ou de lancer le chauffage en hiver. Il peut faire très froid dans le coin. Bref, Lisbeth m'a remercié, mais elle m'a dit qu'elle était là pour gérer ça et éviter les dérangements. C'est elle qui m'a expliqué pour la domotique. Elle m'a prévenu qu'il ne fallait pas s'inquiéter si les volets s'ouvraient dans la journée pour laisser entrer la lumière et m'a aussi raconté qu'elle pouvait mettre en route le chauffage et la climatisation à distance.

— La climatisation ? Il fait chaud à ce point ici en été ?

— Pas vraiment, mais les gens de la ville ont de ces lubies…

— Elle vous a dit pourquoi ils ont fait toutes ces installations alors qu'ils ne viennent pas si souvent que ça ?

— Apparemment, c'est pour le confort de son père.

L'officier le sentait, ils tenaient quelque chose. Tout, dans cette histoire, lui semblait suspect. L'excitation le gagnait, mais il poursuivit, professionnel.

— Avez-vous une idée de la manière dont ils gèrent le courrier ?

— La boîte aux lettres est elle aussi connectée et automatisée. Si vous déposez une enveloppe ou un colis, ils reçoivent une notification, et j'imagine que Lisbeth ou quelqu'un d'autre passe le récupérer.

— Un habitant de Buchs, peut-être ?

— Pas à ma connaissance.

— Pensez-vous que cette maison est occupée, en ce moment même ? avait fini par demander Tanner.

— Difficile de vous affirmer quoi que ce soit… Une fois, Lisbeth m'a averti que son père était là, un jour justement où il y avait cette grosse Audi mais, pour être honnête, si elle ne me l'avait pas dit, on ne se serait aperçus de rien.

— Personne n'a un double des clés au cas où ?

— Je ne crois pas. Enfin, pas à ma connaissance. Je lui avais fait remarquer qu'on avait déjà vu des effondrements de toit sous le poids de la neige, mais elle m'a expliqué qu'ils avaient installé des capteurs pour tout et qu'elle serait avisée bien en amont s'il advenait un problème. De toute façon, la serrure se contrôle à distance comme le reste. Lisbeth ouvre et ferme la porte avec son téléphone.

Le policier avait hoché la tête, songeur.

— Vous semblez en bons termes avec cette Lisbeth. Vous êtes en contact avec elle ?

— Non, je n'ai jamais osé lui demander son numéro. C'est une jeunette, ça ne se fait pas. Je ne suis pas sûr non plus que ma femme apprécierait...

Cette Lisbeth occupait désormais l'esprit de Tanner. La maîtresse de Beneveto ? Les piercings ne militaient guère en ce sens. Sa fille ? Peu probable. D'autant que l'état civil ne lui attribuait qu'un seul enfant, un garçon, dont la garde avait été confiée à son ex-femme. Une amie ou une connaissance, venue pour aider à l'installation de la maison ? Plausible, mais dans ce cas pourquoi revenir régulièrement, et surtout seule ? En fin de compte, elle se comportait comme un agent de maintenance... Puis, soudain, une fulgurance frappa l'officier. Une employée ! Elle se comportait comme une employée ! Il avait donc aussitôt appelé son chef de groupe resté à Genève afin qu'on vérifie dans la liste des salariées du banquier si l'une d'entre elles ne se prénommait pas Lisbeth. La réponse n'avait pas tardé, et c'était du lourd...

— Alors ? avait demandé avec empressement Tanner.

— Ta Lisbeth, ça pourrait être Élisabeth Hutzinger, la responsable de la sécurité informatique chez Beneveto Frères. Elle est diplômée de l'École polytechnique fédérale suisse.

— Ah, quand même ! s'était exclamé Tanner.

— Et attends, elle est également diplômée du MIT de Boston !

— Le MIT ?

— Sérieux, ça ne t'évoque rien ? Le Massachusetts Institute of Technology, c'est une des meilleures universités à l'international, spécialisée dans le domaine de la science et des technologies.

— Non, je ne savais pas…

— Je vois aussi que son nom est apparu dans l'affaire Glupteba[1]. Il faut encore que je vérifie, mais je crois que c'est un des plus grands botnets[2] criminels connus à travers le monde.

— C'est une pointure, cette fille ! s'était alors exclamé Tanner.

Ces informations avaient eu l'effet d'un coup de poing. La jeunette dont lui avait parlé le voisin dans l'après-midi s'avérait être en réalité une ingénieure de haut niveau, hackeuse à ses heures perdues. L'histoire de cette maison connectée prenait subitement une autre tournure. L'officier se disait que si une tête comme cette fille venait ici, c'est que l'emplacement devait être important. Un endroit situé au calme ; tout le monde aux alentours avait renoncé à savoir si la propriété était occupée ou non, et celle-ci était sans doute suffisamment équipée pour permettre à Beneveto de continuer à diriger ses affaires tandis qu'on s'échinait à le chercher à l'étranger.

---

1. Google a révélé en 2021 qu'un vaste réseau de près d'un million d'appareils fonctionnant sous Windows avait été compromis par des hackers afin de mener des attaques de rançongiciels de grande ampleur. Ce réseau, nommé par Google « Glupteba », est utilisé par les pirates pour infecter des appareils. Il s'agit d'un logiciel malveillant de type cheval de Troie qui installe en cascade d'autres programmes de ce genre.

2. Le terme « botnet » est une contraction entre « robot » et « network » (réseau). Il s'agit d'un réseau de robots utilisé par les hackers pour commettre des cybercrimes ou des cyberattaques. Pour créer un botnet, le criminel doit prendre le contrôle d'un maximum d'appareils connectés à Internet qui deviennent ce qu'on appelle des « robots » ou « zombies », des machines exécutant des opérations à l'insu de leur propriétaire légitime. Plus le nombre de « robots » est important, plus le réseau est massif et donc dangereux. Les botnets sont de plus en plus utilisés par les cybercriminels. Ils constituent une des plus grandes menaces en matière de cybersécurité.

Une hypothèse qui donnait en plus du sens au stationnement de la voiture, la fameuse Audi, dans le parking tout près de la gare de Genève. En effet, le banquier avait pu voyager en train jusqu'à Buchs sans attirer l'attention.

Tanner en était là de ses réflexions quand, profitant de leur échange, son supérieur lui avait confié une autre information. Et, signe qu'il le considérait maintenant davantage, il l'avait appelé pour la première fois par son prénom.

— Écoute-moi, Henri, ne te fais plus de nœuds au cerveau. On pense qu'il y a bien quelqu'un dans la maison…

— Comment ça ?

— Le service technique nous a avisés qu'il avait intercepté plusieurs courriers électroniques en provenance de l'endroit où tu es.

— Ça ne prouve rien, avait aussitôt fait remarquer l'officier. Vous pouvez envoyer des mails de chez vous sans y être physiquement. On peut tout commander à distance, y compris le serveur. C'est juste une question d'installation.

— Je comprends bien, mais il y a un document très récent adressé à Kirilenko, l'avocat de Beneveto. Il lui donne mandat pour le représenter dans une transaction à venir et il l'informe qu'il va lui virer 10 000 francs suisses sur son compte, ce qu'il fait dans la foulée.

— Et vous en concluez quoi ?

— Sur le fond, rien, mais on dirait bien qu'il poursuit son business depuis cette planque. Il faut l'interrompre.

— Ce n'est peut-être pas lui qui est à l'intérieur, avait réagi Tanner.

— Tu penses à qui ?

— À cette Lisbeth, par exemple.

— Eh bien, tu en auras le cœur net demain matin aux aurores, car le procureur vient de nous autoriser à faire une perquisition. Qui que ce soit, ce sera intéressant.

— On ne va pas un peu vite ?

— Non, je ne suis pas convaincu du tout par ces histoires de volets et de lumières pour dissuader les voleurs. Je pense qu'il s'agit surtout de faire en sorte que le voisinage soit moins curieux et ne s'étonne plus de rien.

— On pourrait se laisser plus de temps pour observer, ou même déposer un courrier dans la boîte pour voir comment il fait pour le récupérer ? avait cru bon d'insister Tanner, que cette précipitation inquiétait.

— Non. Le juge et les Français ont été avisés. Ils nous pressent d'intervenir, donc on fonce. En attendant, il faut organiser une planque, histoire que l'occupant des lieux ne se tire pas pendant la nuit. Je peux compter sur toi ?

— Bien sûr.

— On le tient peut-être, avait dit le chef inspecteur avant de raccrocher.

Le lendemain, le groupe d'intervention de la police fédérale avait fait les trois cents derniers mètres à pied pour préserver au maximum l'effet de surprise et, une fois la maison encerclée, il avait aussitôt donné l'assaut. La porte n'avait pas résisté longtemps, permettant aux hommes en noir de s'y engouffrer comme l'eau dans une canalisation. Une équipe avait investi le rez-de-chaussée et l'étage avant d'accéder aux combles, tandis qu'une autre assurait le garage et le sous-sol. Tanner et ses trois collègues, qui patientaient dehors le temps que l'endroit soit sécurisé, avaient été impressionnés par la fluidité de l'action et cette parfaite coordination. Un ressenti partagé par les deux spécialistes de la Brigade informatique de la police judiciaire de Genève venus les épauler pour la perquisition.

En ressortant de la maison, le chef de l'unité d'intervention leur avait fait signe qu'il n'y avait personne dedans et qu'ils pouvaient y aller. La déception se lisait sur le visage de Tanner qui s'en voulait à présent de ne pas avoir été capable d'obtenir un report de l'opération. Bizarrement, aucune alarme ne s'était déclenchée. Aussi, le jeune officier et ses collègues s'étaient attachés à vérifier l'existence d'un dispositif de sécurité. Les contacteurs anti-intrusion et autres détecteurs de mouvement ainsi que des caméras d'intérieur étant bien visibles, Tanner s'était risqué à dire que l'alarme n'était peut-être pas branchée ou qu'il s'agissait d'équipements factices. Un des techniciens qui l'accompagnait lui avait alors chuchoté à l'oreille qu'il penchait plutôt pour une alarme silencieuse et que, à cet instant même, quelqu'un les observait probablement à distance… Dans le doute, ils avaient décidé de neutraliser toutes les caméras.

S'il n'y avait rien d'intéressant au rez-de-chaussée, le premier étage leur coupa le souffle. L'une des chambres avait été transformée en salle de réseau. En enjambant la porte enfoncée lors de l'assaut, le regard de Tanner s'était attardé sur la poignée et sa serrure biométrique à empreinte digitale. La pièce, dont la fenêtre avait été obstruée, baignait dans une lumière turquoise irréelle. Elle abritait des racks d'ordinateurs, un petit bureau sur lequel se trouvait un PC avec un écran double, le tout placé sous l'œil d'une caméra qui avait déjà dû donner l'alerte à son maître. *Ou plutôt à son employée*, avait pensé le policier en imaginant Lisbeth en train de les épier, confortablement installée. Ils avaient fait fausse route. Leur hackeuse ne se cachait pas là, et encore moins Beneveto.

Le plus dur restait à faire, annoncer la nouvelle au juge et aux Français en s'abstenant de tout reproche.

52

Traqué par tous, y compris par des pairs jaloux, Massimo avait trouvé refuge et un semblant de calme dans sa maison d'Hermanus, en Afrique du Sud. Auparavant, il était venu là pour prendre du bon temps, mais cette époque était bien révolue. Reclus dans sa propriété, il avait encore du mal à mesurer l'ampleur des dégâts. Il repensait au nombre de fois où son nom avait été cité par les médias et il devinait que les journalistes continuaient de planer autour de lui, tels des vautours.

Heureusement, pour le moment les flics le recherchaient toujours en Europe. Et il devait admettre qu'il n'était pas peu fier d'avoir réussi à disparaître ainsi.

Après avoir brouillé les pistes en abandonnant sa voiture dans un parking du centre-ville de Genève, un taxi l'avait conduit à l'aéroport. Là, il avait acheté un billet pour Londres qu'il avait payé cash en présentant un passeport au nom de Tommaso Léonetti, un des faux passeports qu'il avait obtenus par le biais d'un client au business peu louable. Arrivé à Heathrow, il s'était aussitôt rendu au comptoir South African Airways où il avait acheté un aller-retour classe affaires pour Johannesburg. Puis il avait passé la nuit au Hyatt Place en attendant le vol du matin pour l'Afrique du Sud.

En examinant son visage dans le miroir de l'entrée, Massimo ne percevait que la lueur mélancolique de son regard et le reflet d'une immense fatigue. Il était seul dans l'adversité, mais il ne pouvait s'en prendre qu'à lui-même. Côté argent, il avait morflé. Beneveto Frères avait fermé et l'intégralité de ses avoirs avait été mis sous séquestre. La justice avait en outre saisi tous ses biens personnels – la maison du lac, ses voitures et sa collection d'objets d'art.

À dire vrai, il n'avait pas *tout* perdu. En effet, il possédait encore deux *cash boxes* qu'il avait judicieusement préservées à Singapour et à Ras al-Khaimah, sur la péninsule arabique. Il savait qu'elles ne seraient pas détectées avant longtemps, si tant est qu'elles le soient un jour. En cas de besoin, il pourrait ainsi transférer des liquidités sur un compte offshore qu'il ferait ouvrir à distance. Un simple clic pour lui et plusieurs mois de boulot supplémentaires pour ses poursuivants. À ce jeu-là, aucun doute, il avait l'avantage, et personne n'arriverait jamais à mettre la main sur ce qui subsistait de sa fortune.

Restait le backup où étaient stockées les informations en rapport avec les activités de la banque. Il était probable que les enquêteurs découvriraient son existence et qu'ils tenteraient de les consulter, mais il n'était pas inquiet. Il avait intégré ce risque dès le début et l'avait anticipé en optant pour un coffre-fort numérique, c'est-à-dire pour le chiffrement de toutes ses données. Quand bien même l'hébergeur du site, en l'occurrence une société canadienne, coopérerait avec la police en permettant l'accès au serveur, les agents n'y trouveraient que des renseignements inexploitables en l'état. Un coffre dans le coffre !

Vouloir décoder toute cette masse impliquerait un travail de décryptage titanesque et très incertain du fait que la clé du chiffrement reposait sur un mot de passe de plus de six cents signes représentant plus de deux mille bits générés de façon aléatoire par un algorithme sur lequel l'hébergeur n'avait aucune prise. Quant à une extraction des données pour tenter d'en percer le mystère en laboratoire, le danger était tout aussi négligeable. Massimo avait en effet placé son dispositif sous la garde d'un Cerbère qui veillait au grain jour et nuit, à jamais fidèle, incorruptible et surtout indifférent aux réquisitions judiciaires : l'intelligence artificielle. En cas de menace, celle-ci l'aviserait aussitôt, prête à tout effacer instantanément et irrémédiablement. Il avait donc l'esprit tranquille de ce côté-là.

En revanche, s'il était parvenu à s'éloigner de tout ce merdier, il ne pouvait pas écarter la possibilité que les flics le retrouvent. Or, il ne devait surtout pas être arrêté, enfin pas tout de suite. Il lui fallait rester libre le temps de négocier au mieux sa reddition, car il était hors de question qu'il passe sa vie à fuir ou à vivre comme une bête dans la clandestinité. Il avait d'ailleurs un plan pour mettre fin à tout ça et les trois courriers qu'il était sur le point de faire partir constituaient une étape importante de ce plan.

Le premier était rédigé à l'intention du procureur de Genève, auprès duquel il sollicitait le statut de repenti. Il y précisait d'entrée qu'il avait pris la fuite par peur d'être assassiné par certains de ses clients, ce qui n'était pas complètement mensonger. Il y confessait avoir géré des comptes frauduleux sous la contrainte de dangereux criminels, tels des membres de cartels de la cocaïne. Se disant convaincu que ses révélations serviraient à coup sûr l'intérêt général étant donné l'ampleur du blanchiment et de la menace dont il avait connaissance, il promettait, dès lors que ce statut lui serait accordé, de se rendre aux autorités et de leur livrer tous ses secrets.

Le deuxième courrier était adressé à ce journaliste mi-flic, mi-procureur autoproclamé qu'on voyait partout à la télévision romande avec son émission « Investigations interdites ». Il se présentait à lui comme un lanceur d'alerte souhaitant rester temporairement anonyme et déclarait vouloir dénoncer la corruption économique dont il avait été le témoin et qui, selon lui, engageait la responsabilité de personnes très influentes dans les pays les plus industrialisés du monde. Pour preuve, il joignait un lien permettant d'accéder à un document confidentiel contenant toutes les informations dont il pourrait avoir besoin s'il avait le courage d'enquêter à ce propos.

Les informations auxquelles il faisait référence se résumaient à une liste apparemment brute, extraite d'un fichier plus général. Des noms patronymiques ou de sociétés avec des numéros de comptes. Une liste comprenant en majorité des clients sans histoires ou qui n'en étaient plus, mais aussi quelques hommes compromis. En réalité, un document recomposé et très expurgé, car l'idée n'était pas de balancer tout son carnet, mais de sacrifier certains pour faire comprendre à tous les autres ce qui ne manquerait pas de leur arriver si on poussait trop loin les investigations contre lui. À partir de ces éléments, l'équipe du journaliste aurait un travail important de tri et de vérification à effectuer, mais elle finirait à coup sûr par découvrir les quelques personnalités de choix qu'il avait insérées dedans, à commencer par « Lupin ». Et il était sûr de son effet. Si ce dernier tombait, ses confrères saisiraient le message et useraient de leur influence pour qu'on étouffe cette affaire.

L'ultime courrier, enfin, était destiné aux services secrets. Il y signalait des transactions liées au négoce d'armes au cours desquelles de grandes entreprises occidentales, avec le soutien de leurs États, s'étaient livrées à toutes sortes de manœuvres pour remporter coûte que coûte des contrats de vente d'avions et de sous-marins. Non sans une pointe d'ironie, Beneveto indiquait qu'il y avait détecté ce qui ressemblait à s'y méprendre à des commissions et des rétro-commissions. En son for intérieur, il ne doutait pas que Français, Allemands, Suédois, Britanniques et Américains auraient une franche explication à ce propos, le tout avec l'espoir que chacun en vienne à craindre un grand déballage public de leurs turpitudes et qu'ils invitent dès lors leurs gouvernements à lever le pied.

Histoire de ne pas faire éclater la pseudo bonne entente de la communauté du renseignement et afin que tous restent en accord sur au moins un sujet commun, il avait ajouté le nom d'un intermédiaire russe impliqué dans la fourniture d'armes en Éthiopie et au Soudan. Il n'était pas naïf au point de penser que les services occidentaux iraient chercher des noises à un homologue aussi venimeux, mais il entendait leur offrir un prétexte moralement acceptable pour justifier leurs interventions et leurs recommandations auprès de leurs autorités de tutelle.

Enfin, Beneveto affirmait par ailleurs avoir la preuve qu'une entreprise occidentale jouait les intermédiaires avec l'armée islamique au profit d'un État qui ne souhaiterait surtout pas apparaître en tant que tel compte tenu de sa posture sur la scène internationale. Le vague de cette accusation était voulu. Il devait amener plusieurs États à se sentir visés. Il s'agissait en réalité de laisser entrevoir jusqu'où les choses iraient si aucun geste n'était fait en sa faveur.

Dans ces courriers, excepté celui destiné au journaliste, il avait communiqué les coordonnées de son avocat, maître Iskander Kirilenko, qu'il désignait comme son représentant légal. Un homme avec lequel il continuait de communiquer, via Tor et en utilisant différents VPN, comme le lui avait conseillé cette chère Lisbeth.

53

Quand Massimo y repensait, sa vie privée n'avait jamais été à la hauteur de sa réussite professionnelle. Katia, son ex-épouse, une Italienne sublime, la seule femme qui ait vraiment compté pour lui, goûtait peu les hivers froids de Genève, surtout quand le vent se mettait à souffler et transformait la ville en petite Sibérie. Ainsi, elle n'avait eu de cesse que de lui faire découvrir des places ensoleillées dans l'espoir qu'il y déporte une partie de ses activités. Santorin, Marbella, Marrakech, Key West, Le Cap… Il avait aimé ces lieux où la vie était si douce, au point même d'acheter cette maison à Hermanus, et de faire sienne l'idée de s'y retirer le moment venu pour profiter de cette chaleur qui manquait tant au pays des Helvètes. Cependant, il n'était pas question d'abandonner sa position stratégique en Suisse. Les choses avaient alors progressivement basculé et leur relation s'était abîmée jusqu'à les séparer. Une période terrible qu'il avait mal vécue.

Divorcé avec un fils dont la garde avait été confiée à son ex, il était resté un temps seul dans sa luxueuse propriété située au bord du lac Léman, un cadre serein de cent quatre-vingts mètres carrés avec son ponton privé et un parc de deux mille mètres carrés. Au début, le vide de ces lieux autrefois si animés lui avait été insupportable, mais, au fur et à mesure, il s'y était habitué et le silence était devenu un remède efficace contre les vicissitudes du quotidien.

Aujourd'hui, il constatait encore une fois qu'un des principes fondamentaux qui régissaient la vie était celui de la non-permanence. Rien n'était jamais gravé dans le marbre, rien n'était jamais éternel, c'était même exactement l'inverse ! Cela valait pour le vivant et pour les choses, mais aussi pour les sentiments.

Pour l'instant, il lui fallait alors faire preuve de patience, mais les semaines s'écoulaient et rien ne se passait. Pour tromper l'ennui, Massimo avait décidé de se rendre au Cap et d'y séjourner quelques jours. Il avait besoin de s'aérer et de se débarrasser de ce poids qu'il avait constamment sur l'estomac.

Pour l'occasion, il avait sorti la voiture du garage, un vieux coupé Mercedes en parfait état dont il avait récemment fait l'acquisition à Johannesburg. L'Afrikaner qui la lui avait vendue devinait quelque chose de louche chez cet acheteur qui ne discutait pas le prix et qui payait en cash. Il avait malgré tout accepté l'argent sans poser de questions. En Afrique comme partout, le fric est roi. Ainsi, Massimo avait à présent trois mois devant lui pour refaire la carte grise, ce qui l'autorisait pendant ce délai à rouler sans avoir à changer les plaques.

Aussitôt après avoir chargé son bagage dans le coffre, il avait pris la route des vins, celle qui serpentait au milieu des grands vignobles sud-africains. Il était d'abord passé par Franschhoek où il s'était brièvement arrêté pour s'offrir quelques bouteilles du meilleur vin blanc du monde, le Kleine Zalze. Puis il avait poursuivi jusqu'à Diemersfontein, un autre domaine viticole où il s'était cette fois octroyé une longue pause déjeuner. Là, plein du souvenir de cette balade à cheval qu'il avait faite des années auparavant avec Katia, il s'était mis à penser à elle. En fait, depuis plusieurs jours, elle l'obsédait. Avec le temps, leurs rapports s'étaient pacifiés au point de prendre parfois l'apparence de l'amitié.

Il se rappelait quand elle riait à ses côtés en entendant le tintement des bouteilles qui s'entrechoquaient à l'arrière de la voiture. Et de son sourire aussi, ce sourire dévastateur qui faisait que le monde alentour n'existait plus. Bien que faussées, ses relations avec la gent féminine avaient toujours été simples. Il considérait en la matière que son physique pesait moins que son patrimoine. Les femmes qu'il côtoyait étaient de ce point de vue exactement comme les hommes, obnubilées par l'argent, même si elles le cachaient en général davantage. Sa richesse était ce plus qui faisait toujours basculer les choses à son avantage.

À présent il commençait à voir les choses différemment. Presque une révélation. Maintenant, il s'apercevait que son ex était la seule qui continuait à compter pour lui. Pour la première fois, il ressentait une dépendance à l'autre. Laisser partir quelqu'un comme elle avait été la pire connerie qu'il ait commise, d'autant plus au regard de la raison pour laquelle il l'avait fait. En attendant, plus il essayait de la chasser de son esprit, plus elle s'y incrustait.

Pour finir, son repas achevé, il s'était contenté d'une promenade à pied et, pour une fois, il avait pris le temps d'admirer les jacarandas et les grands eucalyptus qui bordaient l'allée principale du domaine.

Apprendre à regarder. Ici, la beauté était si naturelle, si pénétrante qu'elle se suffisait à elle-même. L'argent n'y avait pas sa place, et peut-être bien que lui non plus. De fait, une question le taraudait : pouvait-on passer à côté de l'essentiel toute sa vie ? Soudain, la solitude pourtant si familière avait pris des allures de prison. Il lui était impossible d'échapper à ses pensées et à ses sentiments. Or, les idées qui traversaient son esprit commençaient à lui faire peur. Elles faisaient vaciller tout son univers.

Même après avoir repris la route, il avait continué de songer à elle, et à son fils aussi. Que devenaient-ils ? Il y avait longtemps qu'ils ne s'étaient pas parlé. Il avait beaucoup trop tardé à les appeler et maintenant qu'il en avait très envie, il ne pouvait plus le faire. Ils avaient en effet certainement été placés sous surveillance et, s'il commettait l'erreur de prendre contact avec eux, les flics auraient tôt fait de remonter jusqu'à sa retraite africaine. Alors, pour contrebalancer la culpabilité qui l'habitait, il s'était rassuré en se répétant qu'il avait toujours veillé sur eux en se montrant attentif à leur confort matériel. On ne pouvait rien lui reprocher de ce point de vue, mais à tenter de s'en persuader, il prenait bien conscience qu'elle lui avait tout donné sans véritable retour de sa part. Lui ne savait qu'acheter ses relations. Sans s'investir. Encore aujourd'hui, il restait le même.

Elle aussi, d'ailleurs. Fidèle et loyale. Car elle n'avait rien dit à la police pour la maison d'Hermanus. C'était elle qui l'avait choisie en insistant pour qu'il travaille moins et qu'il s'accorde plus de temps libre. Oui, il lui serait éternellement redevable pour son silence bienveillant, et cette maison serait là pour le lui rappeler chaque jour. Tout en se disant qu'il ne la remercierait jamais assez, il avait été submergé par un sentiment de tristesse. Cette escapade au milieu des vignes présentait de plus en plus des allures de pèlerinage. Lui dont toute l'existence n'avait été que jouissances, il découvrait que vivre pouvait être douloureux. Il zigzaguait comme cette route entre ses souvenirs et ses émotions, à la recherche de quelque chose d'important sans parvenir à mettre le doigt dessus. Un début de torture. Il devait se reprendre.

Il s'était mis à rouler plus vite et, comme il s'y attendait, son esprit se concentrant davantage sur la conduite, ses pensées avaient enfin cessé de le persécuter.

Il avait poursuivi ainsi jusqu'au Cap. Là, il choisit de séjourner au prestigieux Mount Nelson, un havre de paix où il avait plus ou moins ses habitudes. Après les formalités d'usage et le dépôt de son bagage dans la chambre, plutôt que de se reposer ou de boire un verre dans le lounge, une sorte de pulsion l'avait poussé à rejoindre la côte de Noordhoek. Arrivé sur place, il n'avait pas regretté. Tout était exactement tel qu'il le gardait en mémoire. Le sable était blanc et fin, l'immense plage quasi déserte et les vagues toujours aussi impressionnantes. Un lieu de promenade pour les amoureux, un appel à la méditation. Il était resté là, immobile, à subir le vent, comme pour implorer une manifestation divine, à l'endroit même où son fils avait été conçu. Oui, il avait toujours négligé le présent sous prétexte de bâtir le futur. Il avait eu tort, mais il ne pouvait pas revenir en arrière.

En rentrant paisiblement de sa marche, alors qu'il était presque en vue de sa voiture, un type avait surgi derrière lui en gueulant : « Ton fric, file-moi ton fric tout de suite ! » Sur le moment, il n'avait pas réagi, sidéré. Il avait oublié combien l'Afrique du Sud pouvait être dangereuse. Mais, devant le pistolet menaçant, il n'avait pas mis longtemps à sortir son portefeuille et donner les 2 000 rands qu'il contenait. Dans le mouvement, l'inconnu avait alors remarqué sa montre et l'avait aussitôt exigée. À coup sûr, cet abruti n'avait aucune idée de la valeur réelle de l'objet qu'il allait voler, une Audemars Piguet ! Pourtant Massimo s'était exécuté, avec nonchalance. Les objets ont tous une valeur, mais laquelle ? Celle de leur prix coûtant, de leur utilité, de notre attachement à leur endroit ou encore celle des souvenirs qu'ils ressuscitent en nous ? Cette montre n'était en définitive qu'un signe à l'intention des autres. Un moyen d'afficher son statut social.

À cet instant, il lui était revenu qu'il avait dans son bureau le journal de bord que son père tenait lorsqu'il voyageait en Afrique et que ce document avait infiniment plus de valeur à ses yeux. C'était la démonstration qu'on pouvait être riche aussi de ses souvenirs. Peut-être s'agissait-il là de la seule et unique véritable richesse. En ôtant cette montre de son poignet, il avait finalement l'impression de muer comme un serpent. Aujourd'hui, il n'était plus le même. Il ne serait plus jamais le même.

54

Il s'était retourné plusieurs fois. Non, personne ne se lançait à sa poursuite, à croire que la détonation avait été complètement couverte par le ressac de l'océan. Alentour, on n'observait aucune agitation particulière, sans doute qu'il n'y avait pas eu de témoin oculaire. Alors, puisqu'on ne donnerait pas l'alerte de sitôt, il s'était remis à marcher à un rythme normal.

Il n'en était pas à son coup d'essai. Il avait déjà tué. En revanche, d'ordinaire, ses victimes risquaient leur vie pour garder leur fric. Un instinct de défense d'autant plus dangereux pour l'assaillant qu'ici presque tout le monde portait une arme en permanence pour se protéger des mecs comme lui. Il n'avait aucun remords, car il avait absolument besoin de ce fric, bien plus que les autres. Il faisait partie de ces gens qui, dès le réveil, sont en manque. Il n'y avait jamais de répit. Une addiction lourde qui, loin d'être festive, était plutôt une question de survie, et qu'il calmait la plupart du temps grâce à des cocktails d'héroïne et de méthaqualone, parfois avec de l'ice.

On fait souvent le lien entre la drogue et l'argent facile, mais la seule chose facile, en réalité, c'est de trouver de la came. Pour ce qui est de la thune, c'est une tout autre histoire ! Pour en avoir, certains vendent leur cul, leur sang et même leurs organes. Chacun sa façon. Lui, il cambriolait des maisons le plus souvent, ce qui l'avait conduit de nombreuses fois en prison.

À présent qu'il avait accompli sa mission, son esprit pouvait enfin mouliner. Il allait commencer par balancer le passeport du type dans la première poubelle venue. Bien entendu, il garderait le cash. Tout comme la montre et les cartes de crédit qu'il refourguerait plus tard. Quant à celle de l'hôtel, il allait faire le nécessaire sans tarder.

Avant de rejoindre sa base à Cape Flats, il s'était arrêté dans un bar pour boire une bière et passer un coup de fil, un appel bref durant lequel il s'était contenté de deux mots : « C'est fait. » Son correspondant lui avait alors confirmé leur rendez-vous sur le parking de l'hôpital de Mitchell's Plain, un des townships de la ville du Cap. « À 19 heures précises », avait-il ajouté.

Quand il était arrivé, son contact se trouvait déjà là. Il avait beau garder la main sur la crosse du pistolet dans sa poche, il n'en menait pas large. Ce type, avec sa dague tatouée qui lui traversait le cou, l'avait toujours effrayé. En même temps, cet ancien des Recces, les forces spéciales sud-africaines, avait tué autrement plus d'hommes que lui et il connaissait leur devise : « *We fear naught but God* », « Nous ne craignons personne sauf Dieu »...

Par chance, la transaction n'avait duré que quelques secondes. Il s'était empressé de remettre la carte de l'hôtel tandis que l'autre lui faisait passer une enveloppe avec les 40 000 rands promis. De plus, il avait eu le droit à un bonus inattendu, un sachet qui devait contenir au moins trente grammes de crystal, de la dope pour presque dix jours... s'il était raisonnable. Aussitôt, sans même vérifier quoi que ce soit, il s'était tiré, trop heureux de pouvoir repartir encore en vie.

55

À quelque dix mille kilomètres de Paris, Cornélius Vandereden et William Basson, deux des meilleurs détectives de la Brigade criminelle du Cap, avaient été chargés de l'enquête sur le meurtre de Noordhoek.

La scène de crime sur laquelle ils s'étaient rendus indiquait que la victime avait été tuée par arme à feu, de face et à courte distance. Vu son âge et sa tenue vestimentaire, ils avaient aussitôt écarté l'hypothèse d'un nouveau règlement de comptes entre gangs, leur quotidien au Cap. En revanche, l'absence de document d'identité et de portefeuille, ainsi que la trace d'un bracelet de montre sur le poignet gauche laissaient supposer qu'on avait dépouillé ce type et que le mobile du crime était certainement le vol. On avait par ailleurs retrouvé une douille de 9 mm au sol et, dans une des poches de pantalon de la victime, une clé de Mercedes qui correspondait à une voiture stationnée à une cinquantaine de mètres de là.

Grâce à la plaque d'immatriculation, les deux officiers étaient remontés mille quatre cents kilomètres plus au nord, jusqu'à Johannesburg. Là, un Afrikaner leur avait déclaré avoir vendu son bien à un homme blanc d'environ quarante-cinq ans qu'il avait reconnu sur les photos que lui avait montrées un des deux policiers. L'homme s'était présenté à lui sous le nom de Larry Norton. Redoutant une arnaque quelconque, le vieux malin avait gardé les coordonnées qui étaient apparues sur son écran quand son interlocuteur l'avait contacté pour la première fois. Il avait même noté le numéro du taxi avec lequel ce dernier était arrivé le jour de la remise des clés et, s'il avait accepté d'être réglé en cash, c'était selon lui uniquement parce que l'acquéreur en faisait une condition essentielle de la transaction.

Le numéro de téléphone s'était avéré sans intérêt immédiat. Il s'agissait en effet d'un prépayé acheté aux Pays-Bas et les enquêteurs savaient qu'il faudrait plusieurs mois et beaucoup de chance pour parvenir à en tirer quoi que ce soit. En revanche, le GPS de la Mercedes s'était révélé autrement plus intéressant. Il les avait menés jusqu'à l'hôtel Mount Nelson où on se rappelait très bien l'arrivée de monsieur Norton, lequel avait réservé deux nuits au palace. Pour l'enregistrement, celui-ci avait présenté un passeport britannique dont une copie avait été faite et que le concierge de l'établissement avait remise aux policiers. Plutôt que de laisser l'empreinte de sa carte de crédit, la victime avait fait un dépôt en cash pour couvrir les frais de son séjour. Devant la surprise de ses interlocuteurs, le concierge avait précisé que monsieur Norton était client depuis plusieurs années et qu'il réglait toujours tout en liquide. Les détectives avaient alors demandé à jeter un œil à la chambre qu'occupait la victime et un intendant avait été chargé de les y conduire.

En leur ouvrant la porte, ce dernier s'était immédiatement ému du grand désordre qui régnait dans la pièce, jusqu'à aller s'exclamer « Mais bordel qu'est-ce qui s'est passé ici ! ». Il était sur le point d'entrer dans la pièce pour ranger quand le détective Basson l'en avait empêché, lui interdisant formellement de toucher à quoi que ce soit, tandis que son collègue avait aussitôt appelé en renfort les techniciens de l'Identité judiciaire, faisant état d'un cambriolage lié à un meurtre. Vandereden avait ensuite enfilé des gants en latex et s'était penché pour ramasser sur le sol du vestibule, juste à ses pieds, une carte-clé qu'il avait testée avec succès sur la serrure de la chambre.

Rendue sur place, la police scientifique avait relevé peu d'empreintes, ce qui n'était guère surprenant au regard du minimum de temps que la victime avait dû passer dans ces lieux ; les seules que l'on découvrit étaient dans la salle de bains, sur le sac de voyage et sur la carte découverte par terre. Enfin, au moment de repartir, les officiers avaient demandé à voir le directeur de l'établissement et exigé de celui-ci qu'il leur remette toutes les images de vidéosurveillance du jour de l'arrivée de monsieur Norton à l'hôtel jusqu'à l'instant présent.

De retour au bureau, tandis que son collègue s'attelait à visionner les bandes, le détective Basson avait pris contact avec le consulat britannique pour obtenir des renseignements sur le passeport récupéré à l'hôtel. Il lui avait été répondu que le document était un « vrai-faux » : un passeport authentique appartenant à un lot vierge volé au gouvernement de Sa Majesté. Les mentions relatives au nom et à l'état civil du titulaire étaient donc très probablement factices. Une impasse…

Le lendemain matin, poursuivant l'exploitation de l'historique du GPS, les deux flics avaient rejoint Hermanus, située à cent vingt kilomètres du Cap. Ils s'étaient retrouvés devant le portail d'une propriété qui semblait vide de tout occupant. Fort heureusement, comme il était habituel dans le pays, un panneau indiquait le nom de la société de sécurité privée en charge de la garde des lieux. Ils avaient ainsi pu requérir la présence d'un représentant de celle-ci afin de se faire ouvrir l'accès au domaine, en l'occurrence un parc de trois hectares au milieu duquel se dressait une splendide demeure. En vérifiant sur ses tablettes, la personne qui les accompagnait leur avait confirmé que l'endroit était loué par un ressortissant britannique du nom de Larry Norton.

À l'intérieur de la luxueuse maison, tout se trouvait parfaitement rangé et le contraste était grand avec la chambre d'hôtel qu'ils avaient perquisitionnée la veille. La fouille n'avait cependant apporté aucun élément nouveau. Ni document, ni ordinateur, ni arme, ni téléphone fixe, pas même une connexion Internet. Rien d'utile à l'enquête. Pour autant, dans la mesure où la victime était un ressortissant étranger, et bien que le ménage ait été fait le jour même, Vandereden avait encore une fois fait appel à l'Identité judiciaire. En fin d'après-midi, les services fiscaux l'avaient informé que le domaine d'Hermanus était la propriété d'un trust basé en Micronésie, laissant entendre qu'identifier le véritable propriétaire du bien serait mission impossible.

Le surlendemain, alors que le dossier semblait toujours au point mort et que le détective Basson était de moins en moins confiant, il avait reçu un appel de la Scientifique. Après avoir invoqué une surcharge de travail expliquant le retard dans la rédaction des rapports, son interlocuteur l'avait cependant avisé de façon informelle des résultats : toutes les empreintes relevées dans la Mercedes, dans la chambre d'hôtel et dans la villa d'Hermanus étaient celles de la victime, mais il en allait différemment pour celles découvertes sur la carte et sur la douille de la scène de crime. Celles-ci appartenaient à un seul et même homme, et une comparaison était en cours avec celles répertoriées dans le fichier automatisé des empreintes du Cap.

De son côté, Vandereden s'était quant à lui adressé à la police de l'air et des frontières de Johannesburg. Grâce à son système de contrôle des entrées aux aéroports, celle-ci avait facilement retrouvé la trace du mystérieux Norton et établi qu'il était arrivé de l'aéroport de Heathrow. Le soir même, il avait téléphoné à ses homologues britanniques, leur narrant toute l'histoire et, deux jours plus tard, après un examen fastidieux des listes de passagers au départ pour l'Afrique du Sud, puis avec l'aide des caméras de surveillance de l'aéroport, les services britanniques avaient établi que Norton était venu de Genève, mais cette fois sous le nom de Léonetti. Les Sud-Africains s'étaient alors rapprochés de la police fédérale suisse, laquelle avait procédé de la même manière que les Anglais et identifié le nommé Léonetti comme étant probablement Massimo Beneveto, ce qu'un échange d'empreintes digitales du même jour avait formellement confirmé. Le fugitif qu'on cherchait activement en Europe avait donc été assassiné au Cap en Afrique du Sud…

56

Prévenue de la mort de Beneveto par ses collègues helvètes, Delambre avait accusé le coup, mais sans baisser les bras pour autant. Elle avait aussitôt organisé une visioconférence réunissant les détectives du Cap et les enquêteurs suisses dans l'espoir de trouver un nouveau fil à tirer.

Dès que tout le monde fut connecté, Vandereden commençait à relater son enquête quand la Française, impatiente, l'avait interrompu pour lui demander s'il avait bien saisi tous les documents découverts, même les plus anodins, aussi bien à l'hôtel que dans la maison d'Hermanus. Après un silence gêné, son interlocuteur doucha toutes ses attentes en lui annonçant que la chambre avait été cambriolée avant leur passage et qu'il ne se trouvait par ailleurs rien d'exploitable dans la maison d'Hermanus.

— Pas de paperasse à éplucher, pas d'ordinateur ni de téléphone ? s'était étonnée Delambre.

— Non, rien du tout. Pour l'instant, nous savons simplement que le cambrioleur et l'assassin sont une seule et même personne.

— Qu'est-ce qui vous permet d'affirmer ça ? Je croyais qu'il n'y avait pas eu de témoin du meurtre…

— C'est exact, il n'y a pas eu de témoin, mais sur la scène de crime on a retrouvé une douille de 9 mm éjectée au sol. Une empreinte a été relevée dessus et elle appartient à un cambrioleur multirécidiviste qu'on connaît bien, un toxicomane.

— Je vois…

— Et ce n'est pas tout. Dans la chambre du Mount Nelson, nous avons découvert une carte d'accès par terre, avec cette fois, dessus, à la fois des empreintes de la victime et les mêmes que celles présentes sur la douille, pouce et index.

— Vous avez interrogé ce type, j'imagine ?

— Non…

— Mais qu'est-ce que vous attendez ? s'était exclamée Delambre. C'est une affaire très importante pour nous !

— Pour nous aussi, madame, avait placidement réagi le détective Cornélius Vandereden. Je vous rappelle que nous enquêtons sur un meurtre.

— Dans ce cas, pourquoi vous n'entendez pas ce type ? avait demandé la commandante sur un ton plus calme.

— Parce que le suspect est mort.

La commandante avait manqué de s'étrangler à cette annonce. Voyant qu'elle ne disait rien, Vandereden avait poursuivi :

— Il est mort d'une overdose. Sa mère, chez qui il vivait, l'a retrouvé sans vie dans sa chambre. En perquisitionnant, la police du coin est tombée sur un pistolet et la balistique a établi qu'il s'agissait bien de l'arme avec laquelle on a assassiné Massimo Beneveto sur la plage de Noordhoek.

— On n'a pas pu maquiller son décès ? L'empoisonner ou je ne sais quoi ?! avait insisté Delambre, sidérée.

— Non, on a saisi un restant de poudre à côté de lui. De la Tina.

— Excusez-moi, mais c'est quoi ?

— Des cristaux de métamphétamine qu'on fume ou qu'on s'injecte en les mélangeant avec de l'héroïne. Soit il en a trop pris, soit son dealer lui a refilé un truc très pur auquel il n'était pas habitué. Quoi qu'il en soit, je crois qu'on a fait le tour...

— Et comment expliquez-vous la présence de la clé à l'intérieur de la chambre d'hôtel ? avait alors demandé Delambre tout en sachant plus ou moins ce que le Sud-Africain allait lui répondre.

— Il a dû trouver la carte dans le portefeuille de la victime après l'avoir tuée et il est allé voler ce qui pouvait rester. Il aura perdu son sésame en fouillant les lieux.

— Je suppose que l'établissement est équipé d'une vidéosurveillance.

— Tout à fait, et nous avons visionné les bandes, avait anticipé son homologue. On y voit Norton, ou plutôt Beneveto, arriver avec sa Mercedes, déposer son bagage et repartir presque aussitôt, sans doute pour aller à Noordhoek. En début de soirée, un type pénètre dans le hall et se rend directement dans la chambre. Il en ressort sept minutes plus tard, les mains vides.

— Et c'est bien votre toxicomane ? s'était enquise Delambre.

— Probable, mais sans certitude. L'homme porte des lunettes teintées, une casquette, et il baisse la tête chaque fois qu'il passe dans le champ des caméras.

— Comment a-t-il pu faire tout ça sans être inquiété par les employés ?

— Il tient dans la main droite, de façon assez ostensible, la fameuse carte indispensable pour utiliser l'ascenseur, qu'il a pris sans hésiter. Du coup, personne ne lui a rien demandé, pensant que c'était un client. Culotté, mais efficace.

— Sauf que rien ne dit que c'est votre toxicomane…

— Rien ne dit non plus que ce n'est pas lui, avait rétorqué le détective en souriant.

— Il n'y a pas d'alibi le concernant ?

— Non. Sa mère a confirmé son absence de la maison à l'heure du crime. Elle a déclaré qu'il était rentré en début de soirée avec une drôle de tête et pas mal d'argent.

— Et donc ?

— L'enquête sera close aussitôt que nous aurons reçu les rapports officiels du laboratoire de toxicologie.

— Déjà ? Vous ne faites pas un peu vite pour un meurtre ?

— Madame, nous devons faire face à plus de cinquante homicides par jour dans notre pays, parfois jusqu'à soixante-dix, dont plus de la moitié au Cap. Nous avons donc une certaine habitude et aussi notre façon de faire, sans doute un peu moins formaliste que la vôtre. L'essentiel, à notre sens, ce n'est pas la paperasse, mais d'identifier le meurtrier et de le remettre à la justice, quand c'est possible bien sûr. Si vous venez un jour au Cap, nous vous montrerons tout cela.

Malgré ses réserves, la commandante n'avait pas insisté. Elle était pourtant perplexe. Avec tous les ennemis qu'il devait compter, quelles chances Beneveto avait-il de finir assassiné par un toxico en mal de came ? Selon elle, quasiment aucune…

ÉPILOGUE

Sur la plage de sable rouge-brun de la baie de la Source des pommes à Malte, Youssef se promène main dans la main avec sa femme, Anissa. Il doit admettre qu'il apprécie de n'être plus qu'un homme ordinaire ou presque, marchant aux côtés de celle qu'il aime. Avec un mélange de tristesse et de gratitude, il repense au Patron en espérant qu'il les voit d'où il est. Il se sent apaisé et en sûreté, même s'il sait qu'il devra continuer à assurer ses arrières toute sa vie.

Les conflits et les rivalités avaient donc eu raison du réseau. Tout s'était passé comme il l'avait redouté : l'affrontement entre Junior et Dhollandia s'était conclu par la mort pour les uns, et par la prison pour les autres. La belle mécanique s'était alors disloquée avant d'être promptement remplacée par une nouvelle organisation dont on disait que le chef était basé à Dubaï.

Youssef s'était retiré à temps. Il avait sauvé sa tête, ainsi que celle de son ami Younes. S'il avait pu, il aurait aimé amener ses enfants à Bni Drar pour qu'ils mesurent pleinement la chance qu'ils avaient.

Pour d'autres, en revanche, le business n'a jamais été aussi intense. Ottoniel, le chef du clan Del Golfo, a en effet été arrêté par la police colombienne. Du coup, João Reis, alias Serpiente, a dû dire adieu à la douceur de Marbella et rentrer au pays pour gérer les affaires courantes du cartel en attendant qu'un successeur s'impose. En prenant place dans le jet privé qui le ramène avec ses hommes jusqu'au Venezuela, Reis affiche cependant un grand sourire. Personne ne le sait, mais s'il a accepté de retourner dans le reptilarium, c'est avec la ferme intention d'en devenir cette fois le maître.

Il a en tête un projet susceptible de bouleverser le trafic, une idée géniale qu'il avait déjà soumise à certains membres importants de son organisation et qui lui valait déjà leur soutien. Ce projet pourrait leur rapporter des dizaines de millions de dollars et les fait tous bander : des chimistes vont quitter leur forêt amazonienne et venir s'installer en Europe, au plus près du marché. Reis a tout prévu. Il a acheté une usine d'engrais qu'il a commencé à transformer en laboratoire dans le nord du Portugal. La pâte de coca arrivera par tonnes dissimulées dans des conteneurs dans le port de Leixões situé à une petite centaine de kilomètres de là. D'après ses calculs, son laboratoire devrait être capable de produire quotidiennement plus de deux cents kilogrammes de cocaïne pure. Que du bonheur en perspective.

Dans un tout autre monde, celui des prisons, Eddy purge une peine de neuf ans pour trafic international de stupéfiants et tentative d'homicide sur agents de la force publique. Mais un autre procès s'annonce pour lui : celui du meurtre de la nommée Sigrid Jacobsen. Le travail de la police scientifique dans le hangar a fait basculer l'enquête. D'infimes traces de sang indétectables à l'œil nu et des traces ADN, appartenant toutes à la victime, ont été trouvées sur les sièges de son 4 x 4 et sur son bleu de travail. Et la découverte à son domicile de photos de la victime jouant avec une brune piquante ainsi que d'un couteau SOG n'a rien arrangé à ses affaires. Malgré ses dénégations têtues, il encourt désormais une peine criminelle à perpétuité.

Dans un autre établissement pénitentiaire, c'est l'effervescence. Selon le bouche à oreille entre détenus, un des pontes du trafic de cocaïne vient d'y prendre ses quartiers avant l'ouverture de son procès. Un certain Sajjad Sagghi, dit Dhollandia.

L'audience s'annonce d'ores et déjà tumultueuse. Les avocats du prévenu entendent en effet faire la démonstration que monsieur Sagghi a été victime d'une machination policière et exigent en conséquence que les enquêteurs en charge de ce dossier viennent témoigner à la barre. Et de rappeler que leur client n'a jamais été condamné pénalement et que l'affaire du Pygmalion, le meurtre du propriétaire d'une boîte de nuit qu'on a tenté de lui imputer, « sans le commencement de la moindre preuve », s'est soldée à l'époque par un non-lieu.

Très loin de tout ce tohu-bohu, Katia Beneveto, qui partage désormais son quotidien avec un avocat italien en Toscane, a eu la surprise de recevoir un matin un courrier, ou plutôt un colis. À l'intérieur, elle a trouvé une lettre cachetée à son nom ainsi qu'un carnet à la couverture en cuir fin. En le feuilletant, elle a aussitôt reconnu l'élégante écriture de Massimo. Des pages et des pages d'écriture, la promesse de nombreuses heures de lecture. Le résumé de toute une vie. Émue, elle a alors ouvert l'enveloppe. Celle-ci contenait deux cartes de crédit, l'une d'une banque panaméenne et l'autre d'un établissement de crédit singapourien. Elles étaient accompagnées de quelques lignes jetées à la hâte au dos d'un bristol de l'hôtel Hyatt Place d'Heathrow.

Ma chère Katia,

Surtout ne paie rien, n'achète rien directement avec ces cartes bancaires. Elles ne doivent te servir qu'à retirer du cash. Il n'y a pas de plafond, il te faudra plusieurs vies pour tout dépenser… Fais-toi plaisir.

J'ai cru que l'argent était tout, je suis passé à côté de l'essentiel. Il était pourtant devant moi…

Je vous aime, je n'ai jamais cessé de t'aimer, mais je ne le savais pas.

J'espère que vous pourrez me pardonner,

Massimo

REMERCIEMENTS

Tous mes remerciements à Thierry Grillet et à Pierre Conte, à mon épouse Isabelle et à Alexandra ma fille, mes premiers lecteurs et conseillers.

Un immense merci à toute l'équipe de Fleuve Éditions, en particulier à Florian Lafani, Amandine Le Goff, Lucie Copet et Maryannick Le Du pour leur soutien et leurs conseils avisés. Que de travail !

Merci à Elsa L. qui m'a conforté sur le chemin de l'écriture.

Je remercie aussi tous mes lecteurs pour leur curiosité et les messages qu'ils m'adressent.